호모 엑세쿠탄스 2

호모 엑세쿠탄스

HOMO
EXECUTANS

이문열 장편소설

2

RHK
알에이치코리아

차례

18

테헤란로는 상습적인 정체 구역으로 자리 잡은 듯했다. 그날도 지하철에서 나와 보니 왕복 8차선 대로가 차량으로 꽉 메워져 있었다. 주초도 주말도 아니고 시간대도 출근 러시아워는 넘긴 때였다.

그는 언제나 그 거리에 오면 거리 이름이 테헤란로(路)라는 게 새삼스레 엉뚱하게 느껴지고는 했다. 그게 1970년대 중반 강남의 허허벌판에 그 엄청난 대로가 열렸을 무렵 서울을 방문한 이란의 팔레비 왕과 관련 있다는 것쯤은 그도 들어 알고 있었다. 하지만 하필 강남의 그 거리에, 이란도 팔레비도 아닌 그 나라의 수도 테헤란이 이름으로 붙여진 것일까. 더군다나 그 팔레비 왕은 본국에 돌아간 지 얼마 안 돼 이른바 회교혁명으로 우스꽝스레 몰락하고 말았다. 그런데도 그 거리는 줄기차게 테헤란로라는 이름으로 남아 그의 한국 방문을 기념하고 있다는 게 그 엉뚱스러운 느낌의 원인인 듯했다.

자주 지나다녀 익숙하면서도 자세히 살피면 늘 새로 솟은 고층 건물들로 낯설어지고 마는 그 거리를 걸어 사무실이 있는 빌딩에 이르렀다. 들어가기 전에 한번 올려다보니 역시 이틀 전 한 번 들르지 않았다면 감탄부터 먼저 했을 건물이었다. 요즘 들어 유행하기 시작한 꼭대기 층의 장식 마감을 무슨 자랑스러운 모자처럼 눌러 쓴 고층 건물이었는데, 얼른 헤아려도 30층은 훨씬 넘어 보이는 건물 외벽은 온통 연회색 화강암으로 덮여 있었다.

빌딩 안으로 들어서자 밖에서 느꼈던 위압감은 이내 알지 못할 이물스러움으로 변해갔다. 은행이 들어선 공간을 빼고는 3층까지 터서 광장처럼 훤한 로비 가운데로, 마주 보고 선 12기의 고속 엘리베이터가 바쁘게 오르내리고 있는 것부터가 그랬다. 그런 공간 활용 방식이 시원하거나 멋스럽기보다는 낭비적이고 쓸데없는 허세를 부리는 듯 느껴졌다. 바깥쪽 엘리베이터는 3층 천장까지 양벽이 투명 유리로 되어 있어 로비에서 올려보면 그 안이 훤히 보이게 해둔 것도 반드시 설계자의 현대적인 감각만을 드러내고 있지는 않았다. 그에게는 엘리베이터 안의 사람과 물품들이 여섯 줄의 투명한 창자로 덜 소화된 음식물들이 꿈틀거리며 오르내리는 것처럼 느껴져 왠지 메스껍기까지 했다.

그는 엘리베이터를 기다리며 입구 쪽 벽면에 붙은 그 건물 입주 업체들의 상호를 훑어보았다. 로비 모퉁이 1층과 2층을 터서 세 들어 있는 은행 지점 말고도 증권, 금융, 금고, 투자, 유통, 신탁, 펀드, 파이낸스 같은 말들이 들어간 상호(商號)가 태반이었다. 밑에서부터 대강 훑어 앞으로 그가 근무하게 될 사무실이 있는 23층을 살피고 있는데, 단속적(斷續的)이고 짧은 벨소리가 나며 바로 앞의 엘리베이터 문이 열렸다.

　그가 비어 있는 엘리베이터 안으로 들어서자 그때 막 도착한 소년 하나가 뒤따라 들어왔다.

　소년은 층계 버튼 쪽으로 손을 내밀다가 그가 눌러둔 숫자를 보고 급히 손을 거두었다. 그와 같은 층계로 올라가는 길인 듯했다.

　문이 닫히고 엘리베이터 안에 단둘이 남게 되자 그는 무심코 그 소년을 살폈다. 그런 그의 눈길을 느꼈던지 엘리베이터 벽에 붙은 안내판을 보고 있던 소년이 고개를 돌려 그를 바라보았다. 먼저 쾡하게 보일 만큼 크고 공허한 소년의 두 눈이 그를 움찔하게 만들었다. 이어 안이 내비칠 듯 맑고 흰 살갗과 가시가 긴 밤송이같이 깎은 머리칼이 그 두 눈과 야릇한 대비를 이루어 견디기 어려운 섬뜩함으로 다가들었다.

　운동복 상의인지 골프 점퍼인지 모를 윗도리에 몸에 착 달라붙는 스판 바지. 동양인 같지 않게 하체가 긴 호리호리한 몸매 ― 거기서 그의 연상은 근간에 본 어느 일본 애니메이션 영화의 주인공 소년에 가닿았다. 그를 섬뜩하게 한 것은 애니메이션 화면에서 방금 빠져나온 듯한 소년의 비(非)실재감 때문임에 틀림없었다.

하지만 그것도 잠시, 까닭 모르게 지기 싫은 마음이 일어 소년의 눈길을 맞받고 있던 그는 곧 속 편한 관찰자로 돌아갈 수 있었다. 마음을 가라앉히고 차분히 살펴볼수록 처음 소년에게서 느꼈던 섬뜩함은 줄어들고 어떤 익숙함과 더불어 실재감이 되살아난 까닭이었다. 그리고 그 익숙한 실재감은 차츰 만만함으로까지 바뀌어갔다.

먼저 애니메이션 영화 주인공의 분장을 한 것같이 보였던 소년의 차림이 그랬다. 입은 채 함부로 뒹굴어 생긴 듯한 주름과 색 바래고 낡은 원단으로 미루어, 의도적으로 연출된 복장이라기보다는 입성이 부실하거나 옷차림에 무성의하고 부주의한 탓으로 보였다. 소년의 별난 눈빛이나 낯빛과 머리칼도 마찬가지였다. 찬찬히 뜯어볼수록 만화가의 상상력이 창조해 낸 독특한 캐릭터가 아니라, 게임방에서 컵라면으로 끼니를 때우며 상주하다시피 하는 어린 인터넷 중독자를 떠오르게 하는 것들이었다.

그가 소년의 차림과 모습에서 그와 같은 실상을 읽어내게 된 것은 그 몇 달 직장 없이 지내면서 자주 드나들게 된 컴퓨터 방 때문이었다. 어느 컴퓨터방에서건 조금만 눈여겨 살피면 반드시 그와 비슷한 소년을 한둘은 찾아볼 수 있었다.

'저 두 눈도 현실 세계에 대해서는 방심과 무감동으로 공허하게 열려 있다가, 컴퓨터 속의 가상 현실과 만나서야 비로소 반짝이며 되살아날 편향된 인식의 창(窓)이다. 그런데 저 아이는 23층 어디로 가는 것일까. 그 층에 우리 외에 어떤 업체가 입주해 있을까.'

마침내 그가 속으로 그렇게 중얼거리게 되었을 때쯤 짧은 벨소리와 함께 엘리베이터가 멈춰 섰다. 1층 엘리베이터 문설주에 서 있던 고속이라는 말을 새삼 떠올려 볼 정도로 잠깐 동안의 일이었다.

"23층, 23층입니다."

나긋한 목소리의 안내 방송에 이어 엘리베이터 문이 열렸다. 소년이 무슨 암시에 이끌린 사람처럼 엘리베이터를 나가고 그도 그런 소년을 뒤따랐다.

엘리베이터는 건물 한가운데를 지나가고 있어 밖으로 나오니 양편으로 갈라선 200평 남짓한 공간이 한눈에 들어왔다. 몇 업체가 들어섰는지 모르지만 공동의 로비 공간을 넓게 써 그리 갑갑하게 느껴지지 않았다. 무엇 때문인지 엘리베이터 부근에서 머뭇거리는 소년을 두고 사무실이 있는 왼편 모퉁이로 찾아가니 이틀 전 재정 팀장이 그를 데려왔을 때는 없었던 간판이 걸려 있었다.

'새누리 투자기획'

크지는 않았지만 시퍼런 구리 녹 바탕에 번쩍이는 놋쇠로 양각된 한글이라 쉽게 눈에 띄는 간판이었다. 그 아래 통유리로 된 자동문을 지나 안으로 들어가자 다시 휴게실과 대기실을 겸한 여남은 평 공간이 나오고 어딘가 학생 같은 인상의 여직원 하나가 나왔다.

엘리베이터에서 만난 소년이 거기까지 자신을 따라 들어온 일을 그가 알게 된 것은 그 여직원 때문이었다. 바닥에 양탄자가 깔려 있는 데다 소년이 워낙 조용히 걸어서인지 그때까지도 그는 소년이 자신을 따라오고 있었음을 모르고 있었다. 그러다가 안내하는 그 여직원의 눈길을 따라 돌아보고서야 그림자처럼 자기 뒤에 붙어선 소년을 보고 흠칫했다.

"신성민 씨와 한구루 님이시죠? 저기 회의실로 가세요. 모두들 기다리고 계세요."

여직원이 둘을 보고 사무적인 목소리로 그렇게 말했다. 그 소년이 앞으로 자신과 함께 일할 사람이라는 말 같아 황당한 느낌이 들었으나, 다시 소년을 관찰할 여유는 없었다. 그녀의 말 속에는 그가 약속 시간에 늦었다는 듯한 느낌을 주었기 때문이었다. 새 일터에 나온 첫날부터 늦다니…… 그런 지레짐작으로 후끈 단 그는 자신도 모르게 시계를 보았다. 지정받은 시간까지는 아직 10분 넘게 남아 있었다. 그러자 이번에는 그들의 철저함 또는 일사불란함이 갑작스레 그를 긴장시켰다.

회의실에 들어가니 커다란 타원형의 탁자를 둘러싸고 7명이 앉아 있었다. 비어 있는 자리가 둘뿐인 걸로 보아 안내하는 여직원의 말대로 모여야 할 사람은 모두가 다 모인 것 같았다. 출근 시간을 어긴 것은 아니지만 자신이 가장 늦었다는 데 주눅이 들어 급히 빈자리에 가서 앉는데, 뒷모습만 보이며 윗자리에 앉았던 사람이 그의 속을 훤히 들여다보고 있는 듯 말했다.

"당황하실 것 없습니다. 신성민 씨가 늦은 게 아닙니다. 한 구루 씨도 그렇고……."

그 말에 고개를 돌려 쳐다보니 뜻밖에도 '새여모' 재정 팀장이 거기 앉아 있었다. 이 기획팀은 다른 사람이 맡아 관리하기로 되어 있다고 들었는데, 며칠 사이에 '새여모'의 사업 계획이 바뀐 듯했다. 그런 변경이 갑작스럽기는 하지만 그래도 얼마간이나마 낯을 익힌 사람 밑에서 일하게 되었다는 게 반가워 그가 알은체를 했다.

"결국 팀장님이 이리로 오셨군요. 그저께만 해도 다른 분이 여기 대표로 오게 되어 있다고 하시더니……."

그런데 알 수 없는 것은 재정 팀장이었다. 잠깐 어리둥절해 하는 표정이다가 이내 가벼운 웃음과 더불어 말했다.

"아, 사람을 잘못 보셨군요. 나는 이번에 실장이란 직함으로 이 투자 기획을 맡게 된 사람이고, 신성민 씨가 나와 혼동하고 있는 그 아이는 제 아웁니다. 지금도 서남지구 연락 사무소에서 '새여모' 재정팀을 맡고 있어요."

그러고 보니 목소리부터가 재정 팀장과 다른 데가 있었다. 재정 팀장의 목소리는 어딘가 기계로 합성한 듯 차고 무감동한 데가 있었는데 이쪽은 전혀 그렇지가 않았다. 오히려 여느 사람보다 더 정감 어린 느낌까지 주었다. 거기다가 얼굴도 자세히 보니 재정 팀장과는 좀 달랐다. 풀을 먹여 다려놓은 듯 희게 굳어 있는 그쪽과는 달리 불그레한 혈색이 도는 데다 표정도 넉넉했다. 그래도 이상한 것이 있다면 재정 팀장과 형제라면서도 얼굴은 일란성 쌍둥이보다 더 닮았고, 쉰이 다 돼가는 재정 팀장을 '그 아이'라고 부를 만큼 손위가 되면서도 오히려 동생보다 훨씬 젊어 보인다는 점이었다.

"죄송합니다. 하도 두 분이 닮으셔서……."

그가 공연히 억울하게 느껴지는 사과와 함께 자신을 위해 비워둔 듯한 자리로 가서 앉았다. 소년이 아무 소리 없이 먼저 하나를 차지해 버려 하나밖에 남지 않은 의자였다.

그가 앉기 바쁘게 밖에서 안내하던 여직원이 들어와 따뜻하게 데운 캔 커피 하나씩을 놓고 갔다. 그는 목마른 사람처럼 캔을 따 앞뒤 눈치 볼 것도 없이 커피를 들이켰다. 그러자 그때까지 그를 몰아대던 영문 모를 허둥거림이 조금 진정되며 비로소 탁자를 둘러싼 사람들의 얼굴이 하나하나 뚜렷하게 눈에 들어왔다.

보기가 편해서일까, 아무래도 먼저 그의 눈길을 끄는 것은 맞은편에 앉은 사람들이었다. 타원형 탁자의 긴 쪽 모퉁이에 놓인 실장 자리에서 두어 발자국 곁에는 진열된 상품처럼 차림과 외모가 반듯한 젊은이 하나가 앉아 있었다. 서른 이쪽저쪽의 나이로 보였는데, 두 손을 모으고 다소곳이 앉아 있는 게 마치 면접을 기다리는 신입사원 같았다.

그 젊은이와 어깨를 맞댄 듯하고 앉은 것은 왠지 음침하게 느껴지는 중년이었다. 찌푸린 듯한 얼굴에 구부정한 등허리가 억지로 불만을 참고 웅크리고 있는 듯한 느낌을 주었다. 둘의 의자를 바짝 붙여 놓은 것은 둘의 업무가 밀접한 관련이 있음을 암시하고 있는 듯했는데, 어쩌면 중년 쪽이 주는 인상의 반사효과로 젊은 쪽이 더 밝고 산뜻해 보이는지도 모를 일이었다.

그들 곁으로 조금 거리를 띄워 놓은 의자에 앉은 것은 그와 같은 엘리베이터를 타고 올라온 그 소년이었다. 함께 방 안으로 들어왔으나 나이 어린 쪽의 겸손으로 보다 멀리 있는 빈자리를 먼저 차지했을 뿐인 것으로 알았는데, 그 곁에 있는 함께 묶이듯 앉아 있는 남자를 보니 꼭 그렇지도 않은 듯했다. 첩보와 활극을 아우른 할리우드 영화에 흔히 나오는 폭약이나 전기 기술 전문가 역(役)에서 방금 빠져나와 시치미를 떼고 앉은 듯한 그 인상 때문이었다. 일본 애니메이션 영화와 할리우드 액션 스릴러가 다르기는 하지만, 둘이 나란히 앉아 있는 걸 보니 왠지 서로가 제자리를 찾아간 듯했다.

실장 자리와 맞은편 비어 있는 타원형 탁자의 긴 쪽 모퉁이를 돌아 첫 번째 자리에는 얼른 나이를 가늠할 수 없는 여자가 앉아 있었다. 철 지난 패션 잡지의 클래식 정장 코너에서나 본 듯한 차림에 단정하지만 화장기 없고 푸석한 얼굴이었다. 그녀의 그런 외양에 특별히 성적(性的)인 강조가 없어서인지, 그 자리에 하나뿐인 여자이면서도 진작부터 그의 눈길을 끌지 못한 듯했다.

그런데 그의 눈길이 그 여자의 얼굴을 스쳐 옆자리로 옮아가려 할 무렵이었다. 그제야 그가 살펴보고 있음을 알아차린 듯 그녀 쪽에서도 힐끗 그에게로 눈길을 마주 보냈는데, 그 느낌이 참으로 야릇했다. 짧지만 세찬 빛줄기가 그 어떤 유혹의 눈짓보다 더 날카롭게 쏟아져 그의 가슴을 철렁하게 했다. 그리고 이어 이상한 향내 같은 것이 싸하게 코끝에 닿아왔다. 사향을 주된 원료로 쓴다는 동물성 향수 냄새 같기도 하고 한창 흐드러지게 피어날 때의 밤꽃 냄새 같기도 했다. 그녀의 얼굴도 조금 전 스쳐볼 때보다는 훨씬 생생하고 매력적이었다.

하지만 알 수 없는 일은 그 여자에게서만 그치지 않았다. 그는 다시 그녀에게서 느낀 것과 비슷한 감정의 변화를 그 곁에 앉은 남자에게서도 경험했다. 그녀처럼 그 남자도 처음 스쳐볼 때는 정중하고 품위 있기는 하지만 별 특징 없는 30대 후반으로 보였다. 그러나 그와 눈길이 마주친 그 남자가 가벼운 눈웃음을 짓자, 그는 강렬하면서도 독특한 정감으로 호소해 오는 그 눈빛에 허둥대지 않을 수가 없었다. 준비도 안 된 어색한 미소로 받으면서 가만히 그 얼굴을 뜯어보니 정말로 잘 생긴 남자였다.

그는 마지막으로 자신의 왼편에 앉은 사람을 살펴보았다. 출근

첫날 처음 만나는 직장 상사에게 바칠 신입사원의 평균적인 관심만큼만 실장 쪽으로 정신을 팔고 있는 그 사람은 바로 평범한 것이 특징인 그 또래의 남자였다. 자리를 나란히 붙여놓은 걸로 보아 자신과 함께 일하게 될 것 같은 예감에 그는 두 번 세 번 그 남자를 훔쳐보았다. 하지만 더 이상 그 남자를 별나게 여길 만한 것은 얼른 눈에 띄지 않았다.

"이제 시간이 되었습니다. 우리 '새누리 투자기획팀' 상견례이자 첫 번째 회의를 시작하겠습니다."

갑자기 누가 가볍게 탁자를 두드리며 말했다. 그가 퍼뜩 정신을 차려 소리 나는 쪽을 보니 실장이 무슨 엄밀한 기록을 재는 사람이라도 되듯 손목시계에서 눈을 떼며 말했다.

"먼저 앞으로 함께 일할 분들부터 소개하겠습니다. 먼저 시계 바늘 진행 방향으로 저기……."

실장이 그러면서 그가 살펴온 순서대로 소개해 나갔다.

"첫 번째 자리에 앉은 서이호 박사는 미국 동부 명문대에서 경영학으로 학위를 받은 뒤 현지의 대학과 기업에서 여러 해 근무하다 들어온 분입니다. 또 곁에 앉으신 윤기정 영사는 수십 년 외교 부서에서 근무하면서 주로 동구와 러시아에서 활동하신 분입니다. 저 두 분이 한 조를 이루어 각종 정보 분석과 종합을 맡게 될 것인데, 편의상 분석팀으로 부를 것입니다. 그다음 한구루 씨와 박규진 씨는 각기 전자정보와 전기통신 분야의 전문가들입니다.

이 시대 최고의 수준에 이른 이들이라 앞으로의 활약에 기대하는 바 큽니다. 검색팀이라는 이름으로 한 조를 이루고, 우리 기획실에 필요한 각종 정보를 탐색 취재하여 각 팀에 제공할 것입니다.

저기 두 분 멋쟁이 신사숙녀는 우리 기획실의 얼굴이 될 홍보섭외팀입니다. 임규리 씨는 패션과 광고를 전공하셨고, 김호수 씨는 커뮤니케이션과 편집에서 전문인의 능력을 갖춘 인재입니다. 앞으로 우리에게 필요한 물적 인적 자원 조달은 이 두 사람에게 의지하는 바 클 것입니다. 그리고 마지막이 여기 두 분, 실물 관리와 최종 진행을 담당할 집행팀입니다."

거기서 실장은 잠시 말을 끊었다. 다음으로 소개될 사람이 자신이라 그는 절로 긴장했다. 실장이 남은 둘을 가만히 훑어보다가 다시 추켜세우는 목소리로 말을 이었다.

"저기 신성민 씨와 배성근 씨는 두 분 모두 인문학을 전공하셨지만 여러 해 금융 현장에서 직접 창구를 관리하며 실물 감각을 익혀온 분들입니다. 앞으로 우리 기획실의 증권 분야와 은행 금융 상품 및 채권 쪽을 주로 맡아 투자를 집행할 것입니다."

실장이 그렇게 자신을 소개하자 그는 조금 긴장이 풀렸다. 다른 사람도 자신처럼 이력이나 능력이 과장되어 소개되었으리라는 짐작 때문이었다. 어쩌면 모두 그렇고 그런 데서 일하다가 무슨 이유인가로 떨려난 뒤 새로 생긴 회사에 경력 사원으로 들어온 처지인지도 모를 일이었다.

"저는 원래 다른 분야에서 일했는데 이번에 총재님의 특명으로 이 기획실을 맡게 되었습니다. 모든 업무를 통괄 조정한다는 임무를 받았지만, 여러분의 도움과 가르침 없이는 처음부터 해낼 수 없는 일입니다. 앞으로 직장 상사라기보다는 서로 힘을 합쳐 뛰지 않으면 다같이 주저앉게 되는 공동 운명체의 한 사람으로 여겨 깨우치고 나무라 주십시오."

실장의 그런 자기 소개도 새로 창업한 조그만 투자 회사에 첫 출근한 날 듣는 소리로 그리 특별한 것은 없었다. 그런데 그 다음에 이어진 실장의 격려사 비슷한 말이 다시 그를 긴장시켰다.

"모두 들어 아시겠지만, 우리 '새누리 투자기획'의 지주회사 격인 '새여모'는 '새 세상을 여는 모임'의 줄인 말입니다. 지난 오랜 고난의 세월, 우리는 민족 민중 민주의 기치 아래 조용하지만 치열하게 싸워온 지하 단체였습니다. 그러다가 국민의 정부와 참여정부로 이어지는 동안 체제를 정비하여 합법적인 시민단체로 거듭난 지 벌써 3년째가 됩니다.

얼핏 들으면 시민단체가 투자기획 회사의 지주회사가 된다는 것이 사리에 맞지 않게 여겨질지도 모르겠습니다. 하지만 어떤 마술도 낡고 불합리한 세계를 주문만으로 자취 없이 사라지게 하고, 하루아침에 밝고 새로운 세상을 만들어낼 수는 없습니다. 역사 이래로 새로운 세상을 연다는 것은 인간의 활동 중에서 가장 치열한 활동, 곧 물심(物心) 양면의 역량을 집중한 가열찬 투쟁을 통해서만 가능했습니다.

지난 10년 우리는 민주화와 민족 정체성의 회복에 괄목할 만한 진전을 보았으나 아직 완전한 승리를 얻은 것은 아닙니다. 우리가 꿈꾼 새 세상의 더 많은 모습은 여전히 이상 속에만 존재합니다. 그런 이상 속의 새 세상을 현실화하기 위해서는 우리의 투쟁은 이제부터 오히려 더 철저하게 조직되고 치열하게 전개되어야 합니다. 우리 '새누리 투자기획'은 바로 그 투쟁의 물적(物的) 토대를 확보하기 위해 그간 비축해 온 '새여모'의 기금과 여러 자매 단체가 출연(出捐)한 자금으로 설립한 일종의 사모 펀드입니다. 그리고 여러분은 비록 외형적으로는 우리 사회 하부구조에 속해 경제 활동에 종사하지만 내면적으로는 상부구조 재편을 지향하는 정치 활동을 하고 있다는 자부심을 가져도 좋을 것입니다."

실장은 거기까지 말해 놓고 사람들을 둘러보다가 그를 뺀 대부분이 어리둥절해하는 눈치거나 멍하니 그의 입만 바라보고 있자 곧 말투를 바꾸었다.

"좋습니다. 어차피 여러분은 이념의 동지가 아니라 한 분야의 전문가로서 저희 기획실에 초빙된 분들입니다. 여러분이 하실 일은 우리 기획실이 확보한 장비와 인력을 활용해 우리 기금을 효율적으로 관리하는 것, 쉽게 말해 더 많은 수익을 올리는 일입니다. 법적으로는 '새여모'와 단절되어 있으니, 우리 기금을 가장 많이 불려주는 분이 가장 유능한 직원이 되는 투자 기획사의 직원이라고 하셔도 좋습니다. 우리에게 많이 벌어주시고 여러분도 많은 몫을 나누어 받을 수 있도록 하십시오."

그제야 대부분의 사람들이 알겠다는 듯 고개를 끄덕였다. 그도 '가열찬'이나 '물적 토대' '하부구조' '상부구조' 같은 말들이 준 긴장에서 조금 놓여났다. 하지만 실장은 그래 놓고 나니 너무 권위 없이 말을 풀어버렸다는 느낌이 들었던지 다시 원래의 말투로 돌아갔다.

"좋은 말은 언제나 낡은 세력이 선점해 버려 우리는 그 말을 빌려 쓰는 수밖에 없습니다. 유대인들이 잘 내세우는 성경의 말처럼 우리 출발은 심히 미약하나 그 끝은 창대(昌大)할 것입니다. 지금 우리 펀드 규모는 크지 않고, 우리 모임의 세력도 아직은 미미합니다. 그러나 이번 선거로 확인됐듯이 거리를 다니는 사람의 절반 가까이는 우리 편이고, 그 거리 지하를 흐르는 자금도 이제는 절반 가까이 우리 편이 장악했습니다. 그들의 허영은 우리의 정치적 자산이고, 그들의 탐욕은 우리 경제 활동의 가장 확실한 자본입니다. 그들의 무지와 경박은 우리가 마지막에 의지할 정치적 무기이고, 그들의 시기와 복수심은 경제적 실패를 수구 기득권 세력에게 전가시킬 묘수가 될 것처럼. 모두 자신과 긍지를 가지고 각자의 업무에 임해 주십시오.

그럼 첫 '새누리 투자기획' 임직원 상면(相面) 모임은 이걸로 끝내겠습니다. 하지만 앞으로는 우리 9명이 오늘처럼 이렇게 모여

앉게 되는 일은 아마 흔치 않을 것입니다. 우리는 정보와 통계, 수치와 화상(畵像)으로 끊임없이 연결될 테지만 모두 모여 서로 얼굴을 마주 보며 함께해야 할 일은 거의 없을 것이기 때문입니다."

그날 회의는 그 걸로 끝이었다. 시계를 보니 그 방으로 들어간 지 30분이 채 못 된 때였다.

나중에 제자리에 돌아가서야 그는 그때까지 실장말고는 누구의 목소리도 듣지 못했음을 떠올리고 묘한 낭패감에 빠져들었다.

19

"아저씨, 어디 계세요? 지금 무얼 하고 계신 거예요? 무얼 하세
요……"

혼곤한 잠 속으로 빠져들던 그는 그 갑작스러운 외침에 놀라
눈을 떴다. 높고 절박한 것이었지만 바탕에 깔린 익숙한 음색(音
色) 때문에 그는 그 목소리의 임자를 금세 알아차렸다. 정화를 다
시 만나고 팔봉 마을을 떠나게 되면서 한동안 잊고 지냈던 마리
의 목소리였다. 아니, 애써 잊으려고 해도 의식 밑바닥에는 점점
더 두터운 앙금으로 가라앉고 있는 마리의 목소리였다.

"어, 마리. 웬일이야? 어떻게 왔어?"

그가 벌떡 몸을 일으키며 주변을 돌아보았다. 어딘가 우중충한
골목길을 걷고 있는 줄 알았는데 실은 아파트 거실 소파 위였다. 켜

놓은 텔레비전 화면에는 얼른 알아듣지 못할 말을 웅얼거리는 아나운서와 함께 무너지고 부서진 집들이 비치고 있었다. 이라크 폭격 장면을 보다가 깜빡 잠이 든 것 같은데, 이라크 관련 보도가 계속되고 있는 것으로 보아 그리 오래 졸았던 것 같지는 않았다. 개전 스무 며칠이라던가, 전쟁은 싱겁게 끝나가는 느낌이 들었지만 아직도 정시 뉴스 앞부분은 이라크 전쟁을 중심으로 짜여져 있었다.

다행히도 정화는 거실에 없었다. 정화가 곁에서 잠꼬대를 들었다면 틀림없이 마리가 누구냐고 캐물었을 테고 그는 꽤나 난감했을 것이다. 눈꺼풀에 달라붙은 졸음을 쓸어내듯 손가락으로 눈두덩을 비비며 정화를 찾던 그는 문득 그날 혼자 느긋하게 일어나도 되는 토요일 아침임을 깨달았다. 그가 나가게 된 '새누리 투자 기획'도 금융 계통이라고 일주일에 5일 근무였다.

아직 남은 졸음 때문에 머릿속이 흐릿한 대로 그는 다시 자신이 그 시각에 그렇게 깨나게 된 경위를 더듬어 보았다. 토요일도 출근해야 하는 정화가 구워놓고 간 빵 몇 조각과 커피 한잔으로 아침을 때우고 9시 30분 뉴스를 보다가 아슴아슴 잠이 와 소파 팔걸이를 베고 옆으로 누웠던 기억이 났다. 그제야 자신이 들은 게 마리의 외침이 아니라 환청(幻聽)임을 알아차린 그는 다시 한 번 때아닌 졸음을 털어내듯 세차게 머리를 흔들었다. 그러고는 그동안 조느라 중요한 일을 잊고 있었다는 듯 텔레비전 화면으로 급하게 눈길을 돌렸다. 증권 폭락세는 진정되었지만, 이라크 전쟁의 추이는 아직도 유의해서 살펴보아야 할 증권 투자의 변수였다.

이 전쟁은 유로화(貨)에 대한 달러화 방어전의 성격이 짙다. 미국이 오래전부터 매년 수천억 달러에 이르는 무역적자를 보면서도 자유민주주의 수호자를 자처하며 패권주의를 추구할 수 있는 힘은 세계 최강의 군사력에 못지않게 '달러 헤게모니'에 의지하고 있었다. 달러는 지난 수십 년간 전 세계의 무역 및 금융 결제에 이용되어 오면서 국제 공용 화폐의 역할을 담당하였다. 그 때문에 대부분의 달러화 표시 채권은 고평가되어 왔고, 이러한 부분이 다양한 방법으로 미국의 자본수지 흑자의 원인이 되어 경상수지 적자의 상당 부분을 메워 왔다. 거기다가 걸프전으로 얻은 여러 전리(戰利)와 IT경기가 거들어 근년 미국의 호황을 지탱하였다.

그러나 몇 년 전부터 IT경기의 거품이 빠지기 시작하고 '달러 헤게모니'도 차츰 빛을 잃어갔다. 유로화가 출현하면서 이라크는 2001년부터 석유 거래를 유로화로 결제해 왔으며, 이란도 외환 보유고의 절반을 유로화로 비축하고 있다. 거기다가 러시아 캐나다 중국 대만 등 각국의 중앙 은행들도 유로화의 보유 비중을 확대하고 있다고 한다. 만약 OPEC까지 가세하여 석유 거래에서 달러화 대신 유로화로 결제하게 된다면, 세계 각국은 석유를 사기 위해 달러를 팔고 유로를 사들이게 되며, 달러의 가치는 급속하게 하락할 것이다.

따라서 미국의 이라크 침공은 '악의 축' 논리나 테러와의 전쟁이라는 명분을 내세운 달러화 방어전으로 해석할 수도 있다. 곧 막강한 군사력으로 이라크를 초토화하고 후세인을 제거함으로써 OPEC을 압박하여 국제 석유 거래에서 유로화가 통용되는 것을 막으려는 것이 미국의 이라크 침공 목적이다. 그 뒤 이라크에 친미정권을 세워 석유 거래를 다시 달러화로 결제하게 하고 석유 생산을 증가시키면 국제 유가도 OPEC의 통제를 벗어나 미국의 영향력 아래 들게 될 것이다.

텍사스 석유 재벌 또는 석유 메이저들의 개입설

이라크의 기름을 빼앗기 위해서라는 통속적이고 단순한 시나리오와는 달리 미국의 대(對)이라크 전쟁을 음모적으로 보는 해석. 이 전쟁이 가져올 석유 생산 설비의 파괴와 수요 공급 질서의 교란은 국제 유가의 급격한 변동을 초래할 수 있다는 데서 나온 가설인 듯함. 이 시나리오에 따르면 2004년 국제 유가는 배럴당 50달러를 넘어설 것이며 경우에 따라서는 100달러까지 폭등도 가능하다고 함. 이 경우 가장 큰 수혜자는 비축물량과 선물 확보가 많은 석유 메이저들과 텍사스 석유 재벌들이 될 것임. 이는 곧 부시와 그를 둘러싼 집단의 이해관계와도 잘 맞아 떨어지는 것이므로 이번 개전에는 누구보다도 그들의 입김이 가장 세게 작용했으리라는 추측에서 나온 듯함.

대체에너지 개발설

미국은 이미 석유를 대체할 에너지를 개발해 놓고 자국에 매장 비축

된 석유를 비싼 값으로 처분하기 위해 국제 유가를 끌어올리려 하고 있다는 극소수의 특이한 관측도 있음. 이 경우 이라크 침공에 따른 석유 생산과 국제 수요 공급 질서의 교란은 시작일 뿐이고, 잇따른 국제 유가 상승의 계기가 출현할 것임. 예를 들면 중국이나 인도 같은 거대 국가의 산업화에 따른 석유 수요 증가 같은 것도 유가 상승 추세를 강화시킬 것인데, 그때도 갑작스러운 증산이 어려운 OPEC을 대신해 텍사스 중질 유가 유가 상승을 선도할 것이라고도 함. 하지만 대체 에너지 개발은 진위가 의심스러운 풍문 수준.

미국이 이라크 침공을 시작했을 때 해외 분석팀이 투자 참고 사항으로 보낸 자료 중에서 특히 눈에 띈 것은 그 세 가지였다. 어떤 것은 신빙성이 거의 없어 보이는 관측이었지만, 그래도 일부는 유효한 분석 자료로 채택되어 '새누리 투자기획'의 장기 투자 중에는 환율 상승 수혜주(受惠株)와 몇몇 정유 회사가 들어가게 되었다. 하지만 이라크 전쟁은 그밖에도 투자의 변수가 될 요소가 많아 국면마다 눈여겨보아야 했다.

그런데 그가 차분하게 화면을 살펴보니 뜻밖에도 거기 떠 있는 광경은 폭격 맞은 이라크 도시가 아니었다. 한창 철거되고 있는 어떤 재개발 지구였는데, 그가 이라크로 보게 된 것은 철거를 위해 부수어놓은 집들의 잔해와 이미 철거된 공터의 황량함이 어울려 마치 폭격 맞은 도시처럼 느껴지게 한 탓이었다. 이어 화면

이곳저곳에서 붉은 스프레이로 건물 벽에 쓴 구호들이 클로즈업되어 비쳤다.

'대책 없는 철거는 살인이다.'

'정부는 행정 살인을 중단하라.'

'못 가져도 인간이다. 생존권 보장하라.'

그걸 보자 그도 그 재개발 지역과 관련된 기사를 읽은 기억이 났다. 1970년대 도시 개발에 밀려 강남 변두리로 밀려난 이들의 달동네가 그 30년 사이에 다시 몇 배나 부풀어난 서울의 요지로 편입되면서 재개발의 몸살을 앓고 있었다.

화면에 떠 있는 것은 재개발의 명암을 담고 있는 일종의 르포 영상이었다. 보상에 만족한 대부분의 집주인들과 세입자들은 그 지역을 떠났다고 한다. 그러나 도저히 재개발의 명분에 동의할 수 없었던 주민 일부와 끝내 보상에 만족할 수 없었던 이해 관계자들은 아직 철거되지 않은 건물에 의지해 저항하고 있었다. 언제 녹화된 것인지는 모르지만 철거반원과 치열한 공방전을 벌이는 광경도 있고, 협상을 시도하는 재개발위원회와 원천적으로 협상을 거부하는 투쟁위원회의 개별적인 인터뷰 장면도 때때로 삽입되어 있었다.

이라크 전쟁 관련 보도가 아닌 데다, 새로울 것도 별날 것도 없는 프로였다. 80년대의 도시 빈민 문제 사례(事例)에서보다 어딘가 보편성이나 설득력이 떨어지는 듯한 그곳 주민들의 항변을 들던 그는 곧 지루해졌다. 그래서 채널을 바꾸려는데 문득 화면 한 모퉁이에 숨어 있던 것 같은 영상 하나가 그의 눈길을 끌었다. 길거리에서 아나운서의 질문을 받고 있는 투쟁위원회 간부 곁을 무심히 지나 막 화면 오른쪽 그늘로 사라지려는 젊은 여자였다.

'마리다! 마리가 저기 있다.'

놀란 그가 속으로 그렇게 외치며 눈길로 마리의 뒷모습을 쫓고 있는데, 텔레비전 카메라가 그의 마음을 읽은 듯이나 그녀를 따라가 화면 안으로 끌어당겼다. 인터뷰를 구경하고 있는 주민 몇과 더불어 회색 반코트를 걸친 그녀의 뒷모습이 보다 크고 뚜렷하게 잡혀왔다. 거기다가 이번에는 그녀가 마치 누가 부르기라도 한 듯 힐끗 뒤를 돌아보았다. 틀림없이 마리였다. 못 본 지 석 달이 넘었고, 그사이 노랑머리는 흑갈색으로 바뀌어 있었지만, 꿈속에서 쓸어안고 있다가 깨어나면 알 수 없게 가슴저려오던 그 얼굴이었다.

'마리가 저기 있었구나. 저들이 찾아서 옮겨간 고통의 땅이 저기였구나……'

그는 무심코 그렇게 중얼거리다가 다시 팔봉 마을에서 있었던 일을 떠올리고 가슴이 서늘해졌다. 특히 흉터 난 사내와 연관된 기억들이 그랬다. 그러나 한편으로 그 서늘함은 곧 알 수 없는 힘이 되어 그를 마리 쪽으로 끌어당겼다.

'네가 거기서 나를 불렀구나. 그래, 가마. 가서 무엇 때문에 나를 불렀는지 알아보자꾸나.'

그는 누가 곁에 서서 정신없이 몰아대기라도 하는 것처럼 급하게 자리를 털고 일어나 외출 채비를 했다. 그런데 미처 세수가 끝나기도 전에 인터폰 벨이 요란하게 울렸다. 급하게 얼굴의 물기를 닦으며 현관문을 열어 보니 뜻밖에도 일찍 퇴근한 정화였다.

"나 오늘 좀 일찍 퇴근했어. 낭군님과 점심 같이 먹고 영화나 한 프로 하려고. 잘했지?"

그렇게 되면 마리를 찾아보기는 틀린 일이었다. 그는 다음에 찾아볼 날을 위해 텔레비전에서 본 동네 이름과 마리가 보이던 골목길을 머릿속에 새겨 넣으면서, 건성으로 받았다.

"영화 한 프로? 거 좋지. 이왕이면 쏘주도 한잔 때리고 올까?"

혁명을 어떻게 추진할 것이며 어떤 수단을 사용할 것인지를 복음의 메시지에서 얻으려고 해서는 안 된다. 먼저 기독교인들이 혁명적 집단에 참가해야 하며, 그 혁명적 투쟁의 전제(前提)에 입각하여 복음의 메시지를 재검토해야 한다. 그런데도 기독교인들은 투쟁에 참여할 것인지 말 것인지를 쓸데없이 따지고 들며, 복음을 먼저 읽고 해석한 뒤 그것에 의지하여 참여를 결정하려 든다.

해방신학은 모든 견고함과 복잡성을 지닌 현재의 역사적 실천에 대한 비판적 반성으로 자신을 규정한다. 그리고 그때의 텍스트는 우리가 내던져져 있는 상황이다. 곧 우리의 상황은 우리의 일차적이고 근본적인 준거점이다. 기독교적 신앙, 복음서들, 계시는 그 자체로서 분명하게 불러낼 수 있는 준거들로 존재하지 않는다. 그것들은 다만 역사가 우리에게 전달해 주는 형태로만 존재한다.

……『성경』 같은 것은 존재하지 않는다. 유일한 『성경』은 기독교인으로 내가 보고 있는, '지금' '여기서' 일어나고 있는 일에 대한 사회학적 해석이다.

저녁 먹으며 걸친 소주로 얼큰해져 돌아와 전자우편함을 여니 '해방통신'이라는 곳에서 보낸 첫 편지는 그렇게 시작되고 있었다. 그는 보낸 이에게 충분히 예의를 표했다는 듯 그쯤에서 읽기를 멈추고 그 편지를 '내 문서'에 저장시켰다. 술기운에 오래 읽기도 힘들었지만, 어차피 한꺼번에 모아 재혁에게 보내야 그 정확한 의미와 출전을 알아볼 글들이었다. 두 번째 편지도 같은 진영에서 보낸 것인 듯했다.

어떤 인간도 삶이 살기 위해 애쓸 만한 가치가 있는지, 그리고 어떻게 살아야만 가치가 있는지를 미리 다 경험해서 알아볼 수는 없다. 어떠한 인간도 탐색 여행을 먼저 해서 이상을 어떻게 실현할 것이며, 그리고 그 이상은 실현할 가치가 있는 것인지를 조사해 본 뒤에 돌아와 그 이상으로 인도하는 길로 출발하지는 못한다. 인간이 실제로 살게 되는 삶은 만족스러울 것으로 추정되는 어떤 이상을 경험해 보지 않은 채 예측으로 선택한다. 그리고 그 이상은 자신을 실현하기 위한 수단과 목적을 조직하고 그것들에게 방향을 제시한다. 여기서 이상은 신앙과 관련되고, 그 실현을 위한 수단과 목적은 이데올로기와 관계한다.

신앙은 영구불변하고 독자적인 요소로 이루어져 있고, 이데올로기는 변화하고 서로 다른 역사적 환경들과 결합된 요소들로 이루어져 있다. 우리의 이론은, 우리가 우리의 신앙으로 받아들이는 하나님의 개념과 계속 변화하는 역사로부터 우리에게 오는 문제들 사이에는 빈 공간이 있다는 것을 상정한다. 따라서 우리는 우리의 하나님에 대한 개념과 역사적 현실적 삶을 연결하는 다리를 놓지 않으면 안 된다. 이 다리, 곧 수단과 목적의 일시적이지만 반드시 있어야 하는 시스템이 우리가 여기서 이데올로기라고 부르는 것이다.

그런데도 신앙을 보호하고 유지하기 위해서는 신앙과 이데올로기를 분리시켜야 한다는 주장들이 있어 왔다. 그러나 예수님 가르침의 실질적 내용은 기독교의 이데올로기를 이루며, 이데올로기로부터 분리된 기독교 신앙은 아무런 의미가 없다. 이데올로기가 없으면 신앙은 아주 죽은 것이 된다…….

두 번째 우편물 역시도 그가 참고 읽어 줄 수 있는 한계는 거기까지였다. 이번에도 그 전체를 정독하고 출전을 찾아보는 일은 재혁에게 맡기기로 하고 그대로 '내 문서'에 저장하였다. 그리고 다시 우편함을 보니 '해방통신'이라는 아이디로 그에게 보낸 편지는 아직도 한 통이 더 남아 있었다. 그때 어느새 샤워를 마친 정화가 그의 등 뒤로 와 모니터 화면을 함께 보며 말했다.

"뭐해? 씻고 안 잘 거야?"

"응, 우편함 좀 확인하느라고……."

그러자 그새 화면에 뜬 글을 몇 줄 읽은 정화가 빈정거리는 미소로 말했다.

"이데올로기로부터 분리된 신앙은 의미가 없다? 화, 이거 언제 적 구닥다리 말씀이야? 선배, 아직도 계속 이런 교신 주고받고 있어?"

"주는 것은 아니고…… 뭣 때문인지 자꾸 보내와 읽어 줄 뿐이야. 누군가 나를 빤히 바라보면서 때맞춰 보내는 것 같아서."

그가 은근히 변명조가 되어 받았다. 정화가 웃음기를 거두며 물었다.

"때맞춰 보내다니?"

"응. 얼마 전 팔봉 마을에 갔다 왔거든. 그리고 곧 이런 메일이 오지 싶었는데, 방금 돌아와 보니 정말 와 있네."

"이런 메일이 오지 싶었다니, 왜? 거기서 무슨 해방신학자 대회라도 했어?"

"그건 아니고 재혁이 형이 가보자고 해서 가봤는데, 기억나? 내가 전에 말하던 자칭 해신파(解神派) 전도사, 그 사람을 만났거든."

"아, 그 재림극(再臨劇)인가 뭔가에서 사탄 역(役)을 맡아 하더라던 그 천막교회 전도사?"

그러면서 다시 가만히 화면을 살피던 정화가 다시 빈정거리는 투로 돌아가 말했다.

"누군가는 뭐가 누군가야. 누가 보냈는지 여기 뻔히 다 나와 있는데. 보자…… 아이디는 '해방통신'에 이메일 주소는 메신저 666 골뱅이……."

"보나마나 가라(가짜)야. 전에 이 비슷한 것들 발신 주소 추적해 봤는데 모두 PC방에서 조작된 일회용 아이디더라구. 익명이나 다름없어."

그러자 정화가 갑자기 흥미 없다는 듯 말했다.

"그럼 급할 것도 없네 뭐. 휴지통에 처박든지 하고 어서 일어나 몸이나 씻어."

"그래도 대강만 훑어보고……."

"하긴, 이제 겨우 10시니까. 하지만 난 먼저 누울 거야. 피곤해."

정화가 그러면서 선선히 물러났다. 감정적인 일에 전보다 너그럽고 느긋해진 것이 헤어져 있는 동안 정화에게 생긴 변화라면 변화였다. 하지만 그래도 그는 까닭 없이 쫓기는 기분이 되어 남은 세 번째 편지를 읽어나갔다.

……이른바 객관성과 중립성 그리고 비(非)편파성을 확보한 그런 사회과학은 존재하지 않는다. 사회과학은 주어진 제도 안에서 그 수정과 변화를 추구한다고 하지만, 실은 기존 제도를 유지하려는 입장에 치우

쳐 객관성도 중립성도 없고 또 지극히 편파적이다.

그러나 마르크스주의는 역사의 역동성과 인간 활동에 대한 실천적 해석의 길을 열어주는 연구의 틀을 제공했다. 현실에 대한 마르크스주의의 갈등 어린 이해는 우리의 상황을 인식하고 해석하는 데 보다 적합하다. 이런 의미에서 마르크스주의는 어쩔 수 없이 현상 보존 쪽을 편드는 이른바 중립적 사회과학보다 객관적이다.

하지만 보다 객관적이라는 이유로 그 교조주의나 독단주의까지 함께 강요한다면 마르크스주의는 당장에 거부된다. 마르크스주의의 도식은 도그마로서가 아니라, 우리가 처한 상황에서 현실의 문제를 해결하는 데 적용되어야 하는 방법으로 받아들여질 수 있다. 그리고 그 방법도 우리 상황에 맞춰 재고될 수 있다.

한마디로 말해 우리는 마르크스주의를 도구로 사용하고 있을 뿐이며, 그 이데올로기를 절대화(絶大化)하지는 않는다. 이것은 프락시스(Praxis)의 절대적 자율성을 강조하는 비유나 상징 이상으로 마르크스의 무신론(無神論)을 받아들이지 않는 것과 더불어, 우리를 적(敵)그리스도의 사제(司祭)들이라고 모함하는 현대판 마녀 사냥꾼들로부터 우리를 보호해 주는 또 하나의 부적이기도 하다…….

세 번째 글은 그렇게 비교적 짧게 끝나고 대신 읽어야 할 책이 여러 권 소개되어 있었다. 대개 중남미 해방신학자들의 저서인 듯한데 보니노라는 이름이 몇 번 반복되어 특히 눈에 띄었다.

20

그가 택시까지 잡아타고 상곡동(上谷洞)에 이르렀을 때는 정오에 가까웠다. 마리를 텔레비전에서 본 날은 때아니게 일찍 퇴근한 정화 때문에 바로 그녀를 찾아 나서지 못하고, 다음 날인 일요일에야 겨우 핑계를 만들어 몸을 빼낸 참이었다. 겨우 하루 만인데도 찾아 나서기를 너무 오래 미루었다는 느낌 때문에 달려가듯 하는 동안에는 몰랐으나, 택시에서 내려 보니 거리에는 봄볕이 눈부셨다. 가로수 벚꽃이 벌써 망울을 맺은 걸 보고 그는 문득 '예년보다 열흘이나 빠른 화신(花信)' 어쩌고 하면서 호들갑을 떨던 일기예보 화면을 떠올렸다.

아파트를 나설 때만 해도 상곡동 재개발 지역으로 가기만 하면 바로 마리를 만날 수 있을 줄 알았다. 그러나 막상 도착해 보니 막막하기 짝이 없었다. 운전수로부터 재개발 지역 입구라는 말만 듣고 택시에서 내린 그의 눈앞에 펼쳐진 동네는 텔레비전 화면에서 본 것과는 전혀 달랐다. 같은 상곡동이라도 평지 쪽은 이미 철거가 끝나고 터파기에 들어간 곳까지 있어 그대로 황량한 벌판 같았다. 산비탈을 따라 부수기만 해놓고 건축물 잔해와 쓰레기는 아직 실어내지 않아 폭격당한 느낌을 주는 곳이 있기는 했으나, 그것도 전날 텔레비전 화면에서 본 것은 아니었다.

재개발 지역 입구 가까이서 볼 수 있는 것은 대개가 6, 70년대로서는 제법 멋을 부려 지은 단독주택의 잔해들이었다. 그런 단독주택들과 3층 내외의 철근을 쓴 건물들을 부수어 늘어놓아 더 넓어 보이는 커다란 동네가 산 중턱까지 펼쳐져 있었는데, 마리를 찾으려면 어디서부터 더듬어 가야 할지 엄두가 나지 않을 만큼 넓었다. 이상하리만치 인기척이 없는 것도 그를 한층 막막하게 했다.

하지만 이왕 거기까지 온 다음이었다. 어디로 가야 할지 막막해지니 며칠 전에 들은 마리의 목소리는 한층 선명하게 귓가를 떠돌았다. 어디 계세요. 무얼 하고 계세요. 아저씨이…….

그는 마리의 외침이 들리는 듯한 곳으로 무턱대고 걸음을 떼어놓았다. 아직은 철거가 덜 된 듯한 건물들이 모여 있는, 그래서 그 안에 사람들이 살고 있을 것 같은 산 중턱 쪽이었다. 그러나 전에 소방도로였던 듯한 길을 따라 한참을 걸어도 텔레비전에서 본 광경은 나오지 않았다. 여전히 대단하지는 않아도 규모 있게 지은 단독주택들과 층수 낮은 상가 건물들의 잔해가 널려 텔레비전이 말한 달동네라는 느낌은 들지 않았다.

그가 처음으로 눈에 익은 꼬방동네의 흔적을 보게 된 것은 재개발 지역 입구라는 곳에서 제법 가파른 언덕길을 버스 정류장 하나쯤이나 올라간 뒤였다. 이제는 승용차도 올라가기 어려울 만큼 꼬불꼬불하고 좁아진 길 양편으로 힘없이 내려앉은 닭장 같은 하꼬방이 펼쳐지기 시작했다. 거의가 잘돼야 건평(建坪) 10평이 안 되는 시멘트 벽돌 건물에 부엌, 마루, 안방, 건넌방 하며 오밀조밀 칸막이를 막고 가작을 덧달아 일곱이고 여덟이고 식구대로 의지해 살던 집들이었다. 야학이니 뭐니 하며 들락거릴 때는 그래도 여남은 명씩 끼어 앉을 수 있는 방도 있었던 것 같은데, 허물어놓고 보니 다섯 사람이 제대로 앉을 수 있는 방도 없을 듯했다.

거기서 한참을 올라가도 건물들은 모두 부서져 있고 인기척이 없어 그는 다시 걸음을 멈추고 사방을 둘러보았다. 그때 땅에서 홀연히 솟아오른 듯 어울리지 않게 크고 성한 건물 하나가 나타났다. 어떤 연유로 거기에 그런 건물이 들어섰으며, 지금까지도 성하게 남아 있는지는 알 수 없었으나, 그는 지금까지 보아온 하꼬방들에서 느낀 것과는 다른 낯익음 때문에 그 건물이 반가웠다.

틀림없이 전날 아침에 텔레비전 화면에서 본 그 건물이었다. 화면에서 본 철거반원들과의 치열한 공방은 없었지만, 건물 안에 적지 않은 사람들이 살고 있다는 것은 멀리서도 한눈에 알아볼 수 있었다. 합쳐 10가구가 안 돼 보이는 작은 규모의 연립주택 같은 건물의 몇 군데 굴뚝에서 나는 옅은 연기와 베란다 여기저기에 널려 있는 빨래 때문이었다.

마리가 있던 곳은 아니었으나 그래도 그녀 가까이로 다가가고 있다는 느낌에 고무되어 그는 무턱대고 그 건물 쪽으로 다가갔다.

"누구요? 무슨 일로 왔소?"

건물 안에서 갑자기 뛰쳐나온 험상궂은 사내 하나가 두 눈을 번쩍이며 물었다. 소리 없이 나타난 것이 어딘가 숨어서 망을 보다가 달려나온 듯했다. 그 사내가 너무 갑작스레 나타난 데다 숨김없이 드러내는 적의가 그를 공연히 움츠러들게 만들었다.

"아, 예. 사람을 찾아서……"

그가 그렇게 우물거리자 사내가 한층 더 적의의 눈길을 번쩍이며 다그쳤다.

"사람, 누구요? 이름 대요. 이름을. 투쟁위원장이니, 책임자니 뭐, 그런 윗사람 찾는 거면 아예 그냥 돌아가고."

"마리라고. 마리……"

"마리라니, 개새끼 이름도 아니고. 성이 있을 거 아뇨? 성이. 성은 뭐요?"

"성은 모르고, 그냥 마리라고 스물두어 살쯤 되는 예쁘장한 아가씨……"

"그럼 딴 데 가서 알아보쇼. 여기는 예쁘장한 아가씨 같은 거

안 키워요. 해골바가지들 뜨면 짱돌 날고 쇠파이프가 깨춤을 추는데 무슨 예쁘장한 아가씨씩이나……. 남정네들 뒷바라지한다고 독한 아줌씨들 남은 집이 몇 되지만 것도 나이 마흔 아래는 없소."

"분명 이 근처에서 보였는데……."

그가 그러면서 다시 한번 그 건물을 살펴보았다. 아무래도 얼마 전 텔레비전에서 본 그 건물이었다. 그 때문에 조금 방심한 그가 별 생각 없이 얼마 전의 기억을 되살리며 물었다.

"틀림없어요. 철거반원들 왔을 때 저기 저 옥상에서 화염병하고 벽돌 마구 내던졌죠? 한 아주머니는 저 아래 골목에서 포클레인 앞에 눕고……."

그러자 사내의 얼굴이 더욱 험상궂어졌다. 갑자기 거친 사투리로 목성을 높였다.

"당신 시방 뭐하는 짓이여? 무슨 불구경하다 온겨? 지난번 죽어라 싸워 백골단 막아낸 얘기는 왜 또 꺼내능겨? 생각하기도 징헌 그때 일은 왜 또 들쑤셔 사람 허파를 뒤집는겨? 뭐, 어디 쓰잘데기 없는 기자 나부랭이라도 되는 거여? 아님 백골단에서 보낸 용역업체 스파이여?"

그러는 사내는 혐의만 확실하면 금방이라도 주먹을 휘두르며 덤빌 듯한 태세였다. 마리가 그 건물 안에 없을뿐더러, 그 사내에게서는 아무것도 얻어낼 수 없을 것 같은 느낌에 그는 선선히 물러났다.

"그건 아닙니다. 하지만 어쨌든 됐습니다. 마리가 여기 없다면 다른 데 가서 알아보지요. 안녕히 계십시오."

그는 되도록 사내의 심기를 건드리지 않으려고 그렇게 예절바르게 말을 맺고 꾸벅 머리까지 숙인 뒤에 돌아섰다. 그래도 사내는 무엇에 뒤틀려 있는지 돌아서는 그의 뒤통수에 대고 다 들릴 만큼 큰소리로 한마디 쏘아붙였다.

"한 며칠 조용하다 싶더니 원, 별게 다……."

그는 못 들은 척 그 건물을 떠나 언덕 위로 올라갔다. 한동안은 그 아래 부분과 별 차이 없는 정경이 이어졌다. 그러다가 갑작스런 인기척에 놀라 보니 위쪽 좀 큰 건물 잔해 뒤에서 동사무소 직원인 듯한 젊은이 하나가 무어라 중얼거리며 내려오고 있었다. 서류봉투를 끼고 있는 것으로 보아 무언가 고지서 같은 것을 전달하러 올라갔다가 허탕치고 내려오는 것 같았다.

"저…… 말 좀 묻겠습니다."

그가 길을 막으며 그렇게 말을 건네자 젊은이가 대답 대신 멀뚱히 그를 쳐다보았다.

"저 위에 어디 사람들이 남아 있는 곳이 있습니까?"

"12통부터 17통까지 한 3백여 가구 남아 있는데요."

"거기가 어딥니까?"

"저기 저 산등성이 위에 창고 같은 건물 보이시죠? 그리고 그 주변에 아직 그냥 남아 있는 꼬방동네하고……. 그 일대예요. 그런데 무슨 일이죠?"

젊은이가 대답을 하다 말고 그를 빤히 쳐다보며 그렇게 물었다. 그러나 조금 전의 사내처럼 위협적인 적의는 보이지 않아 안심한 그가 다시 물었다.

"그 사람들 모두 여기 원래 살던 주민들입니까?"

"아뇨. 원래 살던 주민들은 모두 떠났어요. 특히 집주인들은. 그 뒤 정히 갈 데 없는 세입자 몇십 가구가 남아 있었는데, 철거가 지연되는 며칠 사이 갑자기 몰려든 사람들이 세입자를 자처하며 빈 집을 차지하고 들어앉았지요. 그리고 재개발위원회에 소형 평수나 임대주택 분양을 요구하며 벌써 석 달째 농성중이에요."

그러는 젊은이는 무엇 때문인지 겁먹은 눈길로 사방을 둘러보다가 머리를 절레절레 흔들며 제가 한 말을 정정했다.

"그렇다고 뭐, 저 사람들이 모두 경우 없다는 소리는 아니고……. 도시 빈민들의 생존권 투쟁이랄 수도 있죠."

"동사무소에 근무하세요?"

"예. 고지서 전하러 갔다가 도통 사람을 찾을 수가 없어서……."

"그럼 저기 다른 외부 사람들은 없습니까?"

그러자 그 동 직원의 얼굴에 다시 까닭모를 겁기 같은 것이 서렸다가 지워졌다.

"왜 없겠어요? 무슨 연대, 무슨 모임, 엔지오다 시민단체다……. 따지고 보면 모두 다 외부 사람이랄 수도 있고. 그런데 빌어먹을,

주소지는 왜 모두 여기로 해가지고……"

"여기서 보기에는 사람 기척이 별로 없는데……"

그가 동 직원이 가리킨 창고 쪽을 바라보며 그렇게 혼잣말처럼 물었다. 동 직원이 다시 넌덜머리난다는 표정이 되어 받았다.

"그래도 가까이 가면 나와서 맞이하는 사람 다 있게 되어 있습니다. 무슨 일로 오셨는지 모르지만 그 사람들 뒤틀린 심사나 건들지 마세요. 공연히 짱돌 맞지 않으시려면……"

그러고는 할말 다 했다는 듯 미련 없이 돌아서서 가버렸다. 그도 갑자기 등이라도 휙 떠밀린 느낌이 되어 언덕 위로 발길을 옮겼다.

허물어진 건물 잔해가 어떤 착시 현상을 일으켰던지 동 직원이 가리킨 창고 같은 건물은 멀리서 바라보며 거리를 가늠할 때보다는 훨씬 가까웠다. 한 2백 미터나 올라갔나 싶은데 갑자기 산등성이에 솟아오르듯 창고가 나타났다. 얼마 전에 지나온 연립 건물처럼 진작부터 여러 가구가 들어앉는 바람에 철거를 면한 건물 같았다. 그리고 그 건물을 시작으로 철거를 시도하기는 해도 제대로 시행해 보지는 못한 듯한 동네 한 모퉁이가 시작되었다. 동 직원의 말로는 3백 가구라고 했지만 그렇게 많은 사람의 기척은 느껴지지 않았다.

거기서 그는 다시 마리를 찾기 시작했다. 집 안에서 경계하는 눈빛으로 내다보는 사람들에게 물어보는 수밖에 없었으나 아래쪽 연립주택에서의 경험이 도통 그를 자신 없게 했다. 그런데 다행히도 몇 번 물음을 되풀이하지 않아 단서를 일러주는 사람이 있었다. 세 번째로 노점 같은 구멍가게를 찾아갔을 때 만난 중년의 내외가 그랬다. 그가 마리의 생김과 나이에 이어 어쩌면 같이 있을지 모르는 보일러공의 인상 착의까지 대며 그들을 찾자 가게를 보고 있던 아낙이 먼저 반응했다.

"혹 그 도사하고 샥시 말하는 거 아녀? 거 왜 저쪽 천막교회 터에 들었다는 그 도사하고 샥시 말여. 하는 짓은 달라도 생김들이 그런 것 같은디?"

그의 물음에 대답한 게 아니라 마당에서 뭔가를 하다가 마침 가게 쪽을 내다보는 중년을 보고 하는 말이었다. 그녀의 남편인 듯한 그 중년이 무어라고 대꾸하기 전에 그가 얼른 그 말을 받았다.

"하는 짓이 어떤데요?"

그래도 여전히 눈길은 남편 쪽에 둔 채 구멍가게 아주머니가 비웃음 섞인 말투로 받았다.

"잘은 모르지만 쪼까 요상혀. 뭔 도술로다 병을 고친다는 디, 더 웃기는 그것도 도사라고 믿고 여기까정 찾아오는 것들이여. 원래 그쪽 천막교회 터 근처는 이 부근서도 맨 먼저 사람 안 사는 곳이 되았는디, 인저는 그렇게 몰린 것들 땜시 젤루 북작거리게 되야부렀다니께. 그런데 그 도사가 바로 시방 댁이 말하는 그 보이라공인가 뭔가 하는 남자 같은디. 매가리없구 얌전한 생김이 말여. 또 여자는 그 도사 뒷바라지 해주는 샥시 같고오……."

"그 천막교회가 어딥니까?"

"쩌그, 쩌그 보이쥬? 원래는 천막교회로 시작했지만 몇 해 안 돼 사방 벽을 보로꾸로 쌓아올려 지붕만 천막으로 덮여 있었제. 그러다가 나중에는 지붕도 슬레트로 이어 굳이 천막교회라 할 것 도 없지만서두……."

"그럼 교회는 철거당한 겁니까?"

"아니지, 교회는 하마 벌써 대여섯 해 전에 저 아래 동네 사층 건물 지하층 전세 얻어 이사했지라. 그 뒤에 무허가라 해도 뜯지 않고 남은 건물을 가까이 사는 이집 저집이 헛간처럼 써왔는디, 워낙 짓기를 허술하게 지은 건물이라 금방 절반이 폭싹 무너져 불고 말았슈. 그래서 근래는 아무도 쓰는 사람 없이 포꾸레인으로 긁어내기만 기다리고 있었는디……."

거기까지 듣자 왠지 그곳이 팔봉 마을에서 옮겨간 마리와 보일 러 공이 있을 것 같은 느낌이 들었다. 그는 서둘러 말을 맺고 그 천막교회 쪽으로 올라갔다.

가까이 가서 보니 건물은 성하게 교회로 쓰일 때도 그 규모나 높이가 그리 대단했을 것 같지는 않았다. 가까이 있는 여덟 평짜 리 하꼬방 두어 채를 이어 놓은 듯한 직사각형 블록 건물이었다. 거기다가 십자가나 첨탑의 흔적이 전혀 남지 않고 절반은 지붕마

저 내려앉아, 교회라기보다는 무너지다 만 작은 창고 같았다.

동네에서 가장 북적거리는 곳이 되었다는 가게 아주머니의 말과는 달리 그 교회 근처 집들에서는 별 인기척이 없었다. 이번에는 어디에다 물어야 할까 망설이며 그 건물 쪽으로 다가가던 그는 성한 입구 쪽에서 들려오는 실랑이 소리를 따라 그리로 가보았다. 높지는 않아도 실랑이에 섞인 목소리 중의 익숙한 가락과 울림이 있었기 때문이었다. 그런데 바로 거기서 그는 누구에게 더 물을 것도 없이 마리를 찾을 수 있었다.

"제발 오늘만이라도 선생님을 쉬게 해주세요. 정말 이렇게들 하시는 게 아녜요. 이미 우리 선생님께서는 당신네들 모진 짐을 너무 많이 받아 지셨단 말예요."

어린이처럼 팔을 벌리고 건물 입구를 막아서서 그렇게 소리치고 있는 것은 마리였다. 하지만 상대는 한눈에도 마리가 힘으로 막기에는 어림없이 보일 만큼 덩치가 큰 여자였다. 키는 마리보다 머리통 하나는 더 크고, 팔뚝[上膊] 하나만 해도 좀 과장하면 마리의 허리만큼 굵었는데, 등에 업힌 아이 때문인지 목소리는 애처롭게 들릴 만큼 간절한 사정 투였다.

"도사님께 정말 죄스러워요. 그렇게 영험하시니 사방에서 찾아오는 사람들에게 오직 들볶였겠어요? 하지만 저희 형편도 좀 봐주세요. 멀리서 소문 듣고 찾아왔고, 여긴 하룻밤 묵을 곳도 없어요. 영험을 보건 못 보건 도사님께서 저희 애아버지를 한번 쓸어

주시기라도 한다면 여한이 없겠어요. 부디 잠시라도 도사님을 뵙
게만 해주세요."

"안 돼요. 오늘은 우리 선생님을 더 괴롭히지 마세요. 오더라도
며칠 뒤에 오세요. 이건 정말 아녜요. 여러분은 또 우리 선생님을
잘못 맞이하고 계신 거예요. 제발 돌아가세요."

그렇게 말하며 상대를 노려보는 마리의 눈길은 완강하다 못해
필사적이라는 느낌까지 주는 데가 있었다. 그럴수록 상대는 더욱
사정조가 되었다.

"스물에 여기 이 애아버지 만나 오남매 낳고 함께 살면서 30년
이나 기다려온 날이고, 도사님이에요. 정히 오늘 안 된다면 여기
서 이이하고 그냥 기다릴게요. 30년도 기다렸는데, 며칠을 더 못
기다리겠어요? 한 사나흘 지붕 없이 자눕는 한이 있어도 이이만
나을 수 있다면 못할 것도 없어요. 당장 도사님을 뵈올 수 없다면
허락 떨어질 때까지 이이하고 나하고 그냥 여기 문밖에서 기다릴
수 있게라도 해주세요."

누구에게서 무슨 말을 들었는지 그녀가 도사라고 부르는 사람
에 대한 믿음은 실로 대단했다. 하지만 그에게 기이한 느낌을 준
것은 그녀가 업고 있는 것이 그녀의 남편이라는 점이었다. 아이 업
는 포대기로 싸서 업고 덮개를 씌운 별로 크지 않은 덩어리가 그
렇게 키 크고 건장한 여자의 남편이라니. 그것도 들은 말로 미뤄
서는 쉰이 넘는 중년 남자일 거라 싶자, 그는 가슴 뭉클해지는 감

동과 함께 바로 덮개를 젖혀보고 싶은 충동이 일 만큼 그녀의 등에 업혀 있는 사람이 궁금해졌다.

"아앗, 아저씨, 오셨군요. 이제야 겨우 제 부름을 들으셨군요. 하지만 잘 오셨어요. 어서 오세요. 어서 와서 우리 선생님을 좀 지켜주세요."

그제야 다가온 그를 보았는지 마리가 과장되게 반색했다. 잠깐이지만 키 크고 건장한 여자와 그녀가 업고 있는 사람에게만 쏠려 있던 흥미를 애써 털어내며 그가 얼결에 되물었다.

"네가 나를 부른 거라고? 무슨 일이야? 뭣 땜에 그래? 선생님이라면 그 보일러공 말하는 거 같은데, 그 양반한테 무슨 일이 있어?"

"맞아요. 하지만 팔봉 마을 같은 꼬방동네에서 보일러공 노릇을 했다고 막보지 마세요. 예수 그리스도께서도 가난한 어촌의 목수였어요."

마리가 그렇게 쏘아붙여 놓고 다시 말을 이었다.

"더구나 우리 선생님은 이제 공생애(公生涯)로 들어가셨어요. 위대한 구원의 발걸음을 떼신 거예요. 그런데 이 사람들은 찾아온 구원을 올바르게 맞아들이지 못하고 있어요. 공생애의 초입부터 선생님을 마구잡이로 소모시키고 있을 뿐이에요. 도사니 뭐니 불러가며 자기들의 온갖 짐을 모두 선생님께 떠맡기고 그걸로 구원에 갈음하려 해요. 이대로 두면 선생님은 걸음조차 떼어놓지 못하고 쓰러지실 거예요. 이번에는 나무 십자가가 아니라 고름과 종기, 붓고 곪고 병든 육체의 질척한 대지에 처박혀 질식하시고 말 거라고요."

"무슨 소린지 모르겠다. 저 사람들이 어떤 짐을 그에게 떠맡긴다는 것이며, 그 짐을 대신해 준다 해서 무한히 대신 져줄 수 있는 그런 짐이 있느냐? 도대체 무슨 일이 난 거냐? 너희들은 여기 와서 무얼 하고 있는 거냐?"

그가 진심으로 그렇게 물었다. 구멍가게에서 들은 말이나 방금 보고 들은 실랑이에서 알 수 있는 정황이 전혀 없는 것은 아니지만, 그것과 마리의 절박한 호소가 얼른 연결이 되지 않기 때문이었다. 그러나 갑작스런 사태가 마리의 대답을 방해했다. 남편을 업고 온 덩치 큰 아주머니가 그의 출현을 기회로 삼아 슬며시 안으로 밀고 든 일이었다.

"안 돼요, 아주머니. 제가 그렇게 말했잖아요? 결코 안으로 들어가서는 안 돼요. 물러나세요. 그리고 아저씨, 아저씨는 지금 뭘 하고 계신 거예요? 어서 이 아주머니 막아요. 선생님을 지켜 주세요."

마리가 다시 팔을 벌려 그 아주머니를 막으며 대답 대신 다급한 목소리로 그에게 도움을 빌었다. 그가 얼결에 마리를 도와 입구를 막아섰다. 업은 사람을 두 손으로 감싼 아주머니가 어깨로 가볍게 그의 가슴을 밀었다. 하지만 세차게 흔들리는 샌드백에라도 부딪힌 듯 그는 큰 충격을 받았다. 비틀거리며 밀리는 그를 보고 마리가 한층 목소리를 높였다.

"아주머니, 이건 아니에요. 이러셔서는 안 돼요. 물러서요. 물러서지 않으면 병을 고치기는커녕 무서운 벌을 받을 거예요."

그사이 몸의 균형을 바로잡은 그도 갑작스런 전의로 두 팔에 힘을 끌어 모으며 아주머니를 노려보았다. 느닷없지만, 그 아주머니가 힘으로 밀고 든다면 그도 힘을 다해 막아 볼 작정이었다. 그때 다시 새로운 사태가 그런 그들의 충돌을 막았다. 건물 안에서 쉰 안팎으로 보이는 핼쑥한 남자가 걸어 나오더니 힘이라고는 하나도 없는 목소리로 마리에게 말했다.

"선생님께서 모두 들여보내시라는데요."

그를 본 마리가 무엇에 화가 났는지 낯 색깔이 파래져 쏘아붙였다.

"당신도 선생님께 모두 내려놓고 왔구나. 아픈 걸 몽땅 선생님에게 덮어씌웠지? 그래서 당신만 털고 일어나니 좋아? 그렇게 우리 선생님을, 이 세상에서 내쫓고 당신만 천년만년 살 것 같아?"

그 남자의 생김이 그렇게 성말라 보이지는 않았으나 젊은 여자가 너무 심하게 몰아붙이자 은근히 부아가 난 표정이었다. 목소리는 높지 않아도 강경한 항의가 섞인 어조로 마리의 말을 받았다.

"아가씨, 도대체 무슨 소리요? 내가 뭘 내려놓고 뭘 덮어씌웠다는 거요? 털고 일어났다는 말도 그래. 숨쉬기가 좀 편해지고 걷기도 나아지긴 했지만 털고 일어나다니?"

"당신 올 때 의사도 진료를 마다한 간암 말기랬지? 거무죽죽한 얼굴에 숨을 헐떡거리며 지팡이 끌고도 겨우 걸어올라 왔잖아? 그런데 이제 산보하듯 걸어 나오면서 모든 걸 떠넘긴 게 아니라고? 우리 선생님께 모두 덮어씌운 게 아니라고?"

"아가씨 말대로 내가 다소 나아졌다 해도 그게 어떻게 당신 선생을 내쫓는 거야? 내가 고마워 동네방네 여기서 입은 신통력 떠들고 다니면 당신네 선생 이름이 나도 더 나고 손님이 늘어도 더 늘지, 그게 어떻게 당신네 선생님을 이 세상에서 내쫓는 게 돼?"

남자가 제법 목소리까지 높였으나 무엇 때문인지 마리는 악에 바친 듯 그 남자를 쏘아보며 소리쳤다.

"항상 그렇게만 보는 게 당신들 병통이야. 우리 선생님은 소문 나고 손님 많이 끌려고 당신들을 쓸어안는 게 아니야. 그보다 훨씬 더한 것을 주려고 오셨어. 하지만 선생님도 우리와 같은 뼈와 살로 이루어지신 분이야. 같이 상처받고 병들어 고통당하신다고. 그런 사람의 몸을 가지고는 언제까지 당신들의 짐을 모두 받아 질 수 없다고. 끝내는 그 짐을 더 버텨낼 수 없는 때가 오고, 그렇게 되면 정작 기다려온 구원은 다시 기약 없이 되고 말아. 또 몇천 년을 기다려야 할지 알 수 없단 말이야……."

그런 마리의 두 눈에서는 오싹한 광기까지 뿜어져 나왔다. 상대 편 남자는 마리가 한 말을 알아듣지는 못해도 그녀의 두 눈에서 뿜어져 나오는 그 광기는 본 듯했다. 목소리를 낮추면서도 여전히 억울한 느낌을 지우지 못한 말투로 받았다.

"그럼 당신네 선생님은 뭐요? 다 짐 지지도 못하면서 왜 우리를 받는 거요? 왜 그토록 요란한 소문으로 우리를 부른 거요? 외진 곳에 가만히 숨어 있으면 아무도 찾아와 괴롭히지 않을 거 아뇨?"

"당신들에게로 다가가지 않으면 아무것도 할 수 없기 때문이지. 다가가기 위해 쓸어안는 것을 당신들은 잘못 알고 있어. 그것이 은총의 전부는 아니야. 보다 큰 은총은 그분이 이끄실 앞날에 남아 있어. 그런데 당신들은 그 구원의 날을 기다리지 못하고 그분 자신을 헐값으로 앞당겨 써버리고 있는 거야. 그건 어리석을 뿐 아니라 그대로 죄악을 이루기도 해. 적(敵)그리스도를 섬기는 것이나 다름없어. 그건 또……."

마리는 자신의 말이 머릿속의 생각을 잘 담아내지 못하는 게 괴로운 듯 숨 막혀 하며 말을 잇지 못했다. 하지만 남자는 그래도 마리의 말을 제대로 알아듣지 못하는 눈치였다. 멍하니 그녀를 바라보며 한동안 고개를 기웃거리다가 우물거렸다.

"도통 무슨 뜻인지 알아듣지를 못하겠네. 예수쟁이들 같지도 않은데 은총은 뭐고 구원은 또 뭐야? 뒤 마려운 놈한테는 변소가 은총이고, 아픈 놈한테는 병 낫는 게 바로 구원이지. 하여튼 알았소. 정말로 내가 병이 나았다면 고마운 일이고, 뒷날 살려준 은혜 잊지 않으면 되고오…… 어찌 됐든 아가씨, 너무 빡빡하게 굴지 말고 저 안의 도사님, 아니 선생님한테나 가보슈, 이 사람들 데리고. 내 나올 때 분명히 말씀하시기를 모두 안으로 들이라 하셨소."

그러고는 비칠거리며 골목길로 내려가 버렸다.

"역시 도사님이셔. 세상 소문이 공연히 나는 게 아니라니까. 우리가 여기 온 거 어떻게 아시고……. 거봐요, 아가씨. 진작에 우리를 보내줬으면 동네 시끄럽게 서로 언성 높일 일도 없었지."

남편을 업은 아낙이 그렇게 말하고는 더는 거칠 것 없다는 투로 앞장을 섰다. 마리도 이제는 말릴 기력이 없어졌는지, 말없이 그 아낙네의 뒤를 따랐다. 엉거주춤해 보고 있던 그도 그녀들을 따라 무너지다 만 천막교회 건물로 들어갔다.

겉에서 보기와는 달리 실내 공간은 제법 넓어 어림잡아도 20평은 넘어 보였다. 창문은 크지 않으나 유리로 되어 있었고, 무너진 지붕에도 투명한 농용 비닐을 덮어씌워 놓아 방 안은 특별한 적응 노력 없이도 분간이 될 만큼 밝았다. 안쪽으로 오래되어 시커멓게 썩은 합판 마룻바닥에 두터운 스티로폼을 깔고, 그 위에 거적처럼 펼쳐둔 싸구려 양탄자에 보일러공이 웅크린 듯 앉아 있었다.

그 보일러공 앞으로 우르르 달려간 아주머니가 서둘러 포대기를 풀고 업혀 있던 사람을 내려놓았다. 초등학교 3학년도 안돼 보일 정도로 작고 말라비틀어진 몸이지만, 누렇게 뜬 얼굴만은 정상의 크기인 중년 남자가 우람한 아내의 도움을 받아 바닥에 내

53

려앉았다. 모든 게 귀찮다는 듯 눈조차 뜨지 않은 채 아내에게 몸을 내맡기고 있었는데, 앉은 걸 보니 왜 그의 몸집이 그리 작게 보였는지 이내 알 수 있었다. 아랫도리가 쪼그라들어 보통 사람의 허벅지 길이도 되지 않았다. 그런 중년 남자의 헐렁한 바지를 걷어 올려 그 가늘고 비틀어진 다리를 보여주며 아주머니가 매달리듯 말했다.

"선생님, 아니 도사님. 제발 우리 애아버지 좀 고쳐주세요. 신혼도 끝나기 전부터 시작해 이 모양이어요. 30년 양의(洋醫) 한의(韓醫) 구별 않고 찾아다녔지만 날이 갈수록 이렇게 쪼그라들기만 했어요. 명산대찰 안 가본 데 없고 영험하다는 굿, 기도 안 해본 게 없지만 쪼그라들기만 하고 펴질 줄 몰랐어요. 한 번만 자비를 베풀어 주세요. 이 자리에서 당장 혀를 깨물고 죽어도 우리 애아버지 툭툭 털고 일어나 걷는 거 한번 봤으면 원이 없겠어요. 고쳐만 주신다면 지가 평생을 도사님 종노릇 하더라도 그 은혜 잊지 않고 꼭 갚을게요……."

그러자 보일러공이 가만히 손을 내밀어 그 중년의 다리 위에 얹으며 말했다.

"더 말하지 않아도 내가 너희를 안다. 너희 고통을 보고 함께 느낀다. 이제 이 몸으로 그것들을 거두어 너희에게 보내신 이에게로 되돌릴 것이다. 너희도 믿고 기구하여라."

그때까지도 그들 별난 부부에게만 시선이 뺏겨 있던 그가 그 말을 듣고서야 비로소 보일러공을 찬찬히 살펴보았다. 얼른 보기에는 다소 원기 없고 지쳐 보일 뿐, 서너 달 전의 그와 별로 달라진 게 없었다. 있다면 그의 목소리에서 느껴지는 전에 없던 묘한 울림 정도일까.

그런데 보일러공을 살피고 있는 사이에 이상한 변화가 일어났다. 아직까지는 이전의 희고 맑은 기운이 조금 남아 있는 보일러공의 얼굴에 검고 누른빛이 번지기 시작하더니 고요하고 평온하던 표정도 무언가 고통을 드러내는 그늘과 선으로 일그러져 갔다. 호리호리하고 어딘가 귀티가 흐르는 듯하던 몸매도 원래 그의 것이 아닌 어떤 것들로 천박한 느낌이 들 만큼 부풀어 올랐다.

그는 공연히 섬뜩해하며 보일러공과 마주 앉은 중년 쪽으로 눈길을 돌렸다. 그렇게 보아서 그런지 그 중년의 얼굴도 어느새 변해 있었다. 보일러공과는 달리, 누렇게 떠 있던 얼굴에는 맑은 빛이 돌기 시작하고 고통에 찌든 표정도 그새 많이 가셔 있었다. 뒤틀리고 쪼그라든 다리까지도 조금씩 펴지는 듯했다.

이게 무슨 일인가. 드디어 나도 이들의 기괴한 재현극(再現劇)에 말려들어 헛것을 보게 되었는가, 귀신 들린 자를 깨우시고 앉은뱅이를 일으키신다…… 그가 그런 느낌으로 둘을 번갈아 살피고 있을 때 갑자기 마리가 울먹이며 끼어들었다.

"이러시면 안 돼요, 선생님. 오늘만도 벌써 열한 번째예요. 그렇게 마구 거둬들이시면 오래 버티시지 못해요. 선생님을 돌아보세요. 지금 선생님의 몸은 저들이 넘기고 간 것들로 뒤틀리고 부풀어 올라 있어요. 이대로 가면 넘치고 터져 산산조각이 나고 말 거예요. 저 십자가 위에서 그러셨던 것처럼 고통 속에 그 몸을 벗지 않을 수 없게 될 거예요."

그러고는 다시 중년 부부를 번갈아 보고 앙칼지게 쏘아붙였다.

"내가 말했죠? 당신들은 다시 찾아온 구원을 거부하고 있는 거라고. 새로운 방법으로 주님을 십자가에 못 박고 있는 거라고. 저기 봐요. 선생님의 다리를 파고드는 저 어둡고 더러운 기운. 그게 당신들의 주님을 십자가에 매단 밧줄이고 못이에요. 주님의 옆구리를 찌른 창이라고요. 누구도 사람의 몸을 받고 태어나서는 당신들 모두의 짐을 다 져줄 수는 없어요. 그 짐을 다 지기 전에 먼저 성령을 담을 그 몸부터 부서지고 말 거예요. 제발 이만 돌아가세요. 또다시 주님을 이렇게 만신창이로 되돌아가시게 해서는 안 돼요!"

그때 눈을 감고 있던 보일러공이 번쩍 눈을 떠 그를 보며 말했다.

"저 여인을 밖으로 데려가시오. 내가 이 사람들을 내보낼 때까지 들이지 마시오."

힘이 들어 헐떡이며 쥐어짜낸 듯하였으나, 그에게는 거역할 수 없는 위압감으로 다가드는 목소리였다. 그가 마리에게로 다가가 가만히 소매를 끌자 그녀가 말없이 따라왔다. 눈물이 번들거리는 눈길로 그 중년 부부를 번갈아 쏘아보고는 있어도 그녀 또한 보일 러공의 말을 귀담아 듣고 있었던 듯했다.

두 사람은 바깥으로 나온 뒤로도 한동안을 무슨 강한 암시에라도 걸린 듯 굳어진 몸으로 기다렸다. 그렇게 얼마나 지났을까, 교회 안쪽에서 희미한 인기척이 나더니 그들 부부가 나왔다. 우람한 아주머니가 포대기를 말아 쥔 채 비틀거리는 남편을 부축해 나오는데, 마치 다친 아들을 병원에서 치료한 뒤 데려나오는 어머니 같았다.

아이처럼 업혀 왔던 중년 남자가 부축을 받고도 비틀거리기는 하지만 걷고 있다는 것, 그리고 처음 교회 바닥에 부려졌을 때보다 키가 두어 뼘은 더 자란 것 같다는 느낌이 먼저 그를 이상한 마비에 몰아넣었다. 엄청난 충격과 경악이 일시에 뒤엉켜 자아낸 마비였다. 지금 여기서 무언가 불가사의하면서도 놀라운 일이, 비상하면서도 섬뜩한 일이 정말로 일어났다. 내가 진지하게, 그리고 경우에 따라서는 경건하게 받아들이지 않으면 안 될 일이 기어이 눈앞에서 벌어지고 말았다…….

하지만 마리는 달랐다. 그녀는 알 수 없는 두려움에 질린 얼굴로 그 아주머니를 막아서듯 하고 물었다.

"선생님은? 선생님은 어떻게 되셨어요?"

"도사님, 아니 선생님은 이제야 쉬시려나 봐요. 저희를 가만히 손짓해 내보내시고는 벽에 몸을 기대앉으시던데요. 들어가서 편히 쉬시게 시중들어 주세요."

그렇게 말한 덩치 큰 아낙은 귀한 자식 이끌듯 남편의 손을 잡
은 채 좁은 교회마당을 빠져 나갔다. 고맙다는 인사 한마디 없이
떠나기는 해도 그녀 역시 남편 못지않게 비칠거리고 있었다. 어떤
말 못할 감격으로 몸과 마음이 흔들리고 있음에 틀림없었다. 그녀
의 우람한 몸과 물러설 줄 모르는 마음이 빠져 있는 듯한 그 상태
가 갑자기 그를 영문 모를 마비 상태에서 끌어냈다.

자기 최면이다. 종교적 기적의 대부분을 현대 과학으로 설명할
수 있는 심리 현상. 우리 지난 시절 그 숱한 심령 대부흥회 밤의
기적을 연출해 내고, 무당의 난치병 치료율을 15퍼센트 이상으로
끌어올린 그 맹신과 맹신의 상승 작용이다. 최면을 걸어 불로 지
지겠다고 하고 얼음을 갖다 대어도 불에 덴 것처럼 상처가 난다
는 살과 뼈의 이상 반응 — 그는 맹렬한 반발과도 같은 감정으로
자신이 억누르는 감동과 신비를 털어냈다.

"선생니임……."

그때 마리가 울먹이며 교회 건물 안으로 뛰어 들어갔다. 그녀의
소매를 잡고 있다시피 하던 그도 얼결에 따라 들어갔다.

그 아주머니의 말대로 보일러공은 창 아래쪽 벽에 기대 앉아
있었다. 눈을 지그시 감고 가쁘게 숨까지 몰아쉬는 모습이 그저
쉬고 있다기보다는 무언가 견디기 어려운 고통이 절로 가라앉을
때까지 기다리는 것 같았다. 그런 보일러공에게로 우르르 달려간

마리가 그의 무릎 앞에 몸을 내던지듯 엎드렸다. 오체투지(五體投地)를 떠올리게 할 만큼 스스로를 낮추어 다함없는 우러름을 드러내는 동작이었다.

"선생님, 괜찮으세요? 이대로 견딜 수 있으시겠어요?"

마리가 그렇게 묻더니 책상다리를 하고 앉은 보일러공의 무릎을 두 팔로 감싸안으며 울먹였다.

"지금 괴로우신 것은 여기죠? 저 사람이 자기의 고통과 질병을 모두 선생님의 다리에 부려놓고 가버린 거죠? 그걸 저희가 다시 물려받을 수는 없어요? 저희가 나눠 질 수는 없나요? 아, 저희도 그걸 나눠 질 수만 있다면……."

그러나 보일러공은 아무런 대답이 없었다. 점점 자라나는 반감으로 그들을 살피던 그가 자세히 보니 보일러공의 누렇게 뜬 얼굴에는 땟국 같은 땀이 줄줄이 흘러내리고 있었다. 대답을 하지 않는 것이 아니라 어떤 무서운 고통과 싸우느라 대답을 하지 못하는 것 같았다. 그러나 그에게는 그것조차 키 크고 몸피 굵은 아낙과 앉은뱅이 남편 부부의 맹신만큼이나 억지스러운 보일러공의 자기 최면 과정으로만 보였다. 맹신과 상승(相乘)하여 일쑤 사이비 종교의 신앙적 기반을 이루는.

"너를 다시 안을 수만 있다면 어디든 가겠지만, 이 어설픈 재현극(再現劇)에 끼워 넣기 위해서라면 다시는 나를 부르지 마라. 여기서 네가 내게 바라는 배역이 무엇이건 나는 진심으로 아무런 관심이 없다."

그는 자신도 까닭을 알 수 없는 세찬 악의로 둘을 내려보며 그렇게 내뱉고는 돌아섰다. 나중에 스스로 돌이켜보니, 무릎을 마리의 눈물로 적시고 있는 보일러공에게서 이성으로서의 질투를 느꼈던 듯도 했다.

그런데 그 허물어지다 만 교회 건물 앞 공터를 벗어나기도 전에 그는 다시 그 보일러공에게 좀 전과는 다른 종류의 질투를 느끼게 만드는 사람들을 만났다. 머리를 빡빡 민 중년과 그의 손을 잡고 이끄는 호리호리한 아주머니, 그리고 아주머니와 다른 편에서 그 중년을 부축하고 있는 유난히 낯빛이 흰 젊은이였다. 갑자기 길을 막아선 그들 가운데서 아주머니가 무슨 불안한 예측에 쫓기듯 그에게 물었다.

"오늘은 왜 이렇게 조용해요? 저기, 우리 선생님 안에 계시죠? 어디 다른 곳으로 떠나신 것은 아니죠?"

그녀가 말하는 선생님은 틀림없이 그 보일러공을 가리키는 듯했다. 그러잖아도 심사가 잔뜩 뒤틀려 있던 그는 처음 그저 퉁명스런 예, 아니요로 대꾸하고 지나치려 했다. 그러나 아주머니의 다급하면서도 간절한 어조에 이내 마음이 달라져 물었다.

"그 사람을 왜 찾으십니까?"

"우리 이이에게 다시 한번 은총을 베풀어 주십사 하고요. 아니,

이이를 그분 곁에 머물게 하려고요."

그 말을 듣고 보니 그녀가 이끌고 있는 중년은 빡빡 밀어 강인한 느낌을 주는 머리와 크고 건장한 체수에 비해 정신이 온전치 못해 보였다. 풀려 있는 시선이나 외부의 자극을 전혀 느끼지 못하는 것 같은 표정은 한눈에도 그가 겪고 있는 심신장애가 중증(重症)임을 짐작하게 했다.

"젊은 시절에 프로레슬링을 하셨는데 박치기를 특기로 삼다가 뇌를 다쳤다고 합니다. 며칠 전에 선생님의 은총을 입어 제 정신으로 돌아온 듯했으나, 오늘 아침부터 다시 옛 증상이 도졌다는군요."

그가 잠시 말이 없자 다른 쪽에서 그 중년을 부축하고 있던 얼굴 흰 젊은이가 아주머니의 말에 덧붙여 설명했다. 보일러공이 고쳐줄 것을 의심 없이 믿고 있는 말투였다. 그 때문에 슬며시 기분을 상한 그가 조금 뒤틀린 어조로 물었다.

"은총이라 — 그쪽은 이분과 어떻게 됩니까?"

"오다가 만났어요. 아주머니 혼자 이분 모시고 오는 게 힘들어 보여서 함께 모시고 오는 중입니다."

"그쪽은 뭣 때문에 여기로 오셨는데요?"

"진리의 말씀을 들으려고요. 저도 그 선생님 소문 들었습니다. 그만큼 놀라운 권능을 지니신 분이라면 틀림없이 우리에게 전하시려는 진리도 있을 것 같아서."

대학생 같은 그 젊은이의 말은 이번에도 흔들림 없는 믿음을 드러내고 있었다. 그게 보일러공의 무릎을 눈물로 적시고 있는 마리를 떠오르게 해 다시 그의 속을 뒤집어 놓았다. 목구멍까지 차올라오는 욕지기를 간신히 억누르며 그가 쏘아붙이듯 말했다.

"구석구석 가지가지군. 들어가 보슈. 저 안에 뭔가 있긴 있습디다. 선생님인지 도산지 구세준지 나발인지. 제길."

21

'거 참 이상한 악의 축(軸)도 있네.'

텔레비전이 송출하는 CNN 뉴스 화면에서 종전(終戰)을 선언하고 있는 부시 대통령의 얼굴을 보며 그는 자신도 모르게 중얼거렸다. 살라딘과 그의 용감무쌍한 회교 전사단(戰士團)은 어디로 갔는가. 결국 허풍장이 독재자와 허세만 잔뜩 부리던 공화국 수비대뿐이었다는 건가. 대량 살상무기는 헛소문이고 4백만이나 된다던 공화국 수비대도 허수(虛數)였을 뿐이라는 건가.

"그런데 신 형, 이거 어떻게 된 거요? 여기 이 '뉴엘 테크' 말이오. 개장 10분 만에 상종가(上終價)로 뛰어올라 두 시간이 지난 아직까지 매도보다 매수 대기가 많아요. 보니 어제도 상종가였고……. 체크해 봤소?"

환율과 연계된 국제 금융상품이나 채권 쪽을 담당하고 있는 배성근 씨가 전에 없이 국내 증시 시세가 떠 있는 모니터 한쪽을 가리키며 불쑥 물었다. 마침 그도 그날 아침 한번 살펴본 적이 있는 종목이라 배성근 씨의 물음을 쉽게 받아낼 수 있었다.

"아, 그거? 저도 봤습니다. 하지만 무언가 수상쩍은 냄새가 나요. 매집(買集)이 끝난 작전 세력이 자신 있게 걸어놓은 허(虛)매수 물량 같습니다."

"아, 그래요? 하지만 그렇다면 이제 겨우 상종가 사흘째이니 우리도 한번 따라가 보는 게 어떻겠어요? 설마하니 이틀 상종가 따먹자고 작전 시작하지는 않았을 거고……."

배성근 씨가 자신도 그쯤은 알고 있다는 투로 그렇게 되물었다. 그가 마우스를 끌어 자신의 모니터에다 '뉴엘 테크'의 현재가(現在價)를 띄운 뒤에 다시 최근 6주일간의 주가 변동 상황을 불러냈다.

"여길 보세요. 이 부근을 자세히 보면 이 작전 세력의 매집은 이미 한 달 전에 끝난 겁니다. 여기 이 열흘, 이렇게 매수 매도가 몰려 있는 곳 말입니다."

그가 귀찮아하지 않고 설명해 주었다. 근래 들어 부쩍 증권 쪽에 열을 올리는 배성근 씨의 몰두가 왠지 밉지 않아서였다. 배성근 씨도 흥미 있어 물은 사람답게 귀담아들었다.

"따라서 그다음 서너 주(週) 완만한 상승세는 소액 투자자들끼리 얼마 남지 않은 유동 물량을 주고받으면서 생긴 자연스러운 현상이라고요. 상종가는 이제 겨우 이틀째지만, 이 종목 주가는 벌써 매집 세력의 목표가 언저리에 와 있다고 보아야 합니다. 뒤따라 갈아타기에는 이미 늦었어요. 잘못 따라갔다간 상투 잡기 십상일 겁니다."

그가 그렇게 덧붙였지만 배성근 씨는 아직도 충분하지 않다는 표정이었다. 그가 한 번 더 센서를 움직여 현재가 쪽을 가리키며 참을성 있게 풀이했다.

"이건 오늘 매도 매수 공방인데요, 여기 매도 잔량은 이미 없는데 매수 잔량은 15만 주가 넘죠? 아마도 소량 보유자들을 안심시키려는 허(虛)매수 물량일 겁니다. 여기 상종가를 물고도 사려는 사람이 이렇게 많이 기다리고 있으니 서둘러 팔지 않아도 된다고 하는……. 제 생각에 이 매집 세력이 힘 있고 조직적인 패거리라면 내일쯤에는 무언가 '뉴엘 테크'의 주가를 띄울 만한 공시(公示)가 나올 겁니다. 그리고 그때 매도 물량이 몰려 있는 가격대를 보면 그들의 목표가도 대강 때려잡을 수 있겠지요."

"하지만 정말 그 매집이란 게 가능할까? 유동 주식만도 3백만 주가 넘는데……."

"그래봤자 100억 안팎입니다. 주당 평균 매입가를 3000원 잡아도 말입니다. 그런데 전에 내가 있던 점포의 큰손 중에는 혼자서 100억 넘게 굴리는 사람도 몇 있었어요."

그제야 배성근 씨도 알겠다는 듯 고개를 끄덕였다. 그때 그의 개인 컴퓨터 화면에 새로운 정보가 들어왔음을 알리는 메신저 신호가 깜빡거렸다. 열어보니 두 가지 내용이 한데 묶여 있었다.

하나는 어떤 연기금의 프로그램 매매 정보를 통째 뽑아 날린 것이었다. 100킬로바이트 가까운 용량에 그들이 보유한 주식의 매도 매수뿐만 아니라 이익 실현과 손절매(損折買) 계획이 구체적인 비율과 숫자로 세밀하게 나와 있었다. 이익 실현과 손절매에 나서는 등락률(騰落率)은 다른 기금이나 펀드와 비슷해 특히 요긴할 것은 없었지만, 그들이 보유한 주식 종목과 수량은 중요한 참고가 되었다. '새누리 투자기획'이 사들인 종목과 겹친 것이 세 개나 되기 때문이었다.

다른 하나는 30분 전에 결의된 어떤 철강회사의 자사주(自社株) 매입 계획이었다. 주가를 방어하기 위한 목적이 숨어 있어서인지, 가격대가 아니라 시기로 매입이 결정되어 있었다. 그것은 곧 그 회사가 어떤 정한 날에 시가(時價)에 개의치 않고 적지 않은 물량을 한꺼번에 사들이겠다는 뜻인데, 그 주식을 많이 매집해 있는 사람에게는 한꺼번에 많은 물량을 마음 편히 이익실현 할 수 있는 기회가 된다.

"연보(年保)공단에서 이렇게 많은 자동차 주를 모아 가지고 있는 줄은 또 몰랐네……."

그가 별 뜻 없이 그렇게 중얼거리면서 그 두 가지 정보를 각기 비슷한 종류의 정보가 저장돼 있는 파일로 옮겼다. 아직 제자리로 돌아가지 않고 있던 배성근 씨가 그런 그를 곁눈질하다가 혼잣말처럼 말했다.

"그거 모두 그 단체나 회사로 봐서는 중요한 비밀일 거 아뇨? 아무리 투명 경영 시대라 하지만, 적어도 대외비(對外秘)는 되겠지. 그게 어떻게 그리 막 돌아다녀요?"

"막 돌아다니는 것은 아니겠지요. 우리가 힘들여 손에 넣은 것일 겁니다."

"내, 참. 그게 더 신기하단 말이야. 그게 어떻게 힘들인다고 우리 손에 넘겨지느냔 말이오."

"해킹을 했거나 매수된 저쪽 내부자의 소행이겠죠. 오프라인에서 도청 방식으로 몰래 빼낸 것도 있고…… 통신회사 담당자가 팔아먹은 것도 있고……."

그가 그동안의 짐작대로 그렇게 대꾸하면서 새삼 면접날 본 동료들을 떠올렸다. 그날 면빛으로 인사하고 난 뒤 제대로 된 회식 한번 없이 흩어져 맡은 일에 파묻혀 버린 그들이었다. 그들 중에서도 한(韓)구루라는 애니메이션 영화의 주인공 같은 소년과 박 뭐라던 그의 짝은 아예 그 사무실에서는 보이지도 않았다.

그가 느닷없이 그들을 떠올린 것은 그 모든 해킹과 도청, 침투와 매수에 그들이 관여되어 있을 것이란 추측 때문이었다. 그는 그 중에서도 특히 해킹을 담당하고 있는 것은 바로 그 한구루라는 소년일 것이란 확신을 품었다. 그날은 무심코 들어 넘겼지만 '구루'

라는 것이 그 소년의 이름이 아니라 해킹 기술 급수에 따른 칭호
일 수도 있음을 떠올린 까닭이었다. 그 위에 '위저드'라는 고수(高
手)가 있지만, 통상으로 '위저드'는 드러나지 않아 실상은 '구루'가
최상급의 해커가 된다는 말을 들은 적이 있었다. 하지만 나머지
는 한 사무실을 쓰기는 해도 정확히 그들이 어떤 쪽을 맡고 있는
지는 잘 알 길이 없었다. 그런데 배성근 씨가 궁금하게 여기는 것
은 그와 달랐다.

"그러니까 더 이상한데 말요. 이 정보 메일은 온라인이 아니라
무선 단말기로 이어져 있다는 거요. 쎄고 쎈 게 무슨 텔레콤이고
흔해 빠진 게 광케이블인데 왜 여긴 무선 단말기를 거치게 하는
지, 내 원……."

그러고 보니 그도 정보 메일을 받을 때 이따금씩 유선 인터넷
과 다른 느낌이 들던 게 기억이 났다. 무언가 장애가 있어 단절되
는 듯한 느낌. 하지만 배성근 씨와는 달리 그는 그 메일이 왜 무선
단말기로 중계되어야 하는지는 짐작 가는 데가 있었다.

"그야 만약을 위해서겠지요. 해킹이나 도청이 추적을 당했을
때 어느 선에선가 잘려줘야 우리 기획실이 추궁을 면하게 되지 않
겠습니까? 아직은 그런 일들이 제대로 규제되고 있지 못하지만 머
지않아 엄중하게 추궁당하고 처벌받는 날이 올 겁니다."

그가 그렇게 자신의 짐작을 말하자 배성근 씨가 아이처럼 신
기해했다.

"그럼 스파이 영화처럼 우리 사무실 어딘가에 수신 안테나가 있단 말이지? 여기 어디 반경 2킬로미터 안에 우리 사무실로 전파를 쏘아주는 우리 분실(分室)이 있고……. 그래서 분실이 들키면 우리는 도마뱀처럼 꼬리를 끊고 달아난단 말이지?"

그러다가 창가로 가서 길 건너편 건물들을 하나하나 짚어가며 중얼거렸다.

"저길까? 아니면 저기? 아니지. 너무 가깝고 빤해. 시각적으로도 금방 추적되고 말 거라고. 그럼 저기?"

그때 언제 왔는지 윤 영사가 그림자처럼 그들 사이에 나타나 비웃듯 물었다.

"무얼 찾으시오? 무엇이 알고 싶은 거요?"

윤 영사는 동구와 러시아의 외교 공관에서 오래 영사로 근무했다는 사람인데, 그의 느낌으로는 왠지 하급 첩보원 퇴물 같았다. 세상 내막 다 안다는 듯한 심드렁함 또는 그것도 모르냐고 빈정거리는 듯한 비웃음이 공연히 사람 기분 상하게 하는.

"아, 예. 그저……."

그가 공연히 멋쩍어 하며 말끝을 흐렸다. 그러자 윤 영사는 이내 아무런 감정이 드러나지 않은 얼굴과 말투로 돌아가 혼잣말처럼 중얼거렸다.

"어차피 양키들이 다 먹어갈 판돈이라. 게다가 개미나 장바구니 투자자들이 현저하게 줄어든 만큼 마음에 거리낄 일도 없어졌겠다. 우리도 무슨 짓을 하든, 이미 양키들이 차고앉은 떡판에서 크게 한 덩이 떼어내 안 될 일이 무어겠소?"

"예? 무슨 말씀이신지……?"

그와 같이 멋쩍어 하던 배성근 씨가 다시 흥미에 가득 찬 얼굴로 물었다. 윤 영사가 비웃듯 배성근 씨와 그를 한꺼번에 쏘아보다가 말투에 조금 감정을 섞었다.

"컴퓨터 보안 체계는 컴퓨터를 처음 만들어낸 미국이 당연히 그 핵심 키워드를 가지고 있을 거요. 따라서 미국이 마음만 먹으면 한국의 컴퓨터 보안 시스템은 예외 없이 다 뚫리는 것으로 봐야 할 겁니다. 또 세콤과 캡스 등 보안경비업체 시스템의 핵심 기술은 대개가 이스라엘에서 개발하여 특허를 따낸 제품이오. 미국 월가나 백악관 핵심부에 상당수 유대인이 편입돼 있음을 상기한다면, 그 또한 미국의 침투 앞에서는 안전하지 않소. 거기다가 거대 자본을 무기로 IMF에 코가 꿴 한국 금융 시장으로 치고 든 그들이오. 그런 그들 사이에 끼어 작으나마 자본 시장의 일부를 긁어오는 것은 민족 자본을 보존 확보하는 길이기도 하오."

"하지만 그래도……."

배성근 씨가 궁금하기는 해도 묻기가 송구스럽다는 듯 그렇게 말꼬리를 흐렸다.

"저들과 맞서는 데는 저들의 방식이 가장 효율적일 거요. 온라인에서의 불법이나 위법은 민족 자본 방어의 논리만으로도 얼마든지 변명할 수 있으니 너무 잔신경 쓸 거 없어요. 게다가…… 그쪽 팀은 지금 그런 쓸데없는 걱정보다 유가 증권 파트 수익률 제고에나 전념하시는 게 더 급할 텐데……."

윤 영사가 그렇게 말하다가 갑자기 심드렁해진 얼굴로 돌아섰다. 내가 이 무슨 쓸데없는 짓이람, 하는 듯한 자조(自嘲)의 표정 다음이었다. 자신들의 별로 좋지 못한 지난 한 달의 실적을 훤히 꿰고 있는 듯한 윤 영사의 말이 마음에 걸렸으나, 배성근 씨에 이어 무언가를 물어보려던 그도 갑자기 묻고 싶은 마음이 없어졌다. 덩달아 심드렁해진 느낌으로 증시 현황을 보여주는 모니터로 눈길을 돌렸다.

모니터 아래쪽 종합 뉴스라는 이름으로 여러 낭설과 풍문들이 책임 없이 떴다 지는 화면에 때마침 '후세인 체포설'이 흘러가고 있었다. 티그리스 지역에서 대규모 체포 작전 끝에 후세인 정부의 중요 인사를 체포했는데, 작전의 규모나 보안의 급수로 보아 그게 바로 후세인 같다는 추측성 기사였다. 반사적으로 긴장한 그는 얼른 시황(市況)을 체크해 보았다. 며칠 전에도 빈 라덴 체포설로 장(場)이 한 차례 가볍게 출렁댄 적이 있어 그런지 이번에는 반응이 그리 예민하지 않아보였다.

"그런데 저 양반, 윤 영사 말이오, 신 형도 정말로 전직 외교관 같아 보여요?"

어느새 다시 왔는지 배성근 씨가 등 뒤로 다가와 귀에 대고 하듯 낮은 목소리로 말했다. 시황을 살피느라 그쪽에만 정신을 쏟고 있던 그가 그 갑작스런 물음에 어리둥절해 받았다.

"전직 외교관? 그게 왜요?"

"동구(東歐)에서 오래 영사로 있었다면서요?"

"저도 그렇게 들었습니다만."

"나는 왠지 첩보원 퇴물 같아. 중정(中情) 출신 말이오. 내 전에 외국 지사로 나가보면 대사관마다 영사니 참사니 해가며 중앙정보부 요원들이 한둘씩 박혀 있었거든요."

"그들이 어떤데요?"

"이건 뭐 계급도 없고, 서열도 없고, 그래도 세상일은 저 혼자 다 아는 듯 이일 저일 모두 심드렁해 가지고 시건방 떨던 치들……. 변했다, 변했다 하면서도 무소불위로 권력을 휘두르던 옛날을 그리워하며 정권의 눈치만 힐금거리는……."

그러는 배성근 씨의 말투에는 무언가 예사롭지 않은 감정이 배어 있었다. 자신도 윤 영사에게서 그 비슷한 느낌을 받은 적이 있지만 배성근 씨가 먼저 그렇게 나오자 그는 오히려 맞장구를 치고 싶은 마음이 없어졌다.

"글쎄요. 저는 외국 근무 경험이 없어서……."

그렇게 말끝을 흐려놓고 슬쩍 덧붙여 물어보았다.

"왜, 재외 공관에 나와 있는 안기부 사람들에게 된통 당한 적이라도 있어요?"

그가 그렇게 묻자 배성근 씨도 퍼뜩 정신이 든 사람처럼 평소의 무표정한 얼굴과 덤덤한 말투를 되찾았다.

"그런 건 아니고…… 뭔가 우리 일과 잘 맞는 것 같지 않아서……. 하기야 그가 무얼 했든 그게 무슨 상관이겠소만."

그러면서 뭐, 그냥 한번 해본 소리라는 듯 미련 없이 제 자리로 돌아가 버렸다. 그도 다시 하던 일로 돌아가 후세인 체포설이 시황에 끼치는 영향을 점검하기 시작했다.

강 형사가 '새누리 투자기획'으로 그를 찾아온 것은 장이 끝난 다음이었다. 일보(日報) 형식으로 그날의 매수와 매도 및 실현 수익과 손실을 정리하고 있는데 전화벨이 울렸다.

"여보세요? 거기 신성민 씨 자리 맞습니까? 신성민 씨 되십니까?"

전화 속의 목소리는 신성민과 잘 안다는 투로 그렇게 묻고 있었지만 그에게는 얼른 그 임자가 누군지 떠오르지 않는 목소리였다. 그래서 머뭇거리며 인정을 하자 저쪽에서는 한층 더 자신 있게 말했다.

"내가 바로 찾기는 찾았구먼. 나 강 형사요. 신성민 씨, 그동안 잘 지냈어요?"

"예? 강…… 형사님……이라고요?"

그래도 얼른 누군지 알 수가 없어 그렇게 더듬거리자 상대편에서는 제법 섭섭해하기까지 하며 자신을 설명했다.

"아, 벌써 잊었어요? 거 왜, 지난 연말 팔봉 마을에서 벙어리 노숙자 살해사건 때…… 목격자 진술 해주지 않았어요? 용의자 인상 착의하고……."

그 말에 비로소 그도 강 형사를 기억해 냈다. 그러나 네댓 달 전에 잠깐 만난 터라 그런지 이번에는 얼굴이 얼른 떠오르지 않았다. 거기다가 목격자 진술이니 용의자 인상 착의니 하는 말이 너무 엄청나게 들려 괜스레 꺼림칙했다.

"나는 그 사건을 직접 본 게 아닌데요. 그 사건의 범행 용의자를 만난 적도 없고……. 내가 진술한 건 다만 그 사건 며칠 전 우연히 피살자가 어떤 사람들과 시비하는 것을 먼빛으로 보았다는 것뿐이었습니다."

"그게 그거 아뇨? 그 사건과 관계된 뭔가를 보았으면 곧 목격자고, 또 피살자와 며칠 전에 시비한 적이 있으면 그가 곧 살인 용의자가 될 수도 있는 거지……. 어쨌든 좀 봅시다. 나 지금 길 건너 스타벅스에 있어요."

경찰서에 앉아 오라 가라 부르지 않은 게 다행이었으나 그래도 나가기에 선뜻 마음이 내키지 않기는 마찬가지였다. 늑장이라도 부리고 싶어 핑계를 늘어놓다가, 정히 그렇다면 잠깐 올라가겠다는 말에 강 형사가 기다린다는 스타벅스로 내려갔다. 꼭 먹살이라도 잡혀 끌려가는 느낌이었다.

"이눔의 데는 다방도 하나 없어. 잠깐 얘기라도 하려면 저기 저 별 다섯 개짜리 호텔 라운지까지 가야 할 판이라고."

그가 회사 건물 뒤 이면도로 건너편에 있는 스타벅스로 들어서니, 당최 그런 곳에는 어울리지 않는다는 듯 의자 끝에 엉덩이만 걸치고 앉은 엉거주춤한 자세로 숭늉 마시듯 라떼 레귤러 큰 잔을 홀홀 마시고 있던 강 형사가 그렇게 불평했다. 가서 보니 강 형사가 그렇게 나서지 않았더라도 얼굴이 기억 안 나 걱정할 필요는 없었을 것 같았다.

"내가 보고 들은 것은 그때 모두 말씀드렸고…… 그게 벌써 다섯 달이 다 되어 가는데……. 아직 그 사건 해결되지 않았어요? 갑자기 제게 무슨 일이죠?"

그가 왠지 길게 얘기하고 싶은 기분이 아니라 자리에 앉지도 않고 바로 그렇게 물었다. 강 형사도 그걸 별로 못마땅해하는 기색 없이 그의 말을 받았다.

"해결은커녕 아직 피살자 신원도 밝히지 못했소. 아니, 피살자뿐만 아니라 주변 인물도 도무지 주민등록번호 하나 걸리는 게 없단 말이오. 하나같이 사람들 입끝에서만 요란할 뿐, 막상 캐보면 모두 공중에 떠버리는 거라. 거기다가 더 기가 막히는 것은 탐문 수사에 응해준 사람들까지도 그 모양이라니까. 신성민 씨도 지구(地區)위원회 사무실에 남은 이재혁 씨 인적 사항이 아니었으면, 그날 내가 또 헛것 본 줄 알았을 거라고."

그러더니 윗주머니에서 사진 한 장을 꺼냈다. 눈앞에 내미는 것을 보니 천덕환의 얼굴이었다. 강 형사가 사진을 보는 그를 유심히 살피며 물었다.

"이 사람이 그 친구 맞아요? 그 전에 피살자를 심하게 때린 적이 있다는 그 친구……."

"글쎄요……. 그런데 왜 이 사람이 바로 그 친구라는 겁니까?"

다시 더는 목격자로든 참고인으로든 그 사건에 말려들어 가기 싫어 그가 시치미를 떼며 물어보았다.

"뺨에 있는 이 흉터가 신성민 씨 진술과 비슷해서."

"아닌데요. 흉터야 비슷한 데 날 수도 있고……. 특히 여기 이 사진에 있는 사람은 팔봉 마을과 연관된 시민단체의 간부인 천덕환 씨 같은데."

그가 선수라도 치는 기분으로 얼른 그렇게 둘러댔다. 천덕환이라는 이름을 그렇게 뚜렷이 기억하고 있었다는 게 스스로도 신통하게 느껴졌다. 강 형사가 실망을 감추지 못하는 얼굴로 그의 말을 받았다.

"아, 이 사람도 알고 있었어요? 하지만 시민단체는 무슨……. 청부 해결사 집단이 맞지. 하여튼…… 이 자는 천덕환일 뿐이고 다른 제삼의 인물을 찾아야 한다면 신성민 씨가 전에 말한 그 흉터난 사내도 완전히 공중에 뜬 거네. 그 친구 똘마니들처럼 따라다녔다는 조폭들 하며, 그 주변에 희뜩희뜩 나타났다 사라지는 노랑

머리 아가씨도. 정말, 이건 뭐…… 꼭 동네 사람들끼리 입을 맞춰 우리를 놀리는 것 같다니까. 시체만 남기지 않았다면 피살자도 동네 사람들이 담합해서 입끝으로 만들어낸 사람 같고."

강 형사가 그의 말을 믿는 것은 그의 선수가 먹혀들었다라기보다는 그동안의 조사에서 이미 흉터 난 사내와 천덕환이 전혀 별개의 인물이라는 것을 충분히 확인해서인 듯했다. 그런 짐작이 들자 그도 문득 그들을 동일인으로 여겨온 자신이 못미더워지며, 오히려 강 형사에게 그런 의심을 드러내지 않은 것을 다행으로 여겼다.

"하긴 그 동네가 워낙 어수선해요. 주민들이랬자 예전부터 뿌리박고 사는 구(舊)마을 여남은 집을 빼면 일시적인 체류에 더 가까운 거주자일 뿐이고……. 거기다가 태보산, 청계산 오르락내리락하는 딴 동네 등산객이 하루에도 몇백 명은 마을 곁길로 들락거리는데 일일이 누가 누군지 어떻게 기억하겠어요?"

그가 불편한 속마음을 감추며 꼭 하지 않아도 될 소리까지 덧붙였다. 강 형사가 삐딱하게 그 말을 받았다.

"신원 파악하기는 신성민 씨도 만만하지 않았어요. 증권회사 건(件), 아직 민사(재판)로도 들어가지 않았는데, 어떻게 그리 발자국을 지우고 다니쇼? 혹 요새 뭐 따로 한 건 벌린 건 아뇨? 그리고 '새누리 투자기획'인가, 하는 이 회사도 그래. 겉보기에 덩치가 이만한데 도무지 어데 걸려 있는 데를 알 수 없단 말이야. 사채 시장에서 전혀 모르는 전주(錢主)인데도 규모가 장난 아니고, 그렇다고 외국 자본이 가오마담 세운 것 같지는 않고······."

하지만 그 말이 그에게 무얼 더 따지려고 밑자리를 편 것 같지는 않았다. 그가 미처 대꾸할 말을 찾기도 전에 강 형사가 다시 정색을 하고 물었다.

"혹시나 해서 그런데, 하나만 더 물읍시다. 그 사건 말요. 신성민 씨는 어떻게 생각하쇼?"

"그게 무슨 말입니까? 무얼요?"

"신성민 씨도 그 사건에 무슨 심각한 배경과 의미가 있다고 보쇼? 심신장애에 지체부자유까지 겹친 무연고(無緣故) 노숙자 청년의 좀 별난 변사(變死) 사건 외에······ 정말 엄중하게 수사해야 될 무엇이 감추어져 있는 거요?"

그 말이 다시 벙어리 청년의 죽음을 앞뒤로 하여 지난 몇 달 동안 겪은 일들이 머릿속을 빠르게 스쳐가며 그를 뜨끔하게 했다. 하지만 왠지 강 형사에게 털어놓아도 좋을 일은 아닌 듯 느껴져 이번에도 시치미를 떼고 받았다.

"글쎄요. 별로 그런 건 못 느끼겠는데요. 헌데 그건 왜 물으시는 겁니까?"

"지검(地檢) 공안부(公安部)에 또라이 영감이 하나 있는 모양이라. 어디서 무슨 소리를 들었는지, 글쎄 이 사건을 중간 정리해 공안으로 넘기라는 것 아뇨? 그것도 시국(時局) 공안으로다가. 그뿐이 아니라 대공(對共) 용의점도 있는 대로 체크해 보라는 거요. 요새처럼 고정 간첩도 무슨 방문단에 끼어 버젓이 북한을 왔다 갔다 한다는 이런 판국에 대공 용의점, 어쩌고 하니 이게 또라이 아니고 뭐요? 우리 경찰도 대공부서(部署) 개점 휴업한 지 하마 언젠데. 하지만 검사가 어디 그냥 되고, 사법 고시가 공짜요? 그래서 내 묻는데, 정말 거기 뭐 이상한 거 있었소? 드러내놓고 말할 것은 못 되어도, 무슨 수상쩍고 불온한 낌새 같은 게 있었나, 이 말이오. 일부러 캐고 다닌 건 아니지만, 소재 파악하는 과정에서 신성민 씨 대학 다닐 때 이력 살피다 보니 그 방면에도 남다른 게 있어서 특별히 묻는 거요."

그것은 그에게도 터무니없는 소리로 들렸다. 임마누엘 박의 해신(解神)교단이 마르크스주의와 기이한 연관을 맺고 있기는 하지만, 공안 검사가 나설 만큼 삼엄한 대공(對共) 용의점과는 거리가 멀었다.

"뭐, 도대체가 그 사건 자체는 본 것도 들은 것도 없지만…….
적어도 사건의 배경이나 의미에 대해서라면 나도 강 형사님 편입니다. 공안부에 있다는 그 검사 영감님, 아무래도 뭘 아주 잘못 짚은 것 같은데요."

그가 특별히 아첨한다는 느낌 없이 그렇게 대답하자 강 형사도 더는 말꼬리를 잡고 늘어지지 않았다. 남은 커피를 홀쩍 마시더니 비로소 눈짓으로 카운터 쪽을 가리키며 말했다.

"아, 참. 커피 한잔 하시겠소? 생각 있으면 한잔 뽑아 오쇼."

그리고 그가 생각 없다고 하자 몇 마디 동어 반복이나 다름없는 물음을 되풀이하더니 이내 자리를 털고 일어났다.

"오뉴월 불도 쬐다 그만두려면 섭섭하다더니 하나도 잡히는 게 없던 사건, 그래도 손 털고 다른 데 넘기려니 서운해서 한번 와 봤시다. 방해됐으면 미안천만이오. 하지만 이제 다시는 우리 서로 볼 일 없을 테니 안심하쇼."

그런데 그때였다. 무심히 돌아보는 듯 실내를 휘익 둘러보는 강 형사의 눈길이 어디선가 멈칫했다가 급하게 옮겨지는 것처럼 느껴졌다. 그가 얼른 그쪽을 보니 창가 테이블에 앉아 있던 건장한 중년 사내 하나가 그런 강 형사와 눈길을 맞추는 듯하다가 갑자기 눈길을 돌렸다. 손에는 강 형사와 비슷한 톨 사이즈 종이 잔을 들고 한가하게 창밖을 내다보며 찔끔찔끔 커피를 마시는 척하였지만, 스포츠형으로 깎은 머리나 나이에 어울리지 않게 떡 벌어진 어깨는 조금 전의 강 형사보다도 더 그곳의 몽롱하고 가라앉은 분위기와 맞지 않았다. 그들에게서 풍기는 비슷한 느낌 때문일까, 그는 왠지 그 사내가 처음부터 강 형사와 한 조(組)로 그곳에 왔거나 아니면 어떤 특별한 임무 같은 것으로 강 형사와 깊이 얽혀 있는 사람처럼 보였다.

"자, 그럼 나 갑니다. 신성민 씨, 잘 있으쇼."

강 형사가 그의 눈길을 끌어오려고 애쓰듯 손까지 흔들어 보이며 과장된 걸음걸이로 스타벅스를 나갔다. 강 형사가 나간 뒤에 그는 다시 한번 그 사내 쪽을 살펴보았다. 여전히 창밖을 내다보고 있는 사내의 시야를 강 형사가 지나갔으나, 그들이 다시 한번 눈길을 맞추었는지 어땠는지는 알 길이 없었다.

22

그들의 매집(買集) 작전은 은밀하면서도 절묘했다. 검색팀이 보내온 정보와 분석팀의 추산에 따르면 대략 다섯 개의 사모(私募) 펀드와 열 개 내외의 창구, 그리고 명동과 강남의 큰손 몇이 손잡은 작전이라고 하는데, 그가 보기에는 규모가 훨씬 더 커보였다. 그러면서도 일사불란하게 움직이는 모습은 '뉴엘 테크'를 주무르고 있는 조무래기들에 비할 바가 아니었다. 그들이 개인 주주들의 마지막 투매를 유도하는 물량을 내던지는 걸 보며 그는 '새누리 투자기획'이 그 매집에 편승할 때를 가늠해보았다. 아직은 때가 아닌 것 같았다.

며칠 더 관찰하자. 적어도 여기서 두 단계는 더 뺄 것 같다 ─ 그가 그러면서 낙폭(落幅)의 변화를 살피고 있는데, 넓적다리에 희미한 진동이 느껴졌다. 바지 옆 주머니에 넣고 있던 휴대전화였다.

"나야, 자기. 오늘 몇 시에 나올 수 있어?"

정화가 다소곳이 안겨오듯 물어왔다. 학교 때의 버릇대로 선배라고 부르는 대신 자기라는 호칭을 쓰는 그 목소리에는 왠지 그녀 쪽이 적극적인 잠자리를 연상시키는 콧소리가 섞여 있는 듯했다. 그가 느닷없이 후끈해 오는 얼굴로 더듬거렸다.

"그, 급하면 3시에, 3시에 장 끝나는 대로 갈 수 있지. 왜? 무슨 일이야?"

"근데, 선배. 정말 오늘이 무슨 날인지 전혀 생각 안 나?"

정화가 갑자기 조금 전과는 생판 달라진 어조로 그렇게 되물었다. 굳고 빈정거리는 듯한 정화의 표정이 곁에서 바라보듯 선연히 떠올랐다. 그러자 이번에는 또 다른 종류의 후끈함을 가슴에 느끼며 그가 바쁘게 기억을 더듬어 보았다. 걸려오는 게 있었다. 정화와 첫 키스를 한 날이 5월 그 무렵이었던 것 같았다.

"첫 키스?"

"됐네요. 됐어. 어쨌든 거기 일 마치는 대로 우리 지부로 와요. 선배 오는 대로 나도 손 털고 일어날 테니. 우리 어디 가서 분위기 있게 저녁이나 먹어요."

정화가 기어이 무슨 날인지는 밝히지 않고 그렇게 전화를 끊었다.

정화가 근무하는 지부 사무실로 가니 마지막으로 보았을 때와

실내 풍경이 많이 달라져 있었다. 우선 눈에 띄는 변화는 팀장 자리 맞은편 벽면 가득 박혀 있던 모니터들이 없어진 일이었다. 아마도 '새누리 투자기획'이 생기면서 '새여모' 서남지구 재정팀에게는 그 많은 모니터가 필요하지 않게 된 듯했다. 대형 벽걸이 모니터가 하나 걸려 있는 것 말고는 구석진 곳에 놓인 25인치쯤 되는 브라운관 텔레비전이 전부였다.

재정 팀장은 자리에 없었다. 그래도 그사이 몇 번 드나들어 안면이 트인 때문인지 몇 사람이 사무실로 들어서는 그를 알은체했다. 그중의 하나가 방금 무언가를 골똘히 들여다보고 있는 정화의 옆구리를 찔러 그가 찾아온 것을 알려주었다.

"왔어요? 거기 조금만 계세요. 바로 퇴근할 거니까."

정화가 그러면서 미련 없이 읽고 있던 서류를 덮고 주섬주섬 책상 위를 챙겼다. 그리고 바로 손가방을 들고 일어서는 것으로 보아 개인 컴퓨터도 이미 꺼져 있고 서랍도 미리 채워둔 듯했다.

"그래 오늘이 무슨 날이야?"

사무실을 벗어나자마자 그가 궁금하게 그때껏 여겨 오던 것을 물었다. 정화가 토라진 얼굴로 입을 비쭉하다가 애써 마음을 돌려먹은 듯 억지스러운 웃음으로 받았다.

"우리가 아파트 새로 얻어 살림 차린 날이네요, 5년 전에. 우리가 사실혼 관계에 접어든 날이고, 따로 결혼식을 하지 않은 우리에게는 결혼기념일이기도 한 셈이라구요. 그러니 분위기 있는 집

에 가서 저녁 한끼 먹는다고 죄 될 것도 없지 않겠어요? 우리 서
방님."

그제야 그도 그날을 떠올렸다. 아파트 3층으로 짐을 옮기는데
몹시 무더웠던 기억이 났다. 그러나 그게 5월 중순이었다는 기억
은 없었다.

"그랬던가? 아 맞아. 미안, 미안. 앞으로는 두 번 다시 잊지 않을
게, 우리 색시님. 그리고⋯⋯ 그걸 잊은 죄루다 내 오늘 한턱 제대
로 낼게. 짱꼴라로 할까? 쪽발이로 할까? 아니면 양코배기네? 한
식도 좋지. 이왕이면 궁중 요리로 푸짐하게 한상 받아보는 게 어
때? 어서 말만 하더라고. 나가 오늘 왕창 쏴버릴 팅게."

그가 그런 너스레로 미안한 마음을 감추자 정화도 더는 그 일
로 깐죽거리지 않았다. 층계를 다 내려 와서는 제법 팔짱까지 끼
며 상큼한 미소를 보여주었다. 그런데 그들이 막 현관을 나서려 할
때였다. 갑자기 그들 앞을 막는 사람들이 있었다.

"알령들 하십네까? 신 선생님. 멀리서도 어째 눈에 익다 싶었는
데, 정말로 신 선생님이셨구만요."

둘만의 얘기에 정신이 팔려 있던 그가 화들짝 놀라며 쳐다보니
임마누엘 박이 반갑게 손을 벌리며 악수를 청하고 있었다. 그러나
더욱 놀라운 것은 길을 막듯 임마누엘 박과 나란히 서서 그를 살
피고 있는 남자였다. 왼쪽 눈초리부터 턱까지 길고 끔찍한 흉터가
있는 뺨, 벙어리 청년을 모질게 때리고 마리의 목에 칼을 들이대

범죄자의 냄새를 물씬 풍겼으나, 지난번 팔봉 마을에 갔을 때 갑자기 무슨 시민단체의 간부로 둔갑하여 그를 혼란스럽게 만든 천덕환이었다. 천덕환이 음침하고 불길한 눈초리로 살피는 듯해 자신도 모르게 움츠러들며 그가 더듬거렸다.

"아, 예. 저…… 그런데 전도사님이 여기 무슨 일로?"

그가 철렁하는 가슴을 애써 가라앉히고 그렇게 더듬거리며 물었다. 그때 그런 그를 한 번 더 혼란스럽게 만드는 일이 생겼다.

"아이구, 이거 서남지구 안정화 씨 아닙니까? 연대 행사 지원 예산 담당이시던가."

천덕환이 정화를 보며 그렇게 알은체를 했다. 정화도 예절바르게 머리까지 까닥하며 그 인사를 받았다.

"'도빈련' 천 부장님이시군요. 요즘 부쩍 자주 뵙게 되네요. 우리와 연대 활동이 더 잦아지신가 봐요."

정화가 천덕환을 잘 알고 있다는 게 충격이 되어 말없이 그 둘을 번갈아보고 있는데 이번에는 임마누엘 박이 그와 정화 사이로 끼어들어 그들을 번갈아 쳐다보며 빙글거렸다.

"아니, 그럼 어떻게 된 겁네까? 이거 참 세상 좁군요. 두 분이 이런 사이인 줄은 또 몰랐습네다. 진작에 알았으면 신 선생님 찾으려고 그리 애타게 헤매지 않아도 되었을 텐데……."

정화는 임마누엘 박도 아는 것 같았다. 별로 스스럼없이 그의 말꼬리를 잡고 되물었다.

"애타게 헤맸다니 그 무슨 말씀이세요? 우리 이이를 왜요?"

"예, 신 선생님은 지금 우리가 완수해야 할 과업의 중요한 열쇠를 쥐고 계신 분입네다. 그런데 지난달에 팔봉 마을에서 만난 뒤로 자취를 찾을 길이 없어서……. 그때 연락처라도 받아두지 않은 게 어찌 후회스럽던지. 그러다가 저기 천 형이 언젠가 이 건물에서 먼빛으로 본 적이 있다기에 혹시나 하고 벌써 며칠째 여기서 기다린 겁네다."

그 말에 그는 다시 한번 가슴이 섬뜩했다. 지난 2월 초순 처음 재정 팀장을 만나러 왔을 때 그는 먼빛으로 천덕환을 본 적이 있었다. 그러나 그쪽에서 알아보기 전에 얼른 몸을 숨겨 자기만 그를 보았다고 믿었던데, 실은 그렇지가 못했던 듯했다.

"두 분이 완수하실 과업에 이이가 중요한 열쇠를 가졌다 — 그게 뭔데요?"

정화가 임마누엘 박을 빤히 쳐다보며 다시 그렇게 물었다. 임마누엘 박이 무언가를 말하려다가 멈칫하며 앞뒤를 재는 것 같더니 신중한 말투로 받았다.

"그게 길거리에서 외고 있어도 될 말은 아니고…… 어쨌든 모든 연대(連帶)와 얽혀 있는 문젭네다. 우리 개혁과 구원의 성격을 결정짓는 계기로서 안 동지도 무관하지 않아요."

그때 다시 천덕환이 뺨의 흉터를 번들거리며 끼어들었다.

"길거리에서 떠들 일도 아닐뿐더러 몇 마디 말로 해결될 일도 아니니, 우리 어디 조용한 곳으로 갑시다. 그 전에, 이거 뭐라 불러야 하나, 그래, 안 선생. 남편 좀 빌려주쇼. 이 또한 새 세상 여는 일과 무관하지 않은 일입니다. 오늘은 길어도 두 시간 이상은 괴롭히지 않을 테니 그동안 남편은 우리가 좀 씁시다."

그런데 참으로 알 수 없는 것은 그 말을 받는 정화의 태도였다. 사무실로 전화해 일부러 그를 불러내고, 기념일 잊었다고 핀잔까지 주어가며 둘만의 시간을 가지려던 사람 같지 않게 선선히 그들의 말을 들어주었다.

"우리 모든 연대와 걸린 일이라면 어쩔 수 없겠네요. 그럼 이이, 필요한 대로 쓰세요. 대신 부수거나 흠집 내지 말고 돌려주셔야 해요."

그렇게 장난조로 말하고는 그에게 찡긋 눈짓까지 보냈다.

"할 수 없네요, 뭐. 그럼 미리 가서 맛있는 거 해놓고 기다릴 테니 집으로 와요. 하기는 우리 형편에 무슨 분위기씩이나……."

그때까지 말 한마디 변변하게 하지 못하고 그들끼리 주고받는 말을 듣고만 있던 그는 그제야 다급해졌다.

"무슨 일인지 모르지만, 오늘만 날인 것도 아니고 저분들은 다음에 약속하고 만나면 되는 거고……. 오늘 우리 기념일은 예정대로……."

그는 마치 어머니가 떼어놓을까 겁나 매달리는 아이처럼 그렇게 더듬거렸다. 무슨 일인지는 모르지만, 그들 두 사람에게 끌려가기는 정말로 싫었다. 하지만 정화는 그야말로 천하태평이었다.

"왜 그래? 이분들 어차피 쌩판 남도 아니잖아? 게다가 보니 오래 기다린 눈치가 하마 선배를 그냥 곱게 놓아줄 것 같지는 않은데……. 그러지 말고 저분들과 천천히 얘기하고 와. 나 먼저 집에 가서 느긋이 한 요리 해놓고 기다릴게."

그러고는 대답도 듣지 않고 헌 보따리 내려놓듯 그를 그들에게 맡겨놓고 혼자 가버렸다.

임마누엘 박과 천덕환이 그를 데려간 곳은 부근 건물 지하에 있는 커다란 호프집이었다.

점심시간에는 값싼 뷔페도 내고 낮 시간에는 차와 음료를 팔기도 하다가 해 질 녘부터 호프집으로 전환하는 곳인 듯했는데, 그들이 들어간 오후 4시 무렵은 이쪽저쪽에 다 어중간해서였는지 손님이 별로 없었다.

임마누엘 박은 안쪽 외진 곳에 자리를 잡기 바쁘게 생맥주 한 잔씩을 주문했다. 두려움과 짜증이 뒤엉킨, 터질 듯한 기분으로 거기까지 따라간 그가 마음을 다잡아먹고 선수를 쳤다.

"나 별로 맥주 생각 없으니 얘기나 빨리 끝냅시다. 무슨 일입니까? 무슨 일로 자꾸 사람을 따라다녀요?"

그러나 임마누엘 박은 느긋하기만 했다. 전도사를 자칭하는 사람에 어울리지 않게 맥주까지 한 모금 쭉 들이켠 뒤에 진득한 말투로 받았다.

"오늘은 꼭 그 사람들 간 곳 좀 일러주셔야 합네다. 더 늦춰서는 안 됩네다."

마치 지금까지 둘이서 주고받던 얘기를 이어가는 듯 천연스러웠다. 임마누엘 박이 말하는 그 사람들이 누구인지 금세 짐작이 갔으나 그는 짐짓 시치미를 떼며 물었다.

"누구 말입니까? 뭘 더 늦추면 안 된다는 겁니까?"

"그 보이라공 말입네다. 그가 정말 로고스의 육화(肉化)라면 실로 엄청난 일이 일어난 겁네다. 그냥 보고 있을 일이 아닙네다."

"로고스의 육화? 나는 그런 어려운 말 몰라요. 그게 우리 보일러공과 어쨌다는 겁니까?"

"그가 만약 재림한 그리스도라면 말입네다. 그가 다시 사람의 몸을 입은 하나님의 말씀이라면 우리는 다시 한번 단결하여 그를 부정해야 합네다. 구원이란 구실로 찾아온 독선의 완성을 막아야 합네다."

임마누엘 박이 흔들림 없는 목소리로 그렇게 받았다. 이번에야말로 얼른 이해되지 않은 데가 있었으나, 그는 무턱대고 모른다고 뻗대서 될 일이 아니다 싶었다. 오히려 전에 임마누엘 박으로부터 들은 말을 애써 기억해 내고, 그 논리로 되받아쳐 보았다.

"전에 전도사님은 하나님이 뜻을 바꾸었다고 하셨던 것 같은데. 그걸 세상에 알리려고 마르크스를 선지자로 세상에 먼저 내보냈다고 하지 않았습니까? 그런 하나님이 또다시 전과 똑같은 그리스도를 보낼 리 있겠습니까?"

"황혼의 로고스, 질투와 고집에 변덕이 죽 끓듯 하는 늙은 신성(神聖)입네다. 못할 일이 없지요."

"그렇더라도 그게 바로 당신네 하나님이고, 그 일 또한 그분의 뜻 아닙니까?"

"그건 그렇지 않습네다. 천지창조는 인간을 위한 것이었고, 이 세상은 인간을 위한 것이어야 합네다. 인간은 도구나 수단이 아니라 목적인 것입니다. 창조도 마찬가지……."

그가 무얼 잘못 건드린 것인지 임마누엘 박이 그렇게 시작해 알아듣지도 못할 소리를 길게 늘어놓기 시작했다. 그가 임마누엘 박의 열기에 눌려 어찌할 바를 몰라 하며 그 말을 듣고 있는데, 천덕환이 문득 왼손을 들어 가볍게 저으며 임마누엘 박의 말을 끊었다.

"박 목사님, 그 토론은 나중에 하고 우선 급한 것부터 알아보시지요."

그러고는 번쩍이는 눈으로 그를 쏘아보며 물었다.

"간단하게 물읍시다. 신 선생, 그 사람들 지금 어디 있습니까?"

어딘가 심문하는 듯한 천덕환의 말투에 그는 긴장과 아울러 느닷없는 반발을 느꼈다. 별 생각 없이 받아놓았던 생맥주 한 잔을 단숨에 들이켜고 정면으로 천덕환의 눈길을 받으며 말했다.

"당신들은 왜 내가 그들이 어디 있는지 알고 있다고 믿는 겁니까?"

"언제나 그들이 있는 곳에 신 선생이 있었기 때문이오. 그것도 대개는 우리보다 한발 앞서 가서."

"그건 순전히 우연이오. 나야말로 당신들에게 묻고 싶소. 어떻게 내가 그들을 만나게 될 때마다 알고 나타나는 거요? 무엇 때문에 사람의 뒤를 밟고 다니시오?"

그러자 무심함을 가장하고 있던 천덕환의 얼굴이 일순 굳어졌다. 그의 반문이 일종의 역습 같은 효과를 낸 듯했다. 그걸 알아본 그는 한층 배짱이 생겼다. 문득 전에 천덕환이 벙어리 청년을 때리며 하던 말을 떠올리고 한 번 더 기습하듯 덧붙였다.

"약이오? 깡이오? 나도 그 벙어리 청년처럼 당신네 나와바리를 건들기라도 했단 말이오? 그리고 마리와 그 보일러공도 그렇소. 그들이 무얼 잘못했소? 당신들을 해친 게 무엇이기에 이토록 집요하게 뒤쫓는 거요?"

그 말에 천덕환의 얼굴이 한층 더 험하게 일그러졌다. 왼쪽 뺨의 흉터가 가는 뱀처럼 꿈틀거렸다. 그때 임마누엘 박이 자다 깨난 듯 멀뚱한 얼굴로 끼어들었다.

"아니 신 형, 신 선생. 그건 또 무슨 소립네까? 약은 뭐고 깡은 뭐며 또 나와바리는 뭡네까? 그리고 벙어리 청년이라면 지난 연말에 팔봉 마을 뒷산에서 목 잘려 죽은 그 친구 말하는 거 아닙네까? 그 끔찍한 사건하고 우리 천 부장님과 무슨 상관이라고 그러는 겁네까?"

"꼭 알고 싶으면 저분에게 물어보세요."

그가 뻗대듯 턱짓으로 천덕환을 가리키며 말했다. 그러나 임마누엘 박은 천덕환 쪽을 돌아보지도 않고 그에게만 따지고 들었다.

"그리고 우리가 왜 그 사람을 찾는지는 아직도 모르십네까? 그가 진정으로 말씀의 육화인지를 확인하고, 그게 틀림없다면 늦기 전에 그를 지금 여기로 보낸 이에게로 되돌려 보내기 위함입네다. 그가 지른 불이 세상을 태우기 전에 불씨를 꺼버리려는 것이며, 그의 누룩이 익어 술이 되기 전에 그 독을 깨버리려는 것입네다. 그러지 않으면 우리는 또다시 여러 천 년기(千年期)를 고통으로 울부짖으며 기다려야 합네다……."

임마누엘 박이 넋두리처럼 그렇게 늘어놓는 동안에 천덕환도 냉정을 회복한 듯했다. 잠깐 동안에 사람이 달라진 것처럼 원래의 얼굴로 돌아가 그의 말을 받았다.

"아무래도 신 선생이 무얼 단단히 오해하고 계신 듯한데, 나는 우리 도시 빈민 연대의 간부로서 그들에게 관심을 갖고 있는 것뿐입니다. 팔봉 마을에 있을 때 그들은 기이한 영향력으로 그곳 사람들에게서 거의 종교적인 숭앙을 받았습니다. 그런데도 정작 창조적 파괴력을 이끌어낼 그곳 사람들의 투쟁 의지를 지워버려 그들을 주목할 수밖에 없었지요."

그런 천덕환에게서는 벙어리 청년을 때릴 때나 마리를 위협할 때의 표독스러움이나 야비함은 전혀 찾아볼 수 없었다. 투쟁적인 시민단체의 전위(前衛)를 맡고 있는 행동가의 결연함만이 느껴질 뿐이었다. 그 바람에 잠시 멍해진 그가 대꾸를 못하고 있는 사이에 다시 임마누엘 박의 이른바 해신파(解神派) 논리가 요란스레 끼어들었다.

"2천 년 전에 유대 사람들이 예수 그리스도를 거부한 것은 그가 민중의 자주적 열망과 투쟁 의지를 무시했기 때문입네다. 그는 천상의 왕국과 지상의 왕국을 나누어, 로마에 예속된 유대 민중의 고통을 돌아보지 않았을뿐더러 저항의 논리를 기본적으로 부정했습니다. "가이사의 것은 가이사에게" 이 얼마나 무책임하고 비정한 말입니까……."

결국 그는 요의(尿意)를 핑계로 화장실을 찾아 일어나서야 겨우 임마누엘 박의 끝도 밑도 없는 논리에서 벗어날 수 있었다.

그런데 정작 그가 그들 두 사람의 정체를 섬뜩하게 느끼게 된 것은 그래서 찾아간 화장실에서였다. 돌아가 어떻게 자리를 매듭 짓고 일어서나 — 소변기에 붙어 서서도 그는 줄곧 그런 궁리로 머리를 쥐어짰다. 그들에게 보일러공과 마리가 있는 곳을 바로 일러주기는 정말로 싫었다. 그래서 공연히 허리띠까지 풀어 바지춤을 매만지며 빠져나갈 궁리를 하고 있는데 천덕환이 불쑥 화장실로 들어왔다.

그는 제발에 저려 움찔하며 천덕환에게 알은체를 하려 했다. 하지만 성큼성큼 그 곁으로 다가온 천덕환은 그럴 겨를조차 주지 않았다. 차고 날카로운 빛이 눈앞에서 희뜩, 하더니 갑자기 목덜미가 선뜻해졌다. 놀란 눈으로 보니 어느새 볼 좁은 회칼이 싸늘한 빛을 내쏘며 그의 목을 겨누고 있었다. 어느 새벽인가, 팔봉 마을에서 마리의 목을 겨누던 바로 그 칼 같았다.

"너 이 새끼, 어디로 슬그머니 튀려고 그러지? 짱구 굴리지 말고 저리 가. 배때기에서 빨랫줄 확 뽑아놓기 전에."

낮지만 듣기만 해도 소름이 끼칠 만큼 차고 표독스러운 천덕환의 목소리가 그를 화장실 한구석으로 몰아넣었다. 흔히 좌변기가 칸막이가 끝나는 곳에 마련되는, 한 면이 트인 큰 청소 도구함 같은 공간이었다.

"이, 이거 왜 이래요? 내가 뭘 어쨌다고……."

미처 혁대를 꿰지 못해 바지춤을 잡은 채 으슥한 구석에 몰려서도 그는 되도록 약해 보이지 않으려고 애쓰면서 그렇게 항변처럼 말했다. 어쨌거나 천덕환이 정화네 '새여모'와 연대한 시민단체의 간부라는 게 그를 무턱 댄 공포에서 구해 주었다.

"엉큼 떨지 마, 이 새꺄. 그래 너 잘 봤어. 남의 나와바리 기웃거리는 그 벙어리 새끼 손본 것도 나고, 기어이 말 안 들어 먹을 따버린 것도 나야. 그리고 지금은 그 벙어리 새끼를 보내 우리 나와바리를 접수하려고 껍죽댄 겁 없는 새끼를 찾고 있는 거야. 그

보일라공인지 뭔지 하는 새끼 말이야. 그 새끼가 바로 어수룩하
게 차린 그쪽 보스인지, 그 위에 또 다른 선이 있는지 알고 싶단
말이야."

"옛날 여자 뺏겼다고 독이 오른 건 아니고? 하지만 내 보니 마
리하고 그 사람 그런 사이 같지는 않습디다. 천 부장님, 너무 그렇
게 이 갈 것 없어요."

천덕환의 동작이 너무 과장되고 또 서두르는 데가 있어 오히려
여유를 찾은 그가 그렇게 이죽거려 보았다.

"펴엉신, 너 이 새꺄, 조직에 몸담은 놈이 화류계 사랑에 목매는
거 봤어? 만약 그 걸레 같은 년 때문이라면 너부터 벌써 사시미를
떴어. 너 이 새꺄, ×값 한 푼 안내고 걔 데리고 긴밤 논 것만 몇 번
이야? 그런데도 내가 너한테 눈 한번 흘긴 적 있어? 잔소리 말고
바로 대. 그것들 어딨어? 어디다 숨겼난 말이야?"

천덕환이 갑자기 목소리를 높이며 칼끝으로 목줄기를 건드렸
다. 바늘 끝만큼이나 건들렸을까 말까 한데, 심장까지 찬 기운이
닿아오는 것 같았다. 그가 자신도 모르게 떨려오는 목소리를 가
라앉히려고 애쓰며 받았다.

"내가 그들을 만난 건 순전히 우연이라고 하지 않았어요? 그
들이 찾아오기 전에는 나도 그들이 어디 있는지 모른단 말이오."

"그럼 최근에도 그것들을 만나기는 했군? 그게 어디야? 그것들
이 어디 있었어? 그 벙어리 새끼 꼴 나지 않으려면 바로 대!"

천덕환이 얼굴을 바짝 끌어당겨 그를 쏘아보며 한 번 더 다그쳤다. 한 뼘도 안 되게 다가선 천덕환의 눈길에서 번뜩이는 살기 같은 것에 그는 하마터면 아는 대로 모두 털어놓을 뻔했다. 그러나 마음 한편에는 아직도 그래서는 안 될 것 같은 느낌이 남아 있어 곤혹스러워하는데, 갑자기 화장실 문이 소리 나게 열리며 저벅거리는 구두 발자국 소리가 났다. 보이지는 않지만 힘차면서도 날렵한 걸음을 짐작게 했다.

화장실 문이 열릴 때부터 숨을 죽인 천덕환은 눈짓으로 그에게도 인기척을 내지 못하게 했다. 그러나 발자국의 임자는 입구 쪽의 소변기들을 두고도 군이 그들 두 사람이 몸을 숨기고 있는 안쪽 깊숙한 곳으로 걸어 들어왔다. 점점 다가온 발자국 임자가 기어이 그들을 볼 수 있는 곳까지 다가오자 천덕환이 그를 놓아주며 고막에다 찔러 넣듯 속삭였다.

"너 이 쌔꺄. 아무 일 없었던 것처럼 천천히 따라 나와. 찍 소리만 내도 바로 허파에 바람구멍 날 줄 알아!"

그리고 잠시 긴한 얘기를 나누다 돌아서는 사람처럼 그와 둘이 있던 공간에서 벗어나 밖으로 나가버렸다. 어떻게 칼을 감추었는지 두 손을 주머니에 집어 넣은 게 제법 여유롭기까지 했다.

후줄근히 쥐어 짜인 빨래 같은 몸과 마음을 잠시 추스른 그는 비척거리며 좌변기 칸막이 맨 안쪽 모퉁이를 빠져나왔다. 군이 그 안쪽에 있는 소변기까지 와서야 바지 단추를 끄른 발자국 소리의 임자는 그새 시원스레 오줌 줄기를 쏟아내고 있었다. 짐작한 대로 스포츠형 머리에 우람한 몸매를 한 젊은 사내였다.

고맙다고 인사라도 하고 싶은 마음을 꾹 누르며 급히 화장실을 빠져나오는데 그 사내가 힐끗 돌아보았다. 그가 무심코 마주 보니 뜻밖에도 사내의 얼굴은 젊은이의 것이 아니었다. 머리형과 몸매 때문에 그렇게 짐작했을 뿐 쉰 살도 넘어 보이는 장년이었다. 그런데 하나 더 뜻밖인 일은 자칫 머리를 꾸벅여 인사까지 할 뻔했을 만큼 그 얼굴이 몹시 낯익은 것이었다. 하지만 아무리 기억을 헤집어 봐도 그를 어디서 보았는지 거기서는 얼른 기억이 나지 않았다.

그가 테이블로 돌아가니 임마누엘 박이 홀로 앉았다가 일어나 반기며 물었다.

"천 부장은 어디 갔습네까? 신 선생이 화장실 가고 곧 뒤따라 갔는데……."

"본인에게 물어 보슈. 무슨 짓을 했는지."

그가 새삼 치미는 울화를 억누르며 그렇게 말하자 임마누엘 박이 눈치없이 받았다.

"흠, 그렇다면 큰일 벌였구먼, 큰일. 작은 것 말고 큰 것 하러 갔구먼. 점심에 뼈다귀탕 너무 아귀아귀 먹더라니. 어쨌든 그건 그렇고…… 신 선생. 우리 하던 얘기 마자 합세다. 아까 제가 말씀드린 일, 결코 미룰 일이 아닙네다. 이미 차일피일 너무 미룬 감이 있습네다. 이러다간 누룩은 익어 술이 되고 맙네다. 힘대로 한번 도와 달라요. 이건 우리 모두 힘을 합쳐 하루 빨리 막지 않으면 안 되는 커다란 재앙입네다……."

그것만 해도 더 견디기 어려운데, 다시 그의 참을성을 떠보는 듯한 일이 다가들고 있었다. 호프집 입구로 대박사 주지가 들어서며 두 손을 들어 한껏 과장된 반가움을 표시하는 일이었다. 원래 그는 임마누엘 박을 다그쳐 천덕환의 정체를 캐어보려 했으나 거기서 그만 단념했다. 달통법사가 뛰어들어 펼칠 홍몽천지 같은 소란을 다시 감당해 낼 자신이 없었다.

"나 이만 갑니다. 하지만 가기 전에 한마디 하지요. 이제 다시는 떼 지어 사람 따라다니며 괴롭히지 마십시오. 한 번만 더 도빈런 따위 떨거지 내 앞에 나타나면 그때는 가만 있지 않겠습니다."

가만히 몸을 일으킨 그는 임마누엘 박을 노려보며 차갑게 말했다. 그러고는 몸서리쳐지는 물건을 떨쳐버리듯 자리를 떠나 호프집을 나와 버렸다. 그 기세가 얼마나 차갑고 매몰차 보였던지 임마누엘 박은 놀란 눈길로 그를 바라보고만 있었고, 얼굴 가득 웃음을 뒤집어쓰고 다가오던 달통법사도 평소의 넉살 좋은 그답지 않게 머쓱해서 길을 내주었다.

화장실에서 만난 스포츠형 머리의 중년 사내가 누군지 퍼뜩 기억해 낸 것은 애꿎은 호프집 출입구를 걷어차듯 열어젖히고 나올 때였다. 무엇이 그때를 떠올리게 하였는지 모르지만, 그 사내는 틀림없이 지난번 강 형사를 만났던 회사 근처의 스타벅스에서 본 적이 있는 그 건장한 중년이었다. 그 사내는 강 형사와 무언가 연관이 있는 사람이며, 아마는 나에 대해서도 잘 알고, 그 시간에 그 화장실로 온 것도 결코 우연이 아니었을 것이다 — 그걸 깨닫자 그는 천덕환에게 위협을 당할 때와는 또 다르게 등골이 서늘했다.

23

상곡동 재개발 지구의 평지 쪽은 보름 전보다 많이 달라져 있었다. 아파트 터파기가 시작되었는지 여기저기서 중장비 엔진소리가 요란하고 대형 트럭들이 분주하게 움직였다. 그러나 산비탈로 올라가는 쪽은 크게 달라진 게 없었다. 알아보게 길어진 해 때문에 아직은 대낮인데도, 공사는 여전히 중단된 채였다. 이미 헐린 집들 때문에 폭격당한 것처럼 보이는 비탈길은 음산하리만큼 사람의 기척이 느껴지지 않았다.

산중턱으로 올라가도 마찬가지였다. 여남은 가구가 농성중인 건물과 그 아래위에서 망을 보고 있는 사람들을 빼고는 철거하기 위해 허물어놓은 집들과 기분 나쁜 고요함뿐이었다. 그것들을 무심히 둘러보다가 지난번에 면박을 준 사내를 멀리서 알아본 그는 자신도 모르게 움찔했다. 그리고 공연히 무엇에 쫓기는 듯한 느낌으로 걸음을 빨리하다가 문득 그런 자신이 어이없어졌다.

지난번에 그곳을 떠나올 때 그가 한, 다시는 마리를 찾지 않으리라는 다짐은 결코 그저 해본 소리가 아니었다. 그때 그는 진심으로 자신의 의식 속에서 그녀를 털어내 버리고 싶었다. 그는 어떤 종교적 강박에 사로잡힌 그녀가 주변에서 잇따라 벌어지는 우연을 제멋대로 꿰맞춰 과장스레 해석하고 있는 것으로 단정했다. 하지만 한편으로는, 설령 그것이 시대의 진정성과 닿아 있는 종교적 징후라 하더라도, 더는 그 터무니없는 연출에 말려들어 감정을 낭비하고 싶지는 않았다.

무엇보다도 그는 기독교의 오래된 성극(聖劇)을 억지스레 패러디하고 있는 것 같은 조잡한 희비극(喜悲劇) 속에 자신이 영문 모르고 끌려든 것 같은 느낌이 싫었다. 그를 그 무대로 끌어들인 것은 기껏해야 조연에 지나지 않아 보이는 마리이고, 그녀와 보낸 밤이 그의 감각에 새긴 쾌락의 기억이었다. 그 모두가 사이비 종교 집단의 초기 교세 확장에 흔히 활용되는 성적 유인(誘因) 같다는 게 야릇한 열등감으로 작용하여, 거기서 자신이 맡게 될 역할까지도 하찮은 단역(端役)이거나 우스꽝스러운 어릿광대로 단정짓게 했다.

달통법사나 임마누엘 박이 보여주는 성(聖)과 속(俗)의 기묘한 뒤엉킴과 마찬가지로 마리와 보일러공이 연출하는 상반된 관념의 혼재(混在)나 상충(相衝)도 점점 받아들이기 어려운 부담으로 자라갔다. 겨우 세 번밖에 안 되는 짧은 만남이었으나 그 보일러공이 언뜻언뜻 펼쳐 보이는 신비와 통속, 초월성과 일상성, 전능과 무력의 상반된 이미지들은 갈수록 그에게 일관된 해석의 선택을 요구했다. 하지만 그는 어느 쪽으로도 해석해 낼 자신이 없었다. 그것은 이 세계의 양면성을 한눈에 알아볼 수 있을 만큼 요연한 원리로 정리하라는 요구만큼이나 엄청나 보였다. 마리가 연출하는 창녀와 성처녀, 방탕과 희생, 세련과 조야도 그랬다. 그녀가 사랑할 만한 뼈와 살을 가졌고, 또 소통하고 싶은 영혼의 주인임에 분명하다면, 그는 어떻게든 그 상반된 관념의 혼재와 상충도 해석해 내야 했다. 그것은 곧 마리를 그의 삶 속에 진지하게 받아들이기 위한 결단의 촉구이기도 하였다. 그러나 반드시 풀어야 하지만 끝내 풀 수 없게 되어 있는 고약한 난제로 끌려 들어가고 있는 듯한 불안뿐 그는 도무지 결단할 자신이 없었다. 지난번 언덕 위 무너지다 만 교회에서의 매몰찬 결별도 어쩌면 그 불안에서 달아나기 위한 구실을 찾기 위함이었는지도 모를 일이었다.

하지만 일주일도 안 돼 무슨 애틋한 추억처럼 의식의 표면으로 솟아오르는 마리의 환영과 더불어 그가 한 다짐은 천천히 허물어져 갔다. 먼저 염치없는 욕망이 스멀거리며 되살아나 마리를 그립게 하였고, 그녀가 이미 올라가 있는 무대의 다음 국면도 다시 궁금해지기 시작했다. 그러다가 임마누엘 박과 천덕환이 갑자기 나타나 다시 그의 의식을 들쑤셔 놓자 그도 더는 그냥 있을 수가 없었다.

목숨을 위협당하면서도 그들이 있는 곳을 말해 주지 않은 것이 맞는 일이었다면, 당연히 그들을 노리고 있는 사람들이 있다는 것도 일러 주어야 한다. 그게 마리와 보일러공을 다시 찾는 그가 앞세운 구실이었다. 하지만 그들이 진정 누구이며 그동안 어떤 변화가 있었을까도 그 구실에 못지않게 그를 상곡동으로 내몰았다. 그래 한 번만 더 보자. 작별을 하더라도 진정한 그들을 만나 본 뒤에 하자.

그사이 비탈길이 끝나고 그는 산등성이 위로 올라섰다. 철거하다 그만둔 집들이 모여 있는 곳으로 들어서자 갑자기 모든 것이 전과 다르게 느껴졌다. 골목으로 나와 웅성거리는 사람들도 없는데 무언가 전보다 훨씬 밀도가 짙어진 온기가 느껴지고, 허물려다 중단한 집집마다 숨죽인 수런거림이 흘러나오는 듯했다.

노점을 겨우 면한 산등성이 구멍가게도 몰라볼 만큼 달라져 있었다. 전에는 절반도 채우지 못했던 진열대가 새로 넣은 것들임에 분명한 상품들로 가득했고, 가게 앞 골목길에는 급하게 짜 맞춘 듯한 평상까지 하나 놓여 있었다. 몇 안 남은 토박이들이 자잘하면서도 없으면 아쉬운 생필품뿐만 사가는 게 아니라, 그 평상에 진득하게 앉아서 요기를 하거나 목을 축일 뜨내기 손님까지 생겨났다는 뜻이었다. 저번에는 세상만사가 다 귀찮다는 듯 맥을 놓고 있던 주인 부부도 한눈에 알아볼 만큼 활기에 차 있었다.

능선 위로 올라가 반쯤 무너지다 만 교회 부근에 이르니 그 활기는 제법 알아들을 만한 사람들의 웅성거림으로 변했다. 줄을 잇듯 골목길을 오가는 사람들을 따라 교회 마당으로 들어서자 무언가 다중(多衆)의 열기 같은 것까지 후끈거릴 만큼 많은 사람들이 몰려 있었다. 별로 넓지 않은 마당에 몰려 있기 때문이란 점을 감안하고 어림잡아도 2백 명은 넘어 보이는 머릿수였다.

진작부터 그와 같은 동네의 변화에 은근히 당황해하며 산등성이를 올라온 그는 교회 마당으로 들어서면서 문득 혼란과도 같은 당혹에 빠졌다. 갑자기 수많은 시선 앞에 서게 된 느낌도 그렇지만, 그런 변화가 뜻하는 바를 도무지 알 수 없다는 데서 오는 당혹은 더했다. 마리와 보일러공이 아직도 그 안에 있는지 갑자기 걱정되었고, 나중에는 설령 그들이 남아 있다 해도 그 많은 사람을 헤치고 들어가 만나 봐야 할 것인지조차 새삼 망설여졌다.

그때 사람들 사이로 불쑥 솟아 있는 낯익은 얼굴 하나가 눈에 띄었다. 지난번에 왔을 때 병든 남편을 업고 온 아주머니였는데, 그녀가 유별나게 눈에 띈 것은 그녀의 큰 키와 우람한 몸피 때문이었다. 그녀를 알아본 그는 구원이라도 받은 양 당혹에서 깨어나 교회 출입구 쪽으로 갔다. 왠지 그녀가 거기 있다면 마리와 보일러공도 교회 안에 있을 것 같았다.

그런데 무너지다 만 교회 입구로 어렵게 헤치고 간 그가 교회 안으로 한 발자국 들여놓으려 할 때였다. 갑자기 무언가 굵은 서까래 같은 것이 그의 가슴 앞을 가로막았다. 거기에 부딪혀 퉁겨 나며 보니 굵은 사람의 팔뚝이었다. 덩치 큰 아주머니와 쌍을 이루듯 교회 출입구를 지키고 섰던 건장한 사내가 팔을 내밀어 길을 막고 있었다. 아직 5월 초순인데도 러닝셔츠만 걸치고 있는 근육질의 웃통과 빡빡 민 머리를 보자 그는 비로소 지난번 그곳 공터에서 만났던 전직 프로레슬러임을 알아보았다.

"지금은 들어가지 못합니다. 안에서 전갈이 있을 때까지 기다려주시오."

굳게 입을 다물고 있는 그 사내를 대신해 또 다른 낯익은 얼굴이 그렇게 말했다. 가만히 살펴보니 보일러공에게서 간암인가 뭔가를 치료받았다던 그 중년이었다. 그도 몸피 큰 아주머니와 머리를 민 사내 사이에 끼어 출입구를 지키고 있었던 것 같았다.

그러고 보니 교회 출입구를 가로막고 있는 것은 그들 셋뿐만이 아니었다. 지난번에는 업혀 왔던 몸피 큰 아주머니의 남편도 지팡이 없이 그들 사이에 서 있었고, 대학생 같은 얼굴 흰 젊은이와 그 밖의 건장한 청년들도 대여섯 끼어 있었다. 합치면 모두 여남은 명은 되어 보였다. 사람들이 모두 교회 앞 공터에 몰려 서 있는 까닭은 바로 그들이 완강히 출입구를 막아서서인 듯했다.

"저어…… 안에 있는 두 사람을 좀 만나러 왔는데요. 강남에서 일부러 여기까지……."

자신도 모르게 그렇게 더듬거려 놓고 보니 갑자기 그도 막막해졌다. 그 보일러공을 어떻게 불러야 할지, 뿐만 아니라 마리도 그들에게는 어떻게 알려져 있는지 알 수가 없었다. 아니, 그 보일러공과 마리가 교회 안에 있는지조차 새삼 자신이 없어졌다. 그때 뜻밖의 구원이 왔다. 몸피 큰 아주머니가 흘깃 그를 보더니 우렁우렁한 목소리로 말했다.

"이 젊은 양반은 들어가게 냅두세요. 마리 아가씨와 각별한 사이니께. 선생님께서도 알아봐주시는 것 같고……."

그러고는 곁에 있는 중년과 남편을 번갈아보며 물었다.

"다들 아시지요? 저분."

그 물음에 두 사람이 고개를 끄덕이며 비켜서자 젊었을 적 프로레슬러였다는 빡빡머리 사내와 건장한 청년들도 그에게 길을 내주었다.

교회 안으로 들어서니 마리의 것인 듯한 가는 흐느낌소리가 먼저 그를 맞았다. 그는 그 울음소리에 자신도 모르게 긴장해 침침한 교회 안으로 한 걸음 한 걸음 조심스레 발길을 떼어놓았다. 곧 무너진 천장을 두터운 투명 비닐로 씌워둔 곳에 이르면서 실내가 환해졌다. 안쪽으로 두 사람이 있었는데, 하나는 벽에 기대 힘들게 숨을 몰아쉬는 남자였고, 다른 하나는 바닥에 엎드려 흐느끼고 있는 여자였다.

바닥에 엎드려 흐느끼는 여자는 청바지와 흰 블라우스뿐만 아니라 거기 싸인 몸까지도 그의 눈에 익은 마리였다. 그런데 그 보일러공일 거라고 짐작했던 남자는 몸피부터가 전혀 아니었다. 연약해 보인다 싶을 만큼 호리호리한 몸매 대신 그가 그때껏 만난 누구보다 몸집이 큰 사내가 벽에 기대 숨을 헐떡이고 있었다.

그는 갑자기 낭패한 기분이 되어 그 사내의 얼굴로 눈길을 모았다. 그런데 미처 그 이목구비를 다 뜯어보기도 전에 그는 비명이라도 지르고 싶은 심경이 되어 눈길을 그 몸으로 돌렸다. 얼굴에서 튀어나온 것은 무엇이든 크고 뭉툭하게 부풀어 있지만 그 원형이 되는 선은 어김없이 그 보일러공의 곱상하고 해맑던 얼굴에서 나온 것이었다. 그 몸도 마찬가지 — 무엇인가를 불어넣은 듯 검붉고 거대하게 부풀어 있었지만 그 원형은 호리호리하던 보일러공의 몸매에서 나온 것임에 틀림없었다.

그때에야 인기척을 느낀 것인지 마리가 갑자기 흐느낌을 멈추고 돌아보며 날카로운 목소리로 소리쳤다.

"누구야? 누구예요?"

그래놓고도 그를 얼른 알아보지 못했는지 다시 앙칼지게 쏘아붙였다.

"아무도 들어오지 말라고 했잖아요? 선생님은 쉬어야 한다고……."

그냥 두면 금세 고함이라도 질러 사람을 부를 것 같아 그가 짧게 대꾸해 주었다.

"나야, 마리. 내가 왔어."

그 말에 마리도 그를 알아보았다. 갑자기 사람이 달라진 듯 반갑고도 놀라워하는 목소리로 그를 맞았다.

"오셨군요. 결국 다시 오셨군요. 그래요. 잘 오셨어요. 이대로 더는 안 돼요. 이제 무언가 방법을 내야 해요."

채 눈물도 마르지 않은 두 눈이 기쁨으로 반짝이는 듯했다. 그가 마리의 과장된 감정에 휩쓸리지 않으려 애쓰며 짐짓 차분한 목소리로 물었다.

"그사이에 무슨 일이 있었던 거냐? 저분은 왜 저렇게 되었느냐?"

그러자 마리의 말투가 다시 격렬해졌다.

"이미 아시잖아요? 모두 우리 선생님께 짐을 부려놓고 가버려요. 사람들이 선생님을 함부로 소모하고 있어요. 새로운 십자가에 선생님을 매달고 있다구요. 이제 수호(守護)의 군병(軍兵)이 나설 때예요. 우선 선생님을 모시고 여기를 빠져나가 사람들이 선생님을 온전히 허비해 버리는 것부터 막아야 해요."

그 말에 그는 다시 한번 지난번에 본 보일러공의 유사 치료 행위를 떠올렸다. 그때 보일러공은 말기 간암이라던 얼굴 누런 중년과 몸피 큰 여인에게 업혀 있던 남편 둘 모두를 틀림없이 낫게 했다. 특히 몸피 큰 여자의 남편을 치료하는 것은 바로 곁에서 지켜

보기도 했다. 하지만 그 방법과 원리가 무엇인지는 그도 아직 정확히 알지를 못했다.

"사람들이 저분에게 모든 짐을 부려놓았다고? 그리고 그 짐은 부려놓는다고 부려놓을 수 있는 짐이냐?"

"저번에도 이미 보셨잖아요? 온갖 고통스럽고 추악한 질병과 불구와 상처를 모두 우리 선생님께 떠넘기는 거예요. 선생님의 권능이 아니면 결코 떠맡을 수 없는 것들을……. 치료라고 우기며 눈물과 애걸로 선생님께 떠맡기를 강요하는 거예요. 벌써 몇십 명이 떠맡기고 간지 몰라요."

마리가 다시 눈물을 흘리기 시작했다. 그는 믿기지는 않았지만 마리가 무슨 말을 하는지는 알아들었다. 그러나 기적을 듣는 신비감보다는 억누를 수 없는 의문이 먼저 일었다. 그 의문에 떼밀리듯, 그는 아직도 눈을 감고 벽에 머리를 기댄 채 힘들게 숨을 내뿜고 있는 보일러공에게 물었다.

"당신이 말하는 구원이 겨우 이것이었소? 하지만 당신이 정말로 세상을 구원하러 왔다면 당신이 이렇게 고통과 불구를 떠맡지 않고도 저들을 고쳐줄 수 있지 않소?"

"육신을 입고 이 땅으로 불려와 겪어야 할 슬픔과 고통은 그 기쁨이나 즐거움과 마찬가지로 누구도 값없이 덜어낼 수는 없소. 저들과 같은 육신을 입은 나도 마찬가지요. 오직 할 수 있는 일은 저들의 것을 넘겨 받는 것, 대신 짐져 주는 길뿐이오."

보일러공이 눈도 뜨지 않은 채 힘들여 대답했다. 그게 왠지 종교적인 수사로 둘러대는 말 같아 그가 조금 빈정거리듯 물었다.

"그렇지만 터질 듯 부풀어 오른 당신의 몸을 한번 돌아보시오. 도대체 며칠이나 더 버텨낼 것 같소? 몇 명의 짐이나 더 져줄 수 있소? 내가 보기에 당신의 몸은 이제 얼마 더 버티지 못할 것이오. 오늘 저녁이라도 요란한 소리를 내며 폭발해 버릴 것 같소. 그런데도 당신은 왜 다 짐질 수 없는 것을 자꾸 받아 지려고 하시오? 겨우 그게 당신이 부여받았다는 그 대단한 권능이며, 오랫동안 사람들에게 그토록 요란하게 예고되어 온 구원이란 것이오?"

자신도 모르게 임마누엘 박의 말투를 흉내 내고 있는 그의 말에 보일러공이 두 눈을 번쩍 떴다. 열과 부기에 검붉게 부풀어 오르고 땀과 고름과 진물이 뒤덮인 뺨과는 달리 그 눈은 아직도 깊고 맑게 가라앉아 있었다.

"내가 사람의 몸을 받아 여기 온 것은 몸을 입은 너희를 알고, 몸 때문에 받는 너희 고통을 함께한다는 뜻이다. 너희만 외롭게 이 땅에 내던져진 것이 아니라 내가 함께 있으며, 너희 혼자 아파하는 것이 아니라 나도 함께 아파함을 보여주기 위함이다. 너희 짐을 너희와 같은 몸으로 나누어 지고자 함이다. 이제껏 거짓 선지자들이나 저잣거리의 떠버리들이 우겨온 것들만이 구원과 권능은 아니다."

그렇게 말하는 보일러공의 목소리는 그를 쳐다보는 눈빛보다 더 깊고 맑았다. 하지만 갑자기 말투가 달라져서 그런지, 그 목소리가 뜻하는 바는 생전 처음 듣는 새로운 언어처럼 얼른 그의 머릿속에 잡혀오지 않았다. 한참이나 멍해 그 보일러공을 바라보다가, 그게 무슨 권능이며 구원인가요, 하는 물음을 겨우 얽은 그가 막 입을 열려고 하는데 갑자기 마리가 울먹이며 끼어들었다.

"하지만 선생님은 그 짐을 나누어줄 데도 없잖아요? 날이 갈수록 무거워지고 늘어날 뿐이잖아요. 이제 사람의 몸으로는 더 짐질 수도 없게 되어 가잖아요? 이대로는 정말 며칠 더 버티시지 못할 거예요. 안 돼요. 선생님을 이렇게 보낼 수는 없어요."

그러더니 다시 간절한 눈빛으로 그를 보며 물었다.

"아저씨, 좀 도와주실 수 없어요? 어디 우리 선생님을 옮겨 치료할 수 있는 곳이 없겠어요? 하다못해 변두리 개인 병원 같은 데라도……."

그때 보일러공이 천천히 몸을 일으켜 똑바로 앉더니 마리를 그윽하게 바라보며 말했다.

"너는 나를 믿지 못하는구나. 나를 믿지 못하면 아버지의 나라도 없느니."

"하지만 담길 곳이 없으면 말씀은 허공에 흩어지고 말아요. 그리고 우리는 다시 수많은 세월을 울부짖고 탄식하며 기다려야 해요. 또다시 이렇게 우리를 버리고 가셔서는 안 돼요. 이번에는 진정한 구원을 이 땅에 베푸셔야 해요."

마리가 보일러공의 말을 들은 척도 않고 그렇게 되받더니 다시 조르듯 그를 바라보았다.

"어디 선생님 모시고 갈 데 없겠어요? 어떻게 해보실 수 없어요? 아저씨이⋯⋯."

하지만 미처 그가 무어라고 대답하기 전에 출입구 쪽이 소란스럽더니 갑자기 거친 목소리가 먼저 날아들었다.

"비켜! 우리 오늘은 당신네 선생님인지 도산지 하는 그 냥반 꼭 만나야 한다니까. 언제 무슨 일이 있을지 모르는 판에 사람들은 모두 여기다 끌어놓고, 이게 뭐여? 씨팔."

그러고는 옥신각신하는 소리와 함께 한떼의 사람들이 건물 안으로 밀려들어 왔다. 키 크고 몸피 굵은 아낙에게 업혀 왔던 남편이 그새 초등학교 상급반 학생만큼은 펴진 몸으로 그들보다 한발 앞서 달려와 입구의 상황을 일러 주었다.

"아가씨, 아무래도 저 사람들은 막을 수 없을 것 같네. 떼거리로 밀고 든다고. 자칫하면 피탈 볼까 걱정이야."

그때 입구 쪽의 사람들은 이미 투명 비닐을 덮어 씌운 지붕이 시작되는 곳 가까이 다가와 그쪽에서 진행되고 있는 상황이 그에게도 훤히 보였다. 키 크고 몸피 굵은 아낙과 머리를 민 전직 프로레슬러 사내가 두 손을 맞잡듯 팔을 벌리고 막아선 저편으로 여남은 명의 건장한 사내들이 스크럼을 짜듯해 밀고 드는데, 두 사람이 한 걸음 한 걸음 뒤로 밀리고 있었다. 그러나 허락만 떨어지면 언제든 반격할 힘이 있다는 듯 연신 마리와 보일러공 쪽을 힐끔거리며 밀고 드는 사람들에게 으르렁거리듯 겁을 주고 있었다.

"이러지 말아요. 나 지금 참고 있는 거야."

"선생님이 보고 계시지만 않아도 이것들을 그냥……."

그때 보일러공이 그들을 보고 조용히 타이르듯 말했다.

"그들을 놓아 주시오. 그들을 만나 보겠소."

밀고 드는 사람들에게서 병색이나 불구가 보이지 않아서인지 이번에는 마리도 가로막고 나서지 않았다. 덩치 큰 아낙과 전직 프로레슬러 사내가 마지못해 팔을 거두고 한편으로 비켜 서자 씨근거리며 다가온 사내들 가운데 하나가 삿대질이라도 할 듯 보일러공에게 달려들며 소리쳤다.

"언제 철거반원과 용역업체 직원들이 들이닥칠지 모르는데 이게 뭐요? 사람들 다 여기 모아놓고 앉았으면 우리는 도대체 누구를 데리고 싸우란 말이오?"

그 말에 이어 함께 온 사내들 몇이 저마다 한마디씩 거들었다.

"도대체 뭐요? 장사할 게 있으면 빨리 전을 펴고 물건 풀어먹일 게 있으면 빨리 풀어먹이시오. 이만하면 소문은 충분히 났으니 볶은 소금도 만병통치약으로 풀어먹일 수 있을 거요. 우리 사람들은 이제 그만 놓아주쇼."

"팔 것 있으면 팔고 거둘 게 있으면 어서 거두어 빨리 거래 끝내고 여기를 뜨시오. 공연히 사람들 붙들고 길게 시간 끌어봤자 좋을 것 하나도 없소. 험한 꼴 보기 전에 싸말아 떠나란 말이오."

"무엇인지 내놓아 보시오. 우리가 젊은 선생을 거들어 드릴 수도 있소."

그러다가 문득 사내들의 목소리가 잦아들기 시작하였다. 그제야 그 보일러공의 변화를 알아본 때문인 듯했다. 엄청나게 부풀어 오른 데다 짓무르고 뒤틀리고 멍들고 갈라터진 그 몸에서 어떤 심상찮은 느낌을 받았음에 틀림없었다. 그때 그들의 말을 가만히 듣고 있던 보일러공이 천천히 입을 열었다.

"내가 팔려는 것은 말씀이요, 사려는 것은 사람의 영혼이오. 내 장사를 거들어 주겠다면 여러분도 여기 이 사람들처럼 하던 장사를 버려두고 나를 따르시오. 나는 여러분을 사람을 사는 장사꾼으로 만들어 주겠소."

그러자 말귀 어두운 사내 하나가 다시 험한 기세로 돌아가 결기를 부렸다.

"내미럴, 사람 장사라니? 그럼 뭐 우리보고 인신 매매라도 하자는 거야 뭐야? 이거 도대체 우리를 뭘로 보고 하는 수작이야? 이 봐요, 젊은 도사 양반. 우리 이래 봬도 철거반대 투쟁위원회 간부들이오. 뿌리 뽑혀 떠돌게 된 사람들, 임대 아파트라도 한 채 마련하게 해주자고 싸우느라 박이 터지는데, 뭐라? 우리보고 사람 장사나 하자고?"

어찌 보면 마음먹고 하는 오해 같기도 했으나, 그 사내의 말에는 묘한 선동 효과가 있었다. 겨우 가라앉아 가던 투쟁위원회 사람들의 격앙이 일시에 되살아나 보일러공에게 비난으로 쏟아졌다.

"이거, 우리 투쟁을 사람 장사로 빈정거리는 거 아냐? 우리가 무주택 철거민들 부추겨 앞세우고 무슨 대단한 이권이라도 챙기는 줄 알고 하는 수작 같은데."

"나도 들은 말이 있어. 이보슈. 당신 무슨 생각으로 이러는 거요? 힘없고 가진 것 없는 사람들끼리 뭉쳐 분배의 불평등과 싸우겠다는데 도와주지는 못하고 도리어 힘을 빼냐?"

그동안에도 보일러공은 무언가 몸 안을 쥐어뜯는 고통과 힘들여 싸우고 있는 듯했다. 신음소리 한번 내지 않았으나 굳게 감은 눈과 검붉은 뺨에 번질거리는 진땀이 그 힘든 싸움을 드러내 보이고 있었다. 하지만 그러면서도 투쟁위원회 사람들의 말에는 줄곧 귀 기울이고 있었던 듯 그들의 말이 그치자 번쩍 눈을 뜨고 말했다.

"너희 삶의 고단함을 내가 이미 안다. 그러나 이 땅에서 너희가 싸움으로 얻을 수 있는 것은 아무것도 없다. 싸워 이겨 빼앗은 것은 다시 져서 빼앗길 것이요, 얻은 기쁨은 잃은 슬픔으로 지워질 것이다. 내 아버지의 나라에서는 싸움에 진 이가 곧 이긴 이요, 빼앗긴 이가 곧 얻은 이일 것이니라."

"우리 투쟁을 단순히 가진 자들로부터 빼앗기 위한 싸움으로만 비하하지 마시오. 우리 투쟁에는 부당하게 많이 가진 자들을 자신의 악덕과 부조리로부터 해방시켜 준다는 뜻도 들어 있소. 왜곡된 분배 구조를 바로잡음으로써, 탐욕과 비정으로 받게 될 역사의 저주에서 그들을 구원해 낼 수 있기 때문이오."

그들 중 먹물깨나 들어 보이는 안경잡이 하나가 나서 깐깐한 목소리로 그렇게 받았다. 보일러공이 지그시 그를 바라보다가 엄숙하게 말했다.

"내가 진실로 너희에게 이르노니, 교묘함이 지나치면 말도 죄가 되느니라. 강도가 네 재물을 빼앗고 '내 너를 다시는 강도당하지 않게 구해 주었노라'고 한다면, 네가 고마워하겠느냐? 강도가 네 목숨을 앗으며 '내 너를 고생스러운 세상살이에서 해방시켜 주겠노라'고 한다면 죽는 네가 기뻐하겠느냐? 구원과 해방은 오직 하늘에 계신 아버지의 권능에 부쳐진 일이다. 내 아버지의 이름을 망령되이 부르지 말 것처럼, 그 역사(役事)도 함부로 빗대어 말해서는 아니 된다. 이제 모두 돌아가거라."

그런데 알 수 없는 일은 그런 보일러공의 말에 그 안경잡이를 비롯한 투쟁위원회 사람들이 보인 반응이었다. 조금 전의 결기나 격앙은 다 어디로 갔는지, 얼핏 들으면 좀 엉뚱하기까지 한 그 말이 끝나자 무엇에 호되게 부딪힌 사람들처럼 멈칫하더니, 대꾸 한마디 못하고 슬그머니 돌아섰다. 어떻게 보면 몽둥이로 흠씬 두들겨 맞아 겁먹고 내몰리는 잡종 개떼 같기도 했다. 그러다가 출입구를 나설 무렵에야 그중 하나가 겨우 무엇에서 깨난 사람처럼 한마디 했다.

"그게 시방 먼 소리고? 우리보고 싸우지 말라는 소리 같은데, 니기미, 도산지 뭔지 저 사람 저거, 혹시 재개발위원회나 용역업체 스파이 아이가?"

그러면서도 그들의 발자국 소리는 곧 멀어지고 무너지다 만 교회 건물 안은 다시 평온을 되찾았다. 하지만 오래 가지는 못할 평온이었다. 다시 출입구 쪽에서 작은 소란이 일더니 이번에는 그가 알지 못하는 젊은이 하나가 마리에게 다가와 무언가 귓속말로 물었다. 공손한 태도로 미루어 입구 쪽을 막아섰던 젊은이들 중의 하나인 듯했다. 마리가 잠깐 무언가를 생각하는 듯하다가 고개를 까닥하자 젊은이가 다시 출입구 쪽으로 갔다.

잠시 후 출입구 쪽에서 실랑이를 하다 놓여난 듯한 두 사람이 우르르 뛰어들었다. 그들은 누가 말려볼 틈도 없이 보일러공에게로 달려가 그 검붉게 부풀어 오른 몸을 얼싸안으며 울먹였다.

"너 여기 있었구나, 얘야……."

"아들아, 내 아들아……."

그러는 목소리가 귀에 익어 가만히 살펴보니 두 사람은 언젠가 팔봉 마을 하꼬방에 쉬어간 적이 있는 그 기이한 늙은 부부였다. 50대 후반에 무성생식(無性生殖)을 했다고 주장하는 여의사와 그 수태고지(受胎告知)를 받아 아내를 조금도 의심하지 않는다던 전직 공대 교수 부부로, 10년 전에 집나간 아들을 찾고 있다던 그들의 말이 새삼 기이한 느낌으로 떠올랐다. 그들 부부의 아들로는 도무지 어울리지 않는 보일러공이었지만, 그는 그래도 건성이나마 재회를 축하하는 것으로 알은체라도 하려 했다.

그런데 뒤이은 뜻밖의 광경이 그의 말문을 막고, 조금씩 그 분위기에 길들여져 가던 그의 정서를 한순간에 뒤엎어 놓았다. 보일러공이 성가신 것을 떨쳐버리듯 흐느끼며 얼싸안는 그들 부부를 손짓으로 차갑게 밀어낸 일이 그랬다. 마리까지도 보기가 민망했던지 일깨워주듯 말했다.

"선생님, 선생님의 아버님과 어머님이십니다."

그러자 보일러공은 여전히 무엇에 쒼 듯 냉정하고 엄격한 눈길로 마리를 쏘아보며 나무라는 투로 받았다.

"누가 내 아버지이고, 누가 내 어머니란 말이냐? 내 아버지는 오직 하늘에 계신 한 분이시요, 어머니와 형제자매는 내 아버지의 뜻을 받들고 섬기는 모든 사람이다."

눈앞에서 벌어지고 있는 광경뿐만 아니라 보일러공의 그 말 또한 복음서 어딘가에 나오는 구절임을 떠올리자 그의 마음은 갑자기 차게 가라앉기 시작했다. '성경에 미친 사람들의 엉뚱하고 기괴스러운 재현극(再現劇)이다. 어쩌다 관객으로 끌려 들어오게 되었지만, 정말로 이제 더는 여기서 머뭇거릴 까닭이 없구나. 어설픈 조연은 사양하겠다…….' 그는 다시 속으로 그렇게 중얼거리며 자리를 털고 일어날 채비를 했다.

그때 그 늙은 부부가 뜻밖의 대꾸로 옷깃이라도 잡아당기듯 그를 제자리에 붙들어 두었다. 10년이나 찾아다니던 아들로부터 냉대를 당한 사람 같지 않게 조용히 일어선 그들이 조심조심 마리 뒤로 가서 나란히 앉으며 말했다.

"알았다. 벌써 네 날이 시작되었구나. 하지만 네 곁에 남아 너를 우리에게 보낸 이의 뜻을 지켜볼 수는 있겠지."

이미 그리될 줄 알고 있었다는 듯 조금도 섭섭한 기색을 드러내지 않는 그들 부부가 그에게는 신기하다 못해 으스스하기까지 했다. 그리고 그 으스스함은 조금 전 거칠고 격앙된 투쟁위원회 사람들을 그토록 순순히 물러가게 만든 힘이 무엇이었던가를 새삼 따져보게 만들었다.

'그게 자기 최면의 유도인지 광신(狂信)의 상승 효과인지는 모르지만, 병이 낫고 불구에서 놓여난 사람들이 저 보일러공을 우러러 받들거나 그 이상 초기 종단(宗團) 형태로 따르는 것까지도 이해할 수는 있다. 하지만 철거 마지막 단계에서 악에 받쳐 있는 투쟁위원회 사람들을 압도한 것은 어떤 힘일까. 산부인과 의사와 생리학과 화공과(化工科) 교수의 과학주의를 저리도 철저하게 지워버리고 들어선 저 믿음은 도대체 어디서 온 것일까.'

그는 속으로 그렇게 중얼거리며 그만 일어날까 하던 마음을 바꾸었다. 대신 대화를 나누는 가운데 어떤 단서라도 얻을까 하는 기대로 이번에는 스스로 나서 그 보일러공에게 말을 걸어보았다.

"실은 얼마 전부터 당신들을 집요하게 찾고 있는 사람들이 있어서 왔습니다. 그 사람들이 누군지 아십니까?"

그가 그렇게 물었으나 보일러공은 대답 대신 가만히 그를 마주볼 뿐이었다. 그 눈길에 내몰린 듯 그가 스스로 대답한 뒤에 다시 질문을 바꾸었다.

"내 짐작으로 그들은 위험스러울 뿐만 아니라 사악한 사람들입니다. 그들이 왜 당신들을 쫓고 있는 것입니까?"

이번에도 보일러공은 대답 없이 그를 쳐다보기만 했다. 그 눈길을 '알고 있다. 그래서?' 쯤으로 읽은 그가 이제는 묻는 게 아니라 상의하듯 말했다.

"그들은 점점 가깝게 다가와 나를 옥죄며 당신들의 행방을 알려달라고 졸라댑니다. 며칠 전에는 이곳을 대라고 내 목숨까지 위협한 적도 있습니다. 내가 끝내 버티지 못하고 당신들을 그들에게 넘기게 될까봐 참으로 걱정입니다."

"……"

"도대체 이게 무슨 일입니까? 2천 년 전 먼 나라에 있었던 그 일과 어떤 관계입니까?"

"……"

"거기다가 정말 답답한 것은 당신들의 일에 끼어들게 된 나입니다. 나는 무엇이고 이제 어떻게 해야 합니까?"

그래도 보일러공은 가만히 그를 바라볼 뿐 대답이 없었다. 그러다가 더 묻기가 멋쩍어진 그가 얼굴마저 붉히며 입을 다물자 나지막하게 말했다.

"너는 이미 다 알고 있다. 그대로 될 것이다."

그러고는 길게 숨을 내쉬며 몸을 추스르고 앉더니 마리를 돌아보았다.

"여기 있는 사람들을 모두 내보내라. 그리고 저리로 가서 기다리는 사람들을 들어오게 하여라."

"선생님……."

마리가 강한 거부의 몸짓으로 굳은 채 보일러공을 바라보며 말렸다.

"안 돼요. 더는 안 돼요. 선생님은 더 쉬셔야 해요."

"아니다. 그렇지 않다. 저들을 너무 오래 기다리게 해서는 아니 된다. 나는 넉넉히 쉬었다."

"하지만 오늘은 아녜요. 이러시면 큰일 나요."

"내 날이 많지 않다. 어서 저들을 이리 들여보내도록 하여라."

그렇다면 어차피 그도 자리를 비켜줘야 했다. 거기다가 어떤 조악한 패러디 속에 떨어진 듯한 거북함과 불쾌감이 다시 고개를 들어 더는 그 자리에 버티고 있을 수가 없었다.

"나는 당신이 진정으로 누구며 하려는 바가 무엇인지를 알아, 저들로부터 당신을 지켜주려는 내 의지를 강화하려 했습니다. 그런데 당신은 애매한 대답으로 나를 어찌 해야 할지 모르게 만드는

군요. 어떤 역할이 나를 기다리는지 참으로 걱정입니다."

그는 그런 말로 작별 인사를 대신하며 돌아섰다. 보일러공과 얘기를 나누는 동안의 열중이 곁에 있는 마리까지 잊게 했다. 그런 그의 귓속으로 그때까지 한번도 들어본 적이 없는 정중하고도 장엄한 보일러공의 목소리가 파고들었다.

"너희 혼자 이 춥고 황무한 세상으로 던져진 것이 아니라 늘 함께하는 이가 있으며, 그이는 너희 슬픔과 고통을 알 뿐만 아니라 함께 느끼신다면, 그것만으로도 얼마나 감격적인 신성이냐. 거기다가 이제는 사람의 몸을 입고 그 몸으로 너희가 져야 할 모든 짐까지 대신 지려 하시니 또한 이 얼마나 위대하고 거룩한 신성이냐. 뉘우침과 믿음을 값으로 흥정하는 용서와 구원이라는 낡은 양식은 진정으로 너희를 위한 것이 아니었다……. 하지만 네 뜻대로 하여라. 실은 나도 빨리 이 가망 없는 일에서 놓여나고 싶다. 권력에의 의지만큼이나 거대한 자기 연민에 나는 지쳤다. 가서 네게 맡겨진 일을 행하여라. 그들이 원하는 일이 곧 네가 하여야 할 바이니라."

그가 놀라 돌아보니 보일러공은 아직도 마리를 보고 있었다. 그때 마리는 그를 따라 일어서고 있었는데, 그 얼굴 어디에도 보일러공의 그 심상치 않은 말을 들은 표정은 전혀 떠올라 있지 않았다. 그는 문득 벙어리 청년이 죽기 전에 몇 번 들은 적이 있는 환청을 떠올리며 그 불길함과 불쾌함을 떨쳐버리려 성큼성큼 걸음을 떼놓았다. 마리가 다급하게 그런 그를 뒤따라 나섰다. 그런 그녀를 주저앉히듯 그가 스스로도 과장됐다 싶게 들릴 만큼 매몰차게 말했다.

"나를 잡지 마라. 그만 됐다. 너희 하늘나라가 그대로 이곳에 옮겨졌다 해도 나와는 아무런 상관이 없다. 잘 있거라. 이제 다시 너를 찾아오는 일은 없을 것이다."

그리고 옷자락을 떨치듯 하며 돌아서려는데 갑자기 뜻밖의 일이 벌어졌다. 애써 자세를 바로 하고 있던 보일러공이 갑자기 스르르 무너져 내리듯 모로 쓰러졌다. 마리가 달려들어 그 보일러공을 쓸어안으며 귀를 가슴에 댔다 입가에 댔다 하다가 그를 보고 소리쳤다.

"거 보세요. 그냥 두어서는 안 된다고 했죠? 뭔가 하지 않으면 안 된다고 했죠? 지금 선생님 숨소리가 거의 들리지 않아요. 심장 고동도 미약하기 짝이 없어요. 이거예요. 이래서 그렇게 간절히 아저씨를 부른 거라고요."

그러더니 다시 몸피 큰 아낙네와 프로레슬러 같은 남자를 불러 말했다.

"한 분은 선생님을 시트로 덮어 업으시고 다른 한 분은 청년들을 데리고 길을 여세요. 사람들이 시트 안에 선생님이 계시다는 걸 알게 해서는 안 돼요. 그저 급한 환자가 생겼다고만 하세요."

시트로 덮어 씌운 보일러공을 둘러업은 몸피 큰 아낙과 호위하듯 그녀 앞뒤를 둘러싼 청년들은 어리둥절해서 길을 내주는 사람들 사이를 빠져나오자 뛰듯이 언덕을 내려갔다. 그러나 택시를 잡을 수 있는 곳까지 가는 데는 제법 시간이 걸렸다. 맨몸으로 뒤따라가는 그의 이마에도 땀이 솟을 무렵에야 재개발 지구를 벗어나 택시가 서는 차도에 이르렀다. 마침 다가오는 빈 택시를 세운 마리가 아랫사람 부리듯 하던 사람들을 돌아보며 말했다.

"여러분들은 돌아가 자리를 지켜주세요. 선생님께서 돌아오실 때까지 거기서 기다리셔야 해요. 여기는 아주머니와 이분만 있으면 됩니다."

그러더니 거기까지 묻어 따라간 그를 보고 말했다.

"어서 앞자리에 타세요. 저는 아주머니와 함께 뒷자리에서 선생님을 부축하겠어요."

그런데 알 수 없는 것은 그였다. 그 보일러공이 쓰러지기 직전에 자신을 사로잡았던 반감은 까맣게 잊고 오히려 그녀 곁에 남겨준 것을 고마워하며 택시 조수석에 앉았다. 그리고 어디로 갈 것인지를 눈짓으로 묻는 운전수에게 당연한 듯 가야 할 곳을 일러주었다.

"가까운 종합병원 응급실로 갑시다. 될 수 있으면 사람이 덜 북적이는 곳으로."

"아녜요. 용한 곳으로 가요. 서울대학병원으로 가도 돼요."

시트를 벗긴 보일러공을 가운데 앉히고 몸피 큰 아낙과 뒷좌석 좌우로 갈라 앉은 마리가 그렇게 행선지를 바꾸었다. 그때 가볍고 긴 한숨과 함께 깨어난 보일러공의 목소리가 다시 그의 등 뒤에서 들려왔다.

"너희들이 기어이 나를 내 양떼들에게서 떼어내었구나. 그러나 병원은 안 된다. 정히 나를 위해 이리 하였다면 차라리 조용히 기도할 수 있는 곳으로 데려다 다오. 거기서 쉬면서 한 번 더 아버지의 뜻을 들어보고 싶구나."

그런데 알 수 없는 것은 마리였다. 언제 병원으로 가자고 우겼냐는 듯 돌아보는 그를 빤히 쳐다보며 물었다.

"그럼 아저씨, 어디 선생님 며칠 조용히 숨어 쉬실 데 구해 보실 수 있겠어요?"

알 수 없기는 그도 마찬가지였다. 무슨 거역할 수 없는 명령이라도 받은 듯 머릿속으로 알맞은 곳을 찾다가 먼저 떠오르는 대로 답했다.

"모텔 같은 곳이 어떨까. 교외 조용한 모텔에 특실 같은 걸 빌리면……."

"그건 안 돼요. 선생님께서는 겟세마네처럼 조용히 기도할 곳을 구하고 계셔요. 그런데 모텔 그거 조용해 봤자 아녜요?"

"그럼 거기로 돌아가지. 팔봉 마을 축사……."

"그 사람들, 우리를 찾고 있다고 하지 않았어요?"

"등잔 밑이 어둡다고, 저 문 뒤에 슬며시 숨어들면 오히려 안전할지도 몰라."

"안 돼요 거긴. 하꼬방 동네에서 너무 빤히 바라보이는 곳이라 하루도 안 돼 소문날 거예요."

마리가 다시 뾰족한 목소리로 받았다. 그때 그에게 퍼뜩 떠오르는 곳이 있었다. 며칠 전 재혁이 전화해서 자랑한 집이었다.

"나 요즘 사는 집 하나는 팔자 늘어졌다. 건평만 100평 단독주택 나 혼자 쓴다는 거 아니냐? 그것도 평창동 그윽한 곳에. 집주인들 식구대로 해외 나갈 일이 있는데, 그게 겨우 다섯 달이라 세를 줄 수도 없어 두둑한 관리비까지 주며 좀 봐달라고 사정하니 어떻게 하냐? 거기다가 강남의 잘 나가는 교회 당회장님 부탁이니……"

휴대폰을 걸어보니 재혁은 마침 그 집에 있었다. 거기다가 함께 가는 것이 팔봉 마을 보일러공이라는 암시를 곁들이자 반가워하기까지 했다.

"좋아. 이리로 데려와. 겟세마네가 될지 감람(橄欖, 올리브)산이 될지 모르지만, 여기 스무 평짜리 조용한 별채 아예 따로 내주지."

겨우 깨어난 보일러공과 마리를 재혁이 보아주고 있는 저택에 맡기고 집에 돌아오니 아직 정화는 돌아와 있지 않았다. 까닭 모르게 불안한 느낌으로 정화를 기다리면서 그는 오랜만에 컴퓨터를 열어보았다. 잡다한 스팸 메일을 삭제하고 보니 두 통의 상반된 이메일이 들어 있었다. 한 통은 마르크스주의를 기독교적으로 옹호하고 있는 듯한 휴고 아스만이라는 사람의 긴 논의인데, 읽을 흥미도 기력도 없어 뒤로 미루었다. 그리고 다른 하나는 'H.E.'라는 이니셜을 쓰는 새로운 발신자의 짧은 편지였다.

분별의 전사여. 너는 무얼 망설이는가. 독선과 허영에 찬 신성에 더 연연해할 무엇이 있는가. 어서 그를 넘겨라. 그가 있어야 할 곳으로 그를 돌려보내고 너희 대지를 스스로 지켜라.

24

"신성민 씨. 대표님이 찾으십니다. 하던 일 잠시 미뤄 두고 가 뵙도록 하세요."

회계 담당 홍 양을 시켜 그를 부른 실장이 그렇게 말했을 때 처음 그는 조금 얼떨떨했다. 입사한 지 석 달이 넘도록 개별적으로 마주 앉기는 투자 기획실장도 처음인데, 얼굴은커녕 목소리조차 들어본 적이 없는 대표가 자신을 찾는다니 그럴 수밖에 없었다.

"대, 대표님이라면……?"

그가 얼른 실감이 나지 않아 그렇게 더듬거리며 되묻자 실장이 이상하다는 듯 그를 쳐다보며 물었다.

"우리 대표님 모르시오? '새여모' 대표님 말이오. 그분이 신 형을 찾고 있어요."

"지금…… 어, 어디 계시는데요? 우리 보, 본부가 어디 있죠?"

그가 다시 그렇게 묻자 그제야 실장도 그가 더듬거리는 까닭을 알아차린 듯했다.

"아니, 아직 본부가 어디 있는지도 몰라요? 부인께서 서남지구에서 일한 지 오래된 걸로 알고 있는데……. 그 참, 아무리 대외비(對外秘)라도 그렇지 남편한테 아직 본부 위치도 말해주지 않았어요?"

그렇게 반문해 놓고 희미한 웃음과 함께 말을 이었다.

"하긴 나도 아직 직원들에게 대표실 이전 얘기는 아직 해주지 않았네. 어찌 됐든 본부 얘기는 나중에 다시 하도록 하고 대표실에나 빨리 가보도록 하시오. 대표실은 지금 이 건물로 옮겨와 있어요. 이 건물 펜트하우스 B로 가면 됩니다. 거기 가면 부속실이 있어 대표님께 안내해 줄 겁니다."

"펜트하우스 B라고요? 이 건물에 펜트하우스가 있었어요? 나는 스카이라운지뿐인 줄 알았는데……."

"스카이라운지 일부를 잘라서 따로 통로를 내고 사무실을 만든 게 바로 펜트하우스 B요."

"그래요? 스카이라운지에 휴게실 말고 따로 무슨 사무실이 있는 것 같지 않던데? 엘리베이터에도 그런 층수가 따로 표기되어 있지 않고……."

"아, 그거? 왼쪽 안으로 여섯 번째 임원 전용 엘리베이터를 타면 거기 버튼에는 펜트하우스B도 있어요. 아니면 34층에서 내려 비상 계단으로 올라가든가."

그런 실장의 말에 그는 이제 찾아가야 할 곳은 알게 되었지만, 대표가 어떤 사람이고 왜 자신을 찾는지는 여전히 궁금했다. 그 바람에 바로 돌아서지 못하고 다시 물었다.

"혹시 대표님이 저를 무슨 일로 찾으시는 줄은 모르십니까? 대표님은 어떤 분이세요?"

"예? 대표님이 어떤 분이시냐고요? 아니…… 그럼……?"

실장이 이번에는 이상하다는 눈길로 그를 쳐다보다가 갑자기 무엇을 상기했는지 고개를 끄덕이며 말했다.

"아, 참. 신 형은 전문직 계열이지. 자꾸 신 형 부인 생각만 하고 회원 동지로 여기다 보니……. 그나저나 우리 대표님, 정말 대단한 분입니다. 서른 전에 아이비리그의 MBA와 하버드 PHD를 다 거머쥐신 분이니까. 한국에 돌아와서도 눈부신 경력이죠. 사회 활동가로서의 이념 조직 능력 못지않게 사업가로서의 관리 경영 능력도 탁월한 분이십니다. 하여튼 만나보세요. 하지만…… 오늘 신 형을 왜 찾는지는 나도 모르겠습니다."

그래도 그는 여전히 얼떨떨한 느낌을 떨쳐버리지 못한 채 자리로 돌아왔다.

6번기(機)에 해당되는 임원 전용 엘리베이터는 복도 맨 안쪽 구석에 있었다. 어떤 임원들만 타게 되어 있는지 모르지만, 평소 그 엘리베이터에는 상근하는 아가씨가 있어 안내를 구실 삼아 출입을 통제했다. 그 때문에 그는 하루에도 몇 번씩 사무실을 오르내리면서도 그쪽으로는 아예 얼씬도 않았는데, 이제 그 엘리베이터를 부르는 버튼을 눌러놓고 보니 기분이 묘했다.

"어서 오십시오. 몇 층으로 모실까요?"

경쾌한 정지 신호음과 함께 엘리베이터 문이 열리며 항공사 스튜어디스 같은 차림의 아가씨가 나긋한 목소리로 그를 맞았다.

"펜트하우스 B로 갑니다."

그가 그렇게 대답하자 그녀가 군소리 없이 장갑 낀 손을 내밀어 버튼을 눌렀다. 실장의 말대로 다른 엘리베이터들과는 달리 거기는 스카이라운지 층 대신에 펜트하우스 B가 표시되어 있었다.

다른 사람이 없어 고속을 눌렀는지 엘리베이터는 금세 펜트하우스 B에 섰다. 내려보니 한 건물 안에 이런 곳이 있었나, 싶을 정도로 독특한 분위기를 내는 실내 장식을 한 복도가 나왔다. 호텔 복도 두어 배쯤 되는 넓이에 두터운 양탄자를 깐 바닥이며, 묵중한 질감을 주는 나무로 덮은 벽면, 그리고 코린트식 석고 부조(浮彫)를 넣은 천장이 서로 어울려, 마치 유럽 도시의 오래된 건축물 안에 들어선 듯한 느낌을 주었다.

엘리베이터에서 내린 그가 맞은편 벽면에 난 세 개의 문 가운데 어디로 가야 할지를 가늠하며 잠시 머뭇거리고 있는데 왼쪽 문이 열리며 낯익은 여자가 나와 눈짓으로 그를 불렀다.

"안녕하세요?"

멀리서 인사부터 던져놓고 여자 쪽으로 다가간 그는 그 여자의 얼굴을 쳐다보고 잠시 낭패한 기분이 되었다. 자신이 알고 있다고 생각하던 그 사람이 아니었기 때문이었다.

"아, 실례했습니다. 저는 우리 홍보섭외팀의 임규리 씨인 줄 알았습니다. 한 사무실에 있다고는 해도 가까이서 얼굴을 마주 대하는 일이 그리 많지 않아……."

그가 서둘러 그렇게 자신의 실수 아닌 실수를 자복(自服)하자 상대가 생긋 웃으며 받았다.

"괜찮아요. 제가 그 언니 많이 닮긴 닮았나 봐요. 신 선생님 말고도 더러 그러는 분들이 있거든요. 자 들어오세요."

그리고 방 안으로 안내했다. 자신을 잘 알고 있다는 듯한 그녀의 말투가 그를 긴장시켰다. 절로 살피는 눈길이 되어 그녀를 따라 들어가 보니 이번에는 바닥을 절반이나 덮고 있는 크고 호화로운 가죽 소파 세트 때문에 온통 가죽으로 덮어 씌워둔 듯한 여남은 평의 방이 나왔다. 소파와 마찬가지로 무겁고 듬직한 느낌을 주는 가구들이기는 해도 방 한구석에 홈 바가 차려진 것이나, 소파가 대담용이라기보다는 대기용인 것으로 미루어 부속실 겸 대기실 같았다.

"대표님은 조금 전에 총재님이 갑자기 오셔서 지금 함께 말씀

중이세요. 잠깐 기다리셔야 할 거예요. 차, 뭐로 하시겠어요? 커
피? 홍차? 아니면 주스나 녹차?"

"주스 있으면 아무거나 한잔 주세요."

그가 그렇게 대답해 놓고 나니 문득 궁금해진 게 있어 물었다.

"총재님이라니요? 어디 총재님……?"

"N.W.M. 총재님이세요. 대표님께는 아버님 되시고."

"N.W.M.이라고요? 그게 무슨 단체인데요?"

그러자 차를 준비하러 가던 여자가 걸음을 멈추며 놀란 표정
으로 받았다.

"아니 '새누리 투자기획'에 계시면서 N.W.M.도 모르세요? '뉴
월드 무브먼트(New World Movement)의 약자. 우리 '새여모'도 그
N.W.M. 한국 지부라고요."

"아, 그게 그랬어요?"

그가 애써 충격을 감추며 그렇게 얼버무렸다. 그제야 그 여자도
조금 마음을 놓은 듯 홈 바 있는 데로 가서 차를 준비했다.

"그럼, 뭐냐……. 새 세계 운동이라고 해야 하나? 그 본부는 어
디 있어요?"

여자가 망고주스를 내올 때쯤 해서야 조금 머릿속이 정리된 그
가 슬며시 그렇게 물어보았다. 여자가 다시 묘한 경계의 눈빛으로
그를 바라보며 물었다.

"새 누리 운동이라고 번역하죠. 본부는 물론 미국에 있고…….

여태 그것도 모르셨어요?"

"그럼 총재님은 미국에서 활동하시겠네요?"

"물론이죠. 벌써 오래전부터 미국에 터를 잡으셨던 것 같던데
요. 이번에 한국 오신 지는 아직 며칠 안 돼요. 부자(父子)분이 단
둘이 만난 것은 오늘이 처음인 것 같고요."

그래놓고 여자는 낯선 침입자를 감시하듯 그를 살피기 시작했
다. 내친김이라 그런 여자의 눈길에 개의치 않고 그가 다시 물었
다.

"그럼 대표님도 미국에서 자랐겠군요. 하버드에서 박사 학위
를 따고 또 다른 동부 명문대에서 MBA까지 취득했다던데……."

"그건 꼭 그렇지도 않은가 봐요. 한국에서 나고 자란 우리보다
우리말을 더 잘 하고 우리나라 사정을 훨씬 속속들이 알거든요."

"그거야 공부 마치고 한국 들어와 알게 된 것일 수도 있죠."

"그렇지는 않을 거예요. 98년에 귀국하셨다고 하니까 이제 겨우
5년 남짓인데……. 그런데 말예요. 정말로 신성민 씨 맞아요? '새누
리 투자기획' 증권투자팀."

여자가 그러면서 입을 다물고 다시 그를 뜯어보기 시작했다.
그를 대표에게 들여보내도 될까를 진지하게 걱정하는 눈치였다.
그가 정성들여 자신을 확인해 보여도 그녀의 얼굴은 영 밝아지
지 않았다.

부자간에 얘기가 길어지는지 한참을 지나도 대표실에서는 그

를 들여보내라는 신호가 오지 않았다. 여자가 주스를 가져오자 그는 짐짓 목마른 듯 그걸 마시면서 더는 묻기를 그만두었다. 궁금한 것이야 많지만 쓸데없이 이것저것 물어 그 여자의 경계심을 불러일으키는 게 싫었기 때문이었다. 나머지는 집으로 돌아가서 정화에게 모두 물어보기로 했다.

그가 입을 다물자 그 여자도 홈 바 곁에 있는 제자리로 돌아갔다. 그날치 일간지를 한아름 가져다준 것이 제자리로 돌아가기 전에 그녀가 그에게 베풀어준 배려였다. 그는 그녀의 성의를 모르는 척하지 못해 일간지를 뒤적이는 척하였으나, 주요 기사는 이미 오전에 다 점검한 뒤였다. 지루한 해설이나 가십 나부랭이를 건성으로 읽다 보니 난데없이 슬금슬금 졸음이 왔다.

그때 그 여자 앞에 있던 인터폰 벨이 울리고, 그를 들여보내라는 지시가 떨어졌다.

"대표님께서 들어오시랍니다."

그녀가 그러면서 앞서 가더니 대표실로 가는 육중한 나무문을 열었다. 화들짝 졸음을 떨치고 일어난 그는 종종걸음 치듯 그 방으로 들어갔다.

이상하게 원근감(遠近感)을 없애버린 듯한 방 안은 벽화(壁畵)로 그려진 작은 교회당 안과 같은 느낌을 주었다. 맞은편 한가운데 놓여 있는 낮은 설교단 같은 책상과 그 앞에서 몇 발자국 떨어진 곳에 두 줄로 놓인 10개 정도의 의자 때문인 듯했다. 그 책상 저편 등받이 높은 의자에 늙었다는 것밖에는 나이를 가늠할 수 없는 정장 차림의 신사 한 사람이 앉아 있었다. 오른 팔꿈치를 책상 위에 얹고 있었는데도 유화(油畵) 속 사람처럼 입체적인 느낌이 전혀 없었다.

대표가 자기보다 젊다고 들어온 그는 맞은편에 높이 앉은 나이든 신사 때문에 잠시 혼란되었다. 부속실 아가씨가 대표가 아닌 다른 사람의 방으로 잘못 안내한 것이 아닌가 싶어 머뭇거리는데, 깊고 먼 곳에서 울려나오는 듯한 목소리가 들렸다.

"나는 전 세계 새 누리 운동본부의 총재다. 네가 아들에게 가기 전에 먼저 당부해 둘 말이 있어서 불렀다."

그 말에 퍼뜩 정신이 든 그가 소리 나는 곳을 살피니 맞은 편 늙은 신사의 입술이 움직이고 있었다. 그 얼굴이 하도 평면적이어서 으스스해하고 있는데 다시 그 목소리가 이어졌다.

"지난 세기 초에 나는 러시아에서 사업을 크게 벌인 적이 있다. 다행히도 사업은 아주 번창해 한때는 인접한 동구(東歐)뿐만 아니라 까다롭고 빤질거리는 서구(西歐)에서까지 수다한 지점이나 출장소들을 낼 수 있었다. 하지만 80년대 들어 사업이 시들해지며 동구의 지점부터 문을 닫기 시작했다. 그러다가 90년대 들어서는 러시아의 본점까지 망해 버리고 서구의 지점이나 출장소들도 하나둘 개점 휴업 상태로 들어갔다. 그래서 미국으로 건너가 새로 벌인 사업이 바로 뉴 월드 운동이다.

러시아에서 사업을 벌일 때 미국에서도 내 사업은 가망 있어 보였고, 실제로도 나는 적잖은 미국인들을 러시아에서의 내 사업에 활용하기도 했다. 하지만 러시아에서의 내 성공이 준 자극 탓인지 그사이 미국은 많이 달라져 있었다. 내 사업이 뿌리내릴 기반이 온전히 사라져버린 것은 아니었지만, 내 사업이 제대로 가동되기 위해서는 아직 한 세월을 더 기다려야 할 것 같았다. 그래서 가만히 살펴보니 당장 일을 벌여 보기에는 오히려 한국이 더 유망해 보였다.

한국은 잠재적인 세계 제국의 힘이 동서남북으로 교차하는 그 지정학적(地政學的) 위치에다 정치적 갈등과 긴장이 한계에 이르렀다는 그 역사적 시점(時點)으로 이 세계 어느 곳보다 에너지의 축적이 많은 땅이다. 피와 땅에 기댄 유별난 일체감이 상잔(相殘)과 분단으로 받은 상처와 면면히 이어온 자주적 성품에 잇따른 식민지적 경험이 준 상처, 그리고 아시아적 전제 국가의 그늘에서도 손상 받지 않고 키워온 평등의 전통에 입힌 천민자본주의의 상처 같은 것들은 갖가지 모습으로 내부적 모순과 갈등을 키워 폭발적 에너지로 축적해 왔다. 이제 누가 와서 불만 지르면 이 땅은 엄청난 소리와 불꽃으로 타오르면서 전 세계를 휩쓸어 버릴 것이다. 이는 곧 내 사업의 입지 조건과 착수 적기(適期)가 바로 지금 한국에서 갖춰지고 있다는 뜻이다. 그래서 2천 년 전 나와 동종의 사업자가 세계 제국 로마를 젖혀놓고 유대 땅으로 가서 사업을 벌였듯이,

나는 5년 전에 먼저 아들을 이 땅 한국으로 보냈다.

한동안 아들의 일은 순조롭게 진척되는 듯 보였다. 여섯 명의 동부(東部) 명문대 출신 엘리트들과 더 많은 시대의 일꾼을 데리고 이 땅에 들어온 아들은 지난 5년 동안에 이 사회 모든 분야에 그들을 침투시켰고, 그들은 생각보다 빠르게 우리 사업의 기반을 확대 발전시켰다. 보다 큰 모순과 보다 심한 갈등, 그리고 그 열매인 대립과 분열의 격화는 우리 사업 최적(最適)의 환경이며, 그것들에 바탕한 증오와 원한은 우리 업체의 이익 실현에 가장 효율적인 수단이다. 아들과 그 일꾼들은 남북으로 분단된 민족의 통일을 대의로 내세워 원래 하나이던 남쪽을 다시 동서로 분열시키고, 이미 죽은 이들의 역사적 정의를 당대의 정치 쟁점으로 끌어내 살아남은 사람들을 두 쪽 내었다. 오랜 권위주의 정권이 양산한 정치적 피해자들의 복수심과 기득권 세력의 공포를 자극해 60년 전이 땅을 피로 적셨던 눈먼 증오를 확대 재생산하였으며, 원래 사람의 정치 사회적 심성을 분류하던 개념에 지나지 않던 보수와 진보를 이 땅에서는 불구대천의 원수로 바꾸어 놓았다. 천민평등주의에 아첨하여 가진 자와 못 가진 자 사이를 그 어느 때보다 멀리 떼어놓았고, 익명의 다중으로 전문성을 억압하여 진지하고 격조 높은 사회적 담론이 있어야 할 자리를 배운 자 못 배운 자 가릴 것없는 너나들이 악다구니판으로 만들었다. 특히 그 무렵 대규모로 진행된 이 땅의 권력 이동에 편승한 우리의 정예 멤버들은 정치뿐만 아니라 사회 경제 문화 각 분야에서 언제든 불만 지르면 폭발적으로 우리 사업을 가동시킬 수 있는 도화선 가까이에 이르렀다.

그런데…… 갑자기 훼방꾼이 나타났다. 우리의 경쟁 업체도 벌써 오래전부터 이 땅에 눈독을 들이고 그들 방식대로 사업을 벌여왔다. 내 집요한 경쟁자인 그쪽 업주는 편재술(遍在術)로 빚은 아들을 자신의 대리인으로 이 땅에 보내면서 적지 않은 지원 인력에다 경호원까지 딸려주었다. 그 대리인은 벌써 30년 전에 이 땅에 와서 기반을 다지고 자신을 이 땅에 맞게 길러오다가, 지난 연말에야 처음으로 그 모습을 드러내었다. 그들은 이 시대의 어둠과 질곡이 집중된 밑바닥 삶의 현장에 자리 잡고 먼저 우리 사업의 하부구조부터 공략하였다. 그들은 늘 해온 대로라고 우길지 모르지만, 우리에게는 바로 상부구조로 치고 드는 것보다 그런 식으로 생산관계부터 뒤헝클어 놓는 게 훨씬 대처하기 힘든 위협이다. 기층민의 정서에 빌붙어 밑바닥 삶의 괴롭고 고단함을 달래주는 척하며 그들 욕망의 역동성과 폭발력을 지워버리면 우리가 그들에게 의지할 물적(物的) 기반은 치명적인 타격을 받고 만다. 거기다가 우리 사업이 바탕 삼을 그들의 대립과 갈등, 증오와 원한까지도 그 과정에서 손상을 입어 마침내는 우리 권력 의지의 표상이 될 상부구조까지도 설 자리가 없게 될 것이다.

듣기로, 경쟁업체의 본격적인 활동이 시작된 것은 이제 겨우 다섯 달 남짓인데 아들이 지난 몇 년 애써 닦은 기반은 뿌리째 흔들리고, 각 분야의 수익은 눈에 띄게 줄어들고 있다고 한다. 사업적으로 제휴한 정치 세력의 재집권으로 드높았던 직원들의 사기는 점차 떨어지고, 그 집권 세력의 디지털 포퓰리즘에 편승해 확보해 둔 우리의 사업 신용까지 대중으로부터 슬며시 의심받고 있다는 말도 있다. 심지어는 지난 5년 동안이나 손잡고 일해 온 연대 단체나 핵심 거래처 가운데도 등을 돌리는 곳이 급속히 늘고 있다고도 한다.

나는 아들에게 사람들을 풀어 그 대리인을 추적하게 했다. 그런데 얼마 전 아들은 일껏 찾아낸 그 대리인이 다시 어디론가 사라져버려 추적도 어떤 대응 조처도 불가능해졌다고 알려왔다. 그 말을 듣자 나는 그대로 미국에 머물러 있을 수가 없었다. 아들에게 맡겼다 해서 강 건너 불 보듯 하다가 당해 온 낭패를 이 땅에서 되풀이하고 싶지는 않았다. 그래서…… 이렇게 내가 직접 이 땅으로 건너왔다."

그런 총재의 말은 그야말로 요령부득이었다. 이상한 사업도 있다. '무슨 사업이 그렇게 거창하면서도 추상적이고 애매한가…….' 그는 마리를 처음 만날 무렵 받은 이메일 가운데 몇 구절 총재의 말투와 비슷한 곳을 떠올리며 속으로 그렇게 중얼거렸다. 그런 그의 속마음을 읽었는지 총재가 거기서 잠시 말을 끊고 그를 가만히 건너다보았다. 그도 무심코 그 눈길을 받았다가 자신도 모르게 움찔하며 얼른 다른 데로 눈길을 돌렸다. 총재의 두 눈에서 느껴지는, 말로 나타내기 어려운 어둠과 깊이 때문이었다. 갑자기 몇 배나 강조되어 그의 눈에 비쳐오는 총재의 늙고 지친 안색도 이상하게 가슴을 철렁하게 하는 데가 있었다.

총재가 이제는 무슨 말인지 알아들었겠지, 하는 투로 다시 말을 이었다.

"여기 와서 아들이 경영하는 업체의 직원들을 만나보니, 그들 가운데 몇몇이 너를 지목하며, 네가 바로 그 대리인을 지키기 위해 우리 경쟁 업체 본사에서 파견한 경호원 가운데 하나라고 일러주었다. 너는 그쪽 여직원 하나와 함께 언제나 그 주위를 맴돌며 그를 지켜야 하는 네 업무에 충실하였고, 우리가 사람을 풀어 뒤쫓자 그를 어디론가 빼돌렸다고 한다. 하지만 나는 하도 오래 경쟁해 와서 저쪽 업체 직원들을 대강은 안다. 내가 보기에 너는 결코 저쪽 본사에서 파견한 경호원이 아니다. 하지만 네가 무언가 그와 관련이 있고, 그의 행방을 안다는 것 또한 틀림없는 일 같다. 어쩌다가 그들 일에 말려들게 되었는지는 모르지만, 이제는 더 감추지 말고 그를 내놓아라. 그는 어디 있느냐?"

그런데 알 수 없는 일은 그 짧은 동안 그의 의식에 일어난 변화였다. 문득 총재가 무슨 말을 하고 있는지 모두 알아들었다는 기분이 들며 갑자기 반감이 치밀었다. 그가 항의하듯 총재의 말을 받았다.

"그 사람들이 뭔가 잘못 알고 있는 겁니다. 저는 우리 새 누리 운동본부와 맞설 만큼 엄청난 세계적 규모의 기업 대리인은 아는 바가 없습니다. 다만 좀 이상한 보일러공 하나를 알고 있었을 뿐인데, 그나마 지금은 어디로 갔는지 저도 모르게 되었습니다. 그런데도 그 사람들은 공연히 나를 의심하여 그를 내놓으라고 졸라대고 위협합니다……."

사흘 전 자신이 주선한 곳으로 그 보일러공과 마리를 옮긴 사람 같지 않게, 그는 눈 한번 깜빡 않고 그렇게 시치미를 뗐다. 그러는 그의 마음은 무슨 일이 있어도 보일러공이 있는 곳은 밝히지 않으리라는 갑작스러운 결의로 가득했다. 그 말을 듣는 총재의 깊고 어두운 눈에 한줄기 번갯불이 번쩍이는 듯했다.

"바로 그다. 예전에는 목수 흉내를 내며 구세주를 자처한 적도 있다. 하지만 그는 평온한 너희의 대지에 불을 질러 2천 년이나 다시 너희를 헤매게 한 자다. 2천 년 전에 그랬듯이, 이번에도 너희들은 마땅히 그를 보낸 이에게로 울며 되돌아가게 해야 한다. 이 땅과 이 시대를 지키기 위해 사람의 이름으로 그를 처형하는 데 앞장서라."

이번에도 그는 총재가 무슨 말을 하고 있는지 모두 알아들었다는 느낌이었다. 조금 전 총재의 눈에서 본 괴이쩍은 불길에도 움츠러들지 않고 오히려 더욱 대담해져 받아쳤다.

"총재님마저 결국은 그 얘기십니까? 하지만 2천 년 전과 같은 그런 엄청난 성극(聖劇)은 아직 이 땅에 연출된 바 없습니다. 제가 본 것은 기껏해야 모진 삶에 짓이겨진 사람들의 오해와 착란이 빚어낸 희비극(喜悲劇)이었으며, 설령 거기에 어떤 신성(神聖)이 개입했다 해도, 그것은 아주 무력하고 어이없는 신성이었습니다. 우리의 영육을 함께 구원하기는커녕 우리 몸이 짊어진 작은 짐 하나 덜어주지 못하는 속절없는 신성. 그저 우리와 함께 있고, 함께 짐 지고, 함께 아파하다 함께 죽어갈 뿐인……."

그러자 총재의 두 눈에 다시 한번 불길이 번쩍하더니 무언가를 되뇌듯 말했다.

"너희 혼자 이 춥고 황무한 세상으로 던져진 것이 아니라 늘 함께하는 이가 있으며, 그이는 너희 슬픔과 고통을 알 뿐만 아니라 함께 느끼신다면, 그것만으로도 얼마나 감격적인 신성인가. 거기다가 이제는 사람의 몸까지 입고 너희 몸이 져야 할 짐을 대신 지려 한다면 그 얼마나 위대하고 거룩한 신성인가 — 이것이 너희가 늘 속아 넘어간 그의 방식이다. 자신의 권능을 소모하지 않고 너희와 이 땅을 독점하려 드는 그의 이기와 오만이다. 내가 너희를 위해 기나긴 세월을 싸워온 그의 비정과 독선이다. 그 비정과 독선의 누룩을 다시 이 땅에서 띄우지 못하도록 막아야 한다."

그런 총재의 말도 어디서 읽거나 들어본 것이라 그가 다시 기억을 쥐어짜고 있는데…… 갑자기 누가 짜증 섞어 소리쳤다.

"아니, 주무시는 거예요? 이만 일어나세요."

그가 놀라 눈을 떠보니 부속실 여직원이 여차하면 어깨라도 찌를 듯 오른손을 내민 채 그를 내려보고 있었다. 신문을 읽다가 깜빡 존 듯했다. 그러나 짧은 졸음 속의 개꿈이었지만, 총재라는 늙은 신사의 말이 하도 귀에 생생해 주변을 두리번거리고 있는데, 여직원이 다시 뾰족한 목소리로 그를 재촉하듯 말했다.

"대표님이 찾으십니다. 어서 들어가 보세요."

그 말에 그는 펄쩍 뛰듯 자리에서 일어나 그녀가 손짓한 문께로 갔다.

방 안에 들어가 보니 맞은편은 놀랍게도 방금 꿈속에서 본 그대로였다. 거기다가 더욱 놀라운 것은 방금 얘기를 끝낸 듯 그와 엇갈려 부속실 쪽으로 나가고 있는 늙은 신사의 모습이었다. 방금 꿈속에서 본 총재의 모습 그대로라 그는 자신도 모르게 움찔하며 걸음을 멈추었다. 그러나 총재는 어둡고 깊은 눈길로 잠시 그를 바라보았을 뿐, 말 한마디 없이 그를 스쳐 방을 나가버렸다.

"어서 오세요. 신성민 씨."

그가 방을 나가는 총재에게 눈길이 팔려 있는데 누군가 다가오며 손을 내밀었다. 얼결에 손을 마주 잡고 보니 희고 잘생긴 얼굴 하나가 눈높이보다 훨씬 높은 곳에서 그를 내려다보고 있었다.

"예, 찾으신다기에……."

그러면서 다시 한번 대표를 마주 보던 그는 숨이 훅 막히는 듯한 느낌으로 말끝을 삼켰다. 잘생겼다는 말만으로는 다 그려낼 수 없을 만큼 특이하고도 강렬한 이끌림 때문이었다. 한번도 자신에게 동성애적 성향이 있음을 느껴보지 못한 그였는데도, 너무 눈부시고 가슴이 두근거려 대표의 얼굴을 바로 쳐다볼 수 없었다.

"우선 이리 앉으시죠. 긴히 부탁할 일이 있어서."

대표가 그러면서 꿈속에서는 보지 못한 방 한쪽 응접 소파 세트로 이끌었다. 연두색 비로드 시트의 느낌이 몹시 포근해 보이는 소파였다. 그가 무엇에 홀린 듯 거기 앉자 대표가 맞은 편에 앉으며 먼저 '새누리 투자기획' 쪽 일부터 물었다.

"유가증권 쪽, 곧 만만하지 않죠? 자료와 정보는 충분한가요?"

"아, 예. 이것저것 들어오는 것은 많습니다만 방향이 엉켜 있어 종합이 잘 안 됩니다. 수집하는 데 들어가는 힘만큼 효율적으로 활용하지 못하는 것 같아 죄송스럽기도 하고……."

"그럴 테지요. 실은 기관뿐만 아니라 외국 자본 개네들도 아직은 오락가락할 겁니다. 끝물이기는 하지만 IMF 관련 추수도 남았고. 푼돈 몇 푼 뿌리면 구조조정 핑계로 거저 줍다시피 할 수 있는 알짜 기업 아직도 눈만 밝으면 얼마든지 있으니까 증권에만 목맬 일도 없고……."

"그럼 아직도 외국 자본이 본격적으로 증권 시장에 유입된 게 아닙니까?"

대표가 미국 동부 명문에서 MBA를 받았다는 말을 들은 게 기억나 그가 불쑥 그렇게 물어보았다.

"그건 아니고, 아직 구조조정 단물 빨 데가 좀 남았다는 거지요. 론 스타가 헐값으로 후려칠 작업 이미 아래위로 대충 끝낸 것 같지만…… 덩치 큰 걸로는 외환은행이 있고……. 또 소버린처럼 M&A 흉내 내며 들어가 멀쩡한 기업 뭉텅이로 잘라먹을 길도 있고 하니까……. 하지만 오래잖아 유가증권 쪽도 방향이 정해질 겁니다. 지금부터 종목 잘 골라 선취매(先取買)로 들어가면 웬만한 주식이라도 최소 곱절 장사는 할 수 있을 테니 참을성을 가지고 잘 지켜보세요."

대표가 그렇게 대답한 뒤에 갑자기 정색을 하며 본론을 꺼냈다.

"실은 서남지구 대외사업 총괄팀에서 내게 특별히 요청해 온 것이 있어 신성민 씨를 불렀습니다. 혹시 짐작 가는 일이 있습니까?"

"서남지구 연락소 말입니까? 글쎄요……."

"연락소가 아니라 대외사업 총괄팀 말입니다. 서남지구에 있어도 우리 본부에서 직접 관리하는데 요즘 문제가 생긴 것 같습니다."

"무슨 문젠데요?"

"서민금융부와 건강사업부가 관리하는 황금어장에 정체모를 세력이 들어와 우리 사업 기반을 잠식하고 있다는 겁니다. 그래서 우리 총괄팀이 현장 조사차 출동했는데, 갑자기 그들 핵심부로 짐작되는 사람들이 어디론가 종적을 감추어버렸다고 하더군요. 시급히 해결하지 않으면 애써 닦아둔 사업 기반이 쑥밭 나게 되었다던가. 그런데 신성민 씨가 그 세력과 연관이 있다고 해서……."

그 말을 듣자 그도 대표가 무슨 말을 하는지 알아들었다. 조금 전 꿈속에서 총재의 추궁을 받을 때와는 또 다른 절박함으로 강하게 부인했다.

"아, 그 일에 관한 것이라면 무슨 말인지 알겠습니다. 그러나 제가 보기에는 오해가 많은 것 같습니다. 우리가 팔봉 마을이나 다른 기층민 주거 지역을 상대로 하는 사업이 무엇인지 알 수 없지만, 지금 우리의 경쟁 업체 또는 대항 조직의 혐의를 걸고 있는 그 사람들은 도대체가 그럴 만한 능력이 있는 사람들이 못 됩니다. 제 한 몸조차 변변하게 돌보지 못하는 심신장애가 있거나 지려천박(智慮淺薄)한 무능력자들이며, 『성경』의 알쏭달쏭한 자구(字句)에 홀려 난데없이 메시아의 도래(到來)를 연출하고 있는 광신자 집단들입니다. 그런데도 그들에게 적의와 복수감을 품는 이들이 있다면 그야말로 위험스럽고 수상쩍은 사람들입니다. 그들이 정말 우리 '새여모' 본부 조직에 속한 사람들이라면 새 세상을 열기 위해 진정으로 단속해야 할 것은 오히려 그들입니다."

하지만 대표는 별로 그의 말을 믿는 것 같지 않았다. 그러나 이토록 강경하게 말하니 알아보기는 하겠노라는 투로 그의 말을 받았다.

"그렇다면 다시 조사해 보게 하겠습니다. 하지만 아무래도 같은 단체에 몸담고 있으면서 그렇게 판이하게 견해가 다른 것은 기뻐할 일이 못 되는 것 같습니다. 특히 오해라니, 같은 조직 안에서의 오해란 빨리 풀수록 좋은 것입니다. 오늘 바로 서남지구로 가셔서 그들을 만나보고 신성민 씨가 말하는 오해가 어떤 것인지를 일러주십시오. 그들도 자신이 왜 사태를 그렇게 해석하는지 신성민 씨에게 설명할 것입니다."

"그들이라면?"

대표가 만나라는 사람들이 누군지를 대강 짐작하면서도 그가 짐짓 그렇게 물어보았다. 목에 칼을 들이댄 것은 천덕환이었지만 임마누엘 박이나 달통법사도 다시 만나고 싶지 않기는 마찬가지였다. 대표가 또박또박 말해 주었다.

"'건강장수협회' 팔봉 지부장과 '경제정의촉구연대' 팔봉 지부장, 그리고 건설 기획 재건축 담당 팀장입니다."

"달통법사와 임마누엘 박과 '도빈련' 천덕환이 아니고요?"

"그들이 어떤 직업을 위장하고 어떤 가명을 쓰는지 모르지만 우리 '새여모' 안에서의 직책은 그렇습니다. 서남지구 연락소로 가면 기다리고 있을 터이니, 신성민 씨가 아는 사람들인지 아닌지는 거기 가서 확인하시지요."

그러고는 할 말 다했다는 듯 입을 다물었다. 그 얼굴빛이 얼마나 단호하고 냉정한지 다시 더 무엇을 물어보고 싶은 엄두조차 나지 않을 정도였다.

25

'여기가 어딘가…….'

그는 욕지기라도 내뱉고 싶을 만큼 뒤집히는 속과 지끈거리는 머리로 그렇게 중얼거리며 눈을 떠보았다. 무거운 바위덩어리가 내리누르기라도 하듯 도무지 눈꺼풀이 열리지 않았다. 그래도 그는 몇 번이고 안간힘을 다해 눈을 떠보려고 애썼다. 소용이 없었다. 걷힐 줄 모르는 불길한 어둠 속에서 지끈거리던 머리가 갑자기 뻐개지는 듯 아파오고, 온몸이 뒤틀리는 구역질이 목젖까지 차올랐다. 그러나 털끝 하나 까딱할 수 없어 속으로만 이를 악물고 있는데, 애써 살려내려는 시각보다 청각이 먼저 살아났다.

"위기는 넘겼어도 아직 깨나지는 못했습니다. 의사 말로는 전자충격기로 실신시킨 뒤에 다시 동물용 마취주사를 썼는데 용량 과

다인 것 같다고 합니다. 해독제를 주사하고 링거액으로 혈액 내의 마취 성분을 씻어내고 있다고 하지만 금방 깨어나기는 어려울 것 같습니다. 깨어나는 대로 다시 보고 올리겠습니다."

귓속이 웅웅거리는 대로 누군가 그렇게 말하는 소리가 들렸다. 귀에 익은 데가 있는 목소리였다. 하지만 청각의 회복도 오래 가지는 않았다. 눈을 뜨기 위한 안간힘이 잠깐 청각을 깨웠을 뿐, 곧 걷히지 않는 어둠과 함께 아득한 적막이 그의 의식을 점령했다.

그리고 얼마나 지났을까, 그를 혼절과도 같은 잠에서 끌어낸 것은 이번에도 청각이었다.

"신성민 씨, 내 말 들려요? 내 말 들리면 눈떠 보세요."

누군가 그의 손등에 손바닥을 가만히 올려놓으며 말했다. 그 축축한 느낌이 그가 의식을 잃기 전에 빠져 있던 위기 의식을 갑작스레 되살려냈다. 그가 온 힘을 눈시울에 모아 눈을 뜨자 이번에는 눈꺼풀이 열렸다. 그러나 세찬 빛살 때문에 오래 버틸 수는 없었다. 초점 한번 제대로 모아보지 못하고 다시 눈을 감고 말았다.

"됐습니다. 무리하지 마십시오."

그가 점점 더 뚜렷하게 되살아나는 위기 의식으로 두 눈을 뜨려는 노력을 되풀이하는 것을 보고 의사인 듯한 조금 전의 목소리가 다시 말했다. 그리고 함께 둘러서서 보고 있는 사람들에겐 듯 싹싹하게 덧붙였다.

"이제 조금만 더 기다리면 되겠습니다. 어디 가서 차라도 한잔

하고 오시지요."

그 말을 듣자 왠지 자신이 보호받고 있다는 느낌이 들며 그는 좀 전보다 마음 편하게 어둠과 적막 속으로 가라앉을 수 있었다. 하지만 혼절과도 같은 그 잠은 오래가지 않았다. 이번에는 누가 깨운 것도 아니고 달리 외부의 충격이 있었던 것도 아닌데 그의 의식이 절로 깨어났다.

그는 무엇보다도 금방이라도 뇌가 쏟아질 듯 아프던 머리와 무언가 목젖을 찢고 터져 나올 듯하던 구역질이 가라앉은 게 반가웠다. 머릿속은 가을 벌판처럼 휑하고, 가슴에는 기분 나쁜 여진(餘 震)처럼 메스꺼움이 남아 있었지만, 아까처럼 어찌 해야 될지 도무지 갈피를 잡지 못할 정도로 괴롭지는 않았다. 눈뜨기도 전같이 어렵지는 않았다. 가만히 눈을 떠 보니 이내 무겁게 내려앉기는 해도 눈꺼풀이 열리고 사물이 시야에 들어왔다.

그가 누운 곳은 종합병원 응급실 한쪽 구석 같았다. 병원의 특별한 배려가 있었던 것인지 터져 있는 사방이 수런거리는 가운데도 그의 병상 근처는 조금 한적한 느낌을 주었다. 비워져 가는 링거 병이 매달린 쪽으로 흰 회벽이 보이는데, 거기 걸린 커다란 벽시계의 짧은 바늘은 이제 막 4시를 넘기고 있었다. 창밖이 밝은 것으로 보아 오후 4시인 듯했다. 그 시각을 기점으로 그의 의식이 눈부시다 할 만큼 세차고도 갑작스러운 작동을 시작했다.

'어제 내가 새누리 투자기획을 나선 것이 오후 4시쯤이었다. 시도 때도 없는 교통 체증에 걸려 강남역 사거리를 지날 때가 4시 반이었고……. 그렇다면 내가 이 꼴로 누워 있었던 것만도 꼬박 스무 시간이 넘겠구나. 어떻게 된 것인가? 무슨 일이지? 보자…….'

그는 시간을 이정표 삼아 더듬어 나아가며 횅한 머리 한구석으로 밀려나 있는 기억들을 천천히 불러냈다.

서남지구 연락소에 이른 그는 먼저 4층에 있는 정화부터 찾아본 뒤에 대표가 일러준 '경제정의촉구연대' 쪽을 찾아보려 했다. '경제정의촉구연대'는 지난번에 왔을 때 그 건물 3층 오른편 철문 위에서 그 팻말을 본 적이 있었다. 왼쪽에 있던 '노동정의실천협의회'와 마찬가지로 그들이 내세우고 있는 업무로는 그 모임의 목적이나 성격을 가늠하기 어렵던 묘한 시민단체였다.

그런데 그가 막 3층으로 올라섰을 때였다. 철문 앞에 천덕환이 우락부락한 청년 셋과 함께 서 있다가 너털웃음과 함께 큰소리로 외쳤다.

"아이구, 이거 신 선생님 아니십니까? 그러지 않아도 대표님 연락받고 기다렸습니다."

바로 며칠 전에 그의 목에 칼을 들이대던 사람 같지 않은 넉살이었다. 대표의 지시를 받을 때부터 그는 천덕환과 다시 만나게 될지도 모른다는 짐작은 하고 있었다. 하지만 막상 그 험상궂은 얼굴을 맞대고 보니 등골부터 먼저 오싹해 왔다. 그런 그에게는 천덕환의 넉살이 오히려 더 위협적으로 들렸다.

"들어가 기다리쇼. 먼저 집사람에게 들러 함께 퇴근할 약속 받아놓고 내려오겠소."

그가 겁먹은 기색을 들키지 않으려고 애쓰며 그렇게 말해놓고 곧장 4층으로 올라가는 비상계단 쪽으로 몸을 돌렸다. 천덕환이 무슨 신호를 보냈는지 곁에 섰던 청년 셋이 우르르 달려나와 길을 막고, 이어 천덕환이 다가오며 느긋한 목소리부터 보냈다.

"정화 씨한테 알리는 거야 이따가 전화 한 통화면 되고…… 먼저 우리 문제부터 풀고 봅시다. 안에 신 형 기다리는 사람이 많아요. 그것도 모두 한 시간씩이나 기다렸시다."

그러고 보니 길을 막고 있는 청년들의 얼굴도 어딘가 눈에 익은 데가 있었다. 어쩌면 벙어리 청년에게 뭇매를 주던 깡패들 사이에서 그들을 보았을지도 모른다는 생각이 들자 그는 다시 으스스한 느낌이 들었다. 거기다가 다가오는 천덕환의 얼굴도 느긋한 목소리와는 생판 달랐다. 금세라도 무슨 끔찍한 일을 저지를 것처럼 어둡게 굳어 있어 갑자기 그의 오금을 얼어붙게 했다.

"저기…… 나는 아내에게 먼저 가봐야 합니다. 할 얘기가…… 있다니까요……"

그는 비명이라도 질러 구원을 요청하고 싶을 만큼 다급한 심경으로 그렇게 더듬거리며 어떻게든 그들을 뚫고 4층으로 올라가려 했다. 길을 막고 있던 청년들도 그런 그의 다급한 심경을 읽었는지

덮치듯 그를 에워싸고 팔다리를 벌려 그 안에 가두었다.

"안 돼! 어서 비켜. 서남지구 연락소에 먼저 들러야 한다니까. 어서 비키지 못해?"

그가 자신도 모르게 비명과도 같은 목소리를 높이기 시작했다. 그때 천덕환이 청년들에게 무언가 눈짓을 보내자 그들 중의 하나가 품안에서 무언가를 꺼냈다. 그걸 그의 옆구리께로 내지를 때는 칼인가 싶었으나 그게 아니었다. 온몸이 찌르르 하더니, 굵은 몽둥이로 뒤통수라도 맞은 것처럼 눈앞이 아뜩하고 발밑이 허물어졌다.

그가 의식을 되찾은 것은 달리는 자동차 안이었다. 짙은 창유리를 끼운 9인승 봉고 맨 뒷줄이었는데, 그의 양 겨드랑이에는 천덕환의 졸개들이 하나씩 붙어 여차하면 팔이라도 부러뜨릴 기세로 단단하게 팔짱을 끼고 있었다. 그가 깨난 기척을 하자 그중의 하나가 앞줄에 타고 있던 천덕환에게 일러바치듯 말했다.

"부장님, 이 친구 깨난 것 같은데요."

"꽉 잡아, 그 새끼. 육갑 못 떨게."

천덕환이 뒤도 돌아보지 않고 목소리만으로 그렇게 받더니, 이내 의자 등받이 너머에서 불쑥 솟아오르듯 굵은 지렁이 같은 상처가 검붉게 번들거리는 얼굴을 내밀었다. 뒤이어 뭔가 차고 허연 것이 이제 겨우 초점이 잡혀오는 그의 흐릿한 눈가로 다가들었다. 이미 두 번이나 본 적이 있는 천덕환의 회칼이었다.

"어이, 너. 깼으면 잘 들어. 이제 좀 멀리 가려는데 찍소리 말고 가만히 엎드려 있어. 특히 검문 같은 거 있을 때 잘하란 말이야. 되먹지도 않게 잔머리 굴리다가 허파에 바람구멍 나는 수가 있어."

천덕환은 이빨까지 악물어 보이며 으르렁거리듯 말했다. 그리고 그것도 부족했는지 다시 그의 두 팔을 끼고 있는 부하들을 돌아보며 차게 말했다.

"너희들도 사시미 칼 있지? 이제 팔짱 풀고 그거 꺼내. 이 새끼 배때기에 대고 있다가 삐끗하면 확 쑤셔버리는 거야."

아무리 태연하려 애써도 절로 몸이 떨릴 만큼 살기 어린 목소리였다. 당장은 기가 꺾여 무어라 항변조차 못하고 천덕환의 눈길을 피하는 그의 시야에 낯익은 건물이 들어왔다. 어울리지 않게 나긋나긋한 프랑스풍의 이름을 가진 그 건물이 오른편에 보이는 걸로 보아 차는 강남대로를 따라 성남 쪽으로 내려가고 있는 것 같았다. 그는 자신이 끌려가고 있는 방향을 알아두는 게 혹시라도 도움이 될지 모른다 싶어 곁눈질로 계속 차창 밖을 살폈다.

하지만 그것도 오래 가지는 못했다. 천덕환이 무슨 낌새를 느꼈던지 갑자기 좌석 등받이 위로 얼굴을 내밀며 소리쳤다.

"저 새끼 등받이 밑으로 머리 처박게 해. 바깥 내다보지 못하게 하란 말이야!"

그러자 그의 왼편 옆구리에 신문지로 싼 회칼을 들이대고 있던 녀석이 칼을 왼손으로 옮겨 잡으면서, 오른손으로 와살스레 그의 머리칼을 움켜잡아 좌석 등받이 아래로 처박았다.

그때까지도 그는 살벌한 그들의 기세에 눌려 겁을 먹고는 있었지만, 그렇다고 해서 온전히 기가 꺾여버린 것은 아니었다. 어쨌든 그들은 자신이 몸담고 있는 회사와 연관된 조직의 사람들이고, 자신이 그들을 만난 것은 바로 그 모든 조직을 총괄하는 대표의 지시에 따른 것이었다. 거기다가 아내나 다름없는 정화는 그들에게 중추적인 조직의 하급 간부일 뿐만 아니라, 어쩌면 그 조직의 이념 형성에도 관여하는 핵심 요원일 수도 있었다.

'내게서 무얼 얻어내기 위해 한껏 겁을 주고 있을 뿐이다. 온갖 허세를 부리지만 이것들은 결코 나를 어떻게 하지 못한다⋯⋯.'

그게 물리적으로 제압당해 기가 죽어 있기는 해도 그때까지는 별로 흔들림 없던 그의 믿음이었다.

그런데 양 옆구리에 칼이 들이 대인 채 좁은 봉고 좌석 등받이 아래로 머리를 처박고 어디가 어딘지 모를 곳으로 실려 가게 되자 그의 믿음은 조금씩 흔들리기 시작했다. 어쩌면 이게 바로 대표가 처음부터 천덕환에게 내린 지시인지도 모른다. 오늘도 저들의 요구를 거부하면 나도 벙어리 청년처럼 비참하게 끝장을 볼지도 모른다⋯⋯.

차는 그때로부터 반시간은 더 달린 뒤에야 멈춰 섰다. 시동이 꺼지기 전에 다시 천덕환이 커다란 타월 한 장을 등받이 뒤로 넘겨주며 말했다.

"저 새끼 덮어 씌워. 눈을 가려 여기가 어딘지 모르게 해."

하지만 고개를 들게 해 타월을 덮어 씌우는 짧은 순간 곁눈질해 보니 도심에서 벗어난 큰 건물 마당이었다. 걸으면서 내려본 땅바닥이 아직 포장되지 않고, 못이며 시멘트 벽돌 조각 따위가 굴러다니는 것으로 미루어 완공된 건물은 아닌 듯했다.

그들이 그의 몸을 절반이나 휘감고 있던 타월을 벗겨준 것은 그 건물의 지하 1층에 있는 작은 강당 같은 곳에 데려간 뒤였다. 건물 내벽에 마감 처리는 되지 않아도 전기 시설은 이미 끝난 듯 천장에 두 줄로 난 형광등이 실내를 환히 비추고 있었다. '누구를 위한 땅장사냐? 주공(住公)은 각성하라!' '시가 보상이 아니면 죽음을!'이라는 따위 '도시빈민연대' 명의로 된 대형 걸개들이 여기저기 걸려 있고, 네모난 인조 화강암으로 마감한 바닥에는 이부자리며 취사 도구들이 어지럽게 널려 있는 것으로 보아 최근까지도 무슨 농성장으로 쓰인 듯했다.

그 한구석 쓰다 남은 자재로 얽은 듯한 칸막이 안쪽으로 그를 끌고 간 천덕환이 그곳에 남아 있던 건달풍의 사내에게 험한 눈길로 물었다.

"다 어디 갔어?"

"상곡동 지원 준비 들어갔습니다. 모레가 최종 철거 아닙니까?"

"그렇다고 이렇게 몽땅 비우면 어떡하나? 여기도 언제 백골단이 뜰지 모르는 판에."

그래놓고는 그를 돌아보며 말했다.

"보다시피 우린 바쁜 사람이야. 더 시간 낭비 하지 말고 이제 바로 대 주시지."

"뭘 말입니까?"

그가 짐작은 하면서도 시치미를 떼며 물었다. 천덕환이 얼굴이 시뻘개지도록 화를 내며 소리쳤다.

"야, 너 이 새끼. 정말로 사시미 뜨여볼래? 허튼 수작 말고 바로 대. 그것들 어디 있어?"

"그것들이라니 누구요?"

"거지 떼거리 같은 것들 잔뜩 모아 남의 나와바리 넘보는 새끼 말이야. 그것도 대단한 서방 만났다고 죽자 사자 따라다니는 그년하고."

"그들이라면 나도 어디 있는지 모른다고 하지 않았소?"

그가 마지막 오기로 버티며 그렇게 받았다. 갑자기 천덕환의 두 눈에서 시퍼런 불길이 쏟아지는 듯했다.

"좋아. 너 이 새끼. 정히 원한다면 한 점 한 점 포를 떠주지. 그래도 불지 않는가 보자."

"대표님이 나를 회 뜨라고 여기 보내시지는 않았을 텐데. 미국에서 오신 '새누리 운동본부' 총재님도 이 일 알고 계신가요?"

"이게 다 그분들 뜻이야, 째꺄. 너 오늘 바로 불지 않으면 살아 나가지 못한다고."

"새누리 운동이란 것이, 새 세상을 여는 모임이란 것이 겨우 이런 거요? 한솥밥 먹는 사람 잡아다가 회나 뜨는 게 새 세상을 여는 거요?"

그가 다시 한번 없는 뱃심을 짜내 그렇게 따져보았다. 그러나 천덕환은 조금도 흔들림이 없었다. 오히려 잘 물어주었다는 듯 자신 있는 비웃음으로 그의 말을 받았다.

"뭐 한솥밥? 미안하지만 너희는 한솥밥 먹는 이념의 동지가 아니야. 우리 조직의 일회용 소모품이나 다름없는 외부 인력일 뿐이라고. 그런데 네가 믿은 게 겨우 그거야? 그걸 믿고 뻗댄 거냐고?"

그러더니 별로 과장하는 기색 없이 그때까지도 그 옆구리에 붙어 서 있는 졸개들을 돌아보며 말했다.

"아무래도 저 새끼 맛을 좀 봐야겠어. 홀라당 벗기고 묶어!"

하지만 그가 황급히 결단을 앞당긴 것은 군소리 없이 덤벼들어 옷을 벗기려는 청년들 때문은 아니었다. 그보다는 그때까지 일관되게 보여준 천덕환의 결연함이었다.

'이건 아무래도 천덕환 혼자 벌이는 즉흥극이 아니다. 처음부터 치밀하게 짜여진 각본대로 흘러가는 것 같고, 자칫하면 나는 엉뚱한 희생양이 되고 만다. 겉보기에는 멀쩡하지만 대표로부터 천덕환에 이르기까지 모두 한 끝에 이어져 있을 뿐만 아니라 이들의 광기와 맹목도 결코 저들 보일러공을 따르는 패거리에 못지 않다.'

그런 생각으로 가슴이 섬뜩하면서 비로소 죽음의 공포가 실감 났다. 그러자 지난번 그 보일러공과 마리를 재혁에게 맡길 때 어렵게 되살린 수호(守護) 의지가 문득 어이없는 감상으로 느껴지며 거꾸로 그의 새로운 결단을 도왔다.

"잠깐."

다가오는 청년들을 멈춰 세운 그는 다시 천덕환을 돌아보며 별로 과장한다는 느낌 없이 말했다.

"정히 그렇다면 굳이 밝히지 못할 것도 없지. 광기와 광기가, 맹목과 맹목이 요란하게 부딪치는 광경도 볼 만할 거라. 미친놈과 미친놈이 치고받고 눈먼 놈과 눈먼 놈이 뒤엉켜 난장판을 이루는 꼴."

그러고는 아무런 망설임 없이 재혁이 맡아보고 있는 평창동의 저택과 그 보일러공의 상태를 간단히 일러주었다.

그런데 참으로 알 수 없는 일은 그 뒤에 일어났다. 천덕환이 주변에 있는 청년 서넛을 더 긁어모아 평창동으로 차를 몰아간 지한 시간이나 지났을까, 그 곁에 남아 그를 감시하던 청년의 휴대전화 벨이 갑자기 울리는가 싶더니 전화를 받고 난 청년의 낯빛이 갑자기 험악하게 변했다. 그 청년이 다른 청년에게 무어라고 말하자 그 역시 굳은 얼굴로 칸막이를 나갔다가 잠시 뒤에 무언가를 소매에 감추고 조심스레 다가왔다.

"천덕환 씨에게 온 전화요? 무슨 일이오? 거기는 어찌 되었답

디까?"

두 사람의 움직임이 수상해 그가 짐작으로 물었다. 그러자 그 중 하나가 퉁명스레 받았다.

"당신 사람을 속였어. 그것들 벌써 튀고 없다고."

그러면서 두 손이 묶여 있는 그를 갑자기 힘주어 껴안았다. 버둥거리는 그의 등 뒤로 또 다른 청년이 다가와 이죽거리듯 말했다.

"거기다가 경찰이 곧 이리로 진입할 거라는군. 당신은 다시 우리와 함께 옮겨줘야겠어."

그들이 잇따라 한 말에 놀란 그가 버둥거림을 멈추고 물었다.

"무슨 소리야? 그게 무슨 말이야?"

그때 대답 대신 오른편 허벅지가 찌릿하더니 이내 하체가 뻐근하게 굳어왔다. 등 뒤로 다가들던 청년이 그런 그의 귓전에 속삭임처럼 말했다.

"코끼리도 이 한 방이면 잠든다는 거야. 마음 놓고 푹 자두셔."

그가 깨난 것을 병상 주변을 맴돌며 지켜보던 사내가 알아차린 것은 그의 기억이 전날 마지막으로 의식을 잃던 순간을 맴돌고 있을 때였다. 두통이 조금씩 가시면서 갑자기 불편해 오는 베갯머리를 바로 하는데 그때껏 보이지 않던 그 사내가 불쑥 병상 곁으로 다가들며 말했다.

"이제 깨어났소?"

그 말에 사내를 쳐다보니 목소리가 귀에 익은 까닭을 알 듯했다. 바로 강 형사였다.

"아, 예. 그런데 이게 어떻게 된 일입니까?"

자신이 어떻게 강 형사의 보호를 받게 되었는지 궁금해진 그가 그렇게 물었다. 강 형사가 금세 알아듣고 대답했다.

"실은 어제 신 형이 '새누리 투자기획'을 나설 때부터 우리가 미행하고 있었소. 아니 보호 관찰이라고 해야 하나. 그러다가 그 새마을금고 건물까지 가게 되었는데, 거기서 신 형이 납치된 걸 알게 된 거요. 하지만 저쪽이 머릿수가 많아 바로 구하지 못하고, 그 봉고를 미행해 신 형이 끌려간 곳을 확인한 뒤 본부에 지원 요청을 했지. 세곡동 대형 마트 신축공사장 말이오. 그리고 지원이 오는 대로 바로 그곳을 급습했는데 신 형만 버려두고 모두 달아나고 없더구먼."

"그럼 나는 그때부터 지금까지 줄곧 여기 이 병원에 있은 겁니까?"

"마취제가 워낙 맹수용인 데다 무식한 녀석들이 과다하게 찔러 넣은 거라. 게다가 신 형 체질은 또 뭐라더라, 그런 약물에 너무 민감하고⋯⋯. 신속한 응급 조처가 아니었다면 큰일날 뻔했다는 거나 알아두쇼."

강 형사가 말을 돌리는 법 없이 묻는 대로 대답했다. 그러자 머리가 횡한 가운데도 보다 짜임새 있게 그간의 경위가 정리되었다.

그때 강 형사가 지나가는 간호사를 불러 아랫사람 부리듯 말했다.

"어이, 여기 말이오. 담당 의사 선생 어디 있소? 상황이 급하니어서 불러와요."

그 간호사도 이미 강 형사의 신분을 알고 있는 듯했다. 달갑지않은 표정으로 알은체를 하고 응급실 출구 쪽으로 갔다. 강 형사가 이번에는 휴대폰을 꺼내 어딘가로 전화를 했다.

"깨났어요……. 그래요. 영감님께 보고드리고……. 일루 오세요. 맞아요. 의사 허락만 떨어지면 곧바로 퇴원시킬 작정이니까……. 그래요. 함께 의논해 봅시다."

그런 말로 미루어 누군가 머지않은 곳에 있는 사람을 부르는것 같았다. 그런 강 형사가 휴대전화에 대고 그렇게 말하는 소리를 듣자 문득 그에게 떠오르는 기억이 있었다. 졸개들을 데리고재혁에게 간 천덕환이 남아 있는 부하에게 걸어온 전화 내용이었다. '그것들 벌써 튀고 없더라는 거야…….' 그 전화를 받은 청년의이죽거리는 듯한 목소리가 귓전에 되살아나자 궁금해서 더는 견딜 수가 없었다.

"저어, 죄송하지만 휴대폰 좀 빌릴 수 없을까요?"

그가 불쑥 강 형사에게 손을 내밀며 그렇게 말했다. 전날의 난리통에 어디서 흘려버렸는지, 환자복으로 갈아입히면서 입고 있던 옷과 함께 따로 보관한 것인지, 자신의 전화기는 주변에서 찾을 수가 없었다. 강 형사가 잠깐 생각에 잠겼다가 말없이 전화기를 내밀었다.

재혁은 바로 전화를 받았다. 그가 아직 무어라 제대로 물어보기도 전에 그의 목소리를 알아들은 재혁이 선수라도 치듯 질문을 퍼부었다.

"이거 도무지 어떻게 된 거야? 그 예수하고 막달라 마리아 어제 새벽 몰래 사라졌는데, 너 알고 있기나 한 거야? 무엇 때문이야? 왜 갑자기 뜬 거래?"

"뭐? 그 보일러공과 마리가 없어졌다고?"

"그래. 연기같이 사라졌어. 일주일이나 집을 빌려준 사람에게 인사 한마디 없이. 그리고 어제 오후에 들이닥친 그 친구들은 또 뭐야? 천덕환이 그 친구가 어떻게 알고 여길 덮친 거야? 네가 말해 준 거야?"

"음, 그렇게 됐어. 그런데 그 보일러공과 마리는 어디로 갔는지 짚이는 데도 없어?"

"나야말로 네게 그걸 물어보려고 했는데, 이거 어떻게 된 거야? 그럼 너도 모르는 곳으로 사라져버렸단 말이지? 하기야 목에 칼이 들어와도 정말로 모르니 차라리 마음 편하기는 하더라만."

그때 담당 의사가 저만치서 다가오는 게 보였다. 강 형사의 재촉이 아니더라도 그쯤에서 전화를 끝낼 수밖에 없었다. 그는 곧 다시 전화하기로 하고 재혁과의 통화를 끝냈다.

"조금 전에 깨났는데…… 이제 퇴원해도 되겠지요? 워낙 수사가 급해서."

강 형사가 다가온 의사를 보고 허락을 구한다기보다는 무슨 통고처럼 그렇게 말했다. 앳되 보이는 의사가 살풋 이맛살을 찌푸리더니 대답 없이 청진기를 그의 가슴에 댔다. 이어 간호사에게 그의 혈압을 재게 하고, 다시 진료용 전등으로 그의 눈동자를 비쳐 보더니 가만히 고개를 저었다.

"아직은 이릅니다. 이 링거액 다 들어간 뒤 처방받아 퇴원시키십시오. 하지만 적어도 하룻밤은 더 안정이 필요합니다. 그 이상 무리하시면 우리로서는 전혀 책임지지 못합니다."

의사는 강 형사의 무례한 말투를 타박주기라도 하듯 그렇게 말하고는 쌀쌀맞게 돌아서서 응급실을 나가버렸다. 머쓱해진 강 형사가 말없이 병상 머리맡에 붙어 섰는데 다시 낯익은 얼굴 하나가 불쑥 떠오르듯 나타났다. 스포츠형 머리에 다부진 몸매 — 지난달 강 형사를 만나러 회사 옆 스타벅스 커피점으로 내려갔다가 본 적이 있고, 얼마 전 호프집 화장실에서는 천덕환에게 몰린 그를 구해 주다시피 한 그 중년이었다.

그가 눈빛으로 알은체를 하자 그 중년도 어색한 눈웃음을 흘려보냈다. 그걸 알아본 강 형사가 능청스러운 얼굴로 그를 보며 말했다.

"아 참, 신 형. 인사하고 지내시오. 검찰에서 나오셨소. 이번 사건 검찰과 공조하게 되면서 공안(公安) 쪽에서 특별히 파견한 수사관이오."

"오정도라고 합니다."

중년이 여전히 어색함을 감추지 못하며 마지못해 손을 내밀었다. 강 형사가 그 간단한 소개로 그에게 할 일은 다했다는 듯 이번에는 오 수사관을 보고 말했다.

"저눔의 링게루가 다 끝나야 된다네요. 까짓 소금 몇 톨 녹인 맹물 한 고뿌 더 들어가면 어떻고 덜 들어가면 어떻다고. 하여튼 요새 젊은 돌파리들이란……. 게다가 오늘밤은 절대루 안정이 필요하다네요. 이리 되고 보니 나도 정말 궁금한 게 많은데."

"전문의 말이 그렇다면 어쩔 수 없지 않겠소? 퇴원하는 대로 안전 가옥 정해 쉬게 하고 내일 봅시다."

"안전 가옥?"

"뭐 대단한 건 아니고……. 적당한 방 정해 이분 쉬게 하고, 우리 요원들 주변에 잠복시켜 감시하면 그게 바로 안전 가옥 아니겠소?"

공조라고는 하지만 말투로 미루어 검찰에서 나온 수사관이 사실상의 지휘권을 행사하고 있는 것 같았다. 공연히 다급해진 그가 두 사람의 대화에 앞뒤 없이 끼어들었다.

"그 안가(安家), 우리 아파트로 하면 안 되겠습니까? 어젯밤 연락도 없이 집에 못 들어갔으니 집사람도 걱정이 많을 것 같고. 저도 쉬기에는 그쪽이 낫겠고……."

"아, 그것도 안 될 것 없지. 그리 합시다. 링거 주사 끝나는 대로 옮기지요."

오 수사관은 뜻밖이다 싶을 만큼 선선하게 그의 말을 들어주었다. 그 바람에 그는 그때껏 사로잡혀 있던 조바심에서 깜박 놓여났다. 틈만 나면 바로 정화에게 전화해야지, 하며 속으로 벼르던 것조차 잊고 마음 편하게 눈을 감았다. 그러자 너무 오래도록 눈뜨고 있었다는 자각과 함께 새삼스런 피로가 밀려들었다.

26

　무언가 정수리 위에서 끊임없이 자신의 몸을 끌어당기는 것 같
아 눈을 떠 보니 머리맡 전화벨이 요란스레 울리고 있었다. 잠에서
깨어난 것이 아니라 깊은 물속에서 거칠게 비틀리며 자아올려진
느낌이었다. 송수화기를 잡자 익숙한 목소리가 들려왔다.
　"여보세요, 여보세요. 거기 안정화 씨 댁 맞죠?"
　"예, 그런데요."
　얼결에 그렇게 대답해 놓고 나니 전화를 건 사람이 누군지 알
듯했다. 정화와 같은 부서에 근무하는 김영미라는 아가씨였다. 정
화에게 전화하다 보면 몇 번에 한 번꼴로는 그녀가 대신 받아 그
목소리가 귀에 익숙해진 터였다. 그녀 쪽도 전화를 받은 것이 누
군지 알아차린 것 같았다.

"아, 신 선생님이시군요. 언니 어디 갔어요?"

김영미가 그렇게 묻는 말을 듣고서야 그는 새삼스럽게 침대 옆자리를 살펴보았다. 당연히 거기 누워 있어야 할 정화가 보이지 않았다. 하지만 아직도 그는 그 아침의 특별함을 알아차리지 못했다.

"글쎄, 부엌에 있나?"

그러면서 느긋이 몸을 일으켜 침실 바깥쪽으로 귀를 모았다. 움직여 보니 평소 같지 않게 몸이 무겁고 머리가 어질거렸다. 그래도 그의 의식은 아직 전날의 기억과 이어지지 못해 당연한 듯 집안에서 정화를 찾고 있었다. 그때 수화기에서 놀란 김영미의 목소리가 그의 고막을 뾰족하게 찔러왔다.

"아니, 그럼 아직 언니가 집에 계시다는 거예요? 지금이 몇 신데…… 오늘 출근하지 않으실 거래요?"

그 말에 침대 곁 탁자 위의 알람시계를 보니 벌써 아침 10시가 지나 있었다. 그제야 그도 이상한 느낌이 들어 찬찬히 집안을 살피는데, 이번에는 몹시 걱정스러워하는 김영미의 목소리가 그의 의식을 세차게 휘저었다.

"그럼 언니 어디 아픈 거 아니에요? 어제도 혼자 일찍 퇴근하셨는데……. 아님 집안에 무슨 일이라도 있던가……."

"어제도 일찍 퇴근했다고?"

무심코 그렇게 반문하는 그의 머릿속에서 폭발하듯 기억들이 되살아났다. 그는 뒤죽박죽으로 불려나온 그 기억들을 애써 가다

들어 보았다.

전날 그가 강 형사와 오 수사관의 부축을 받으며 병원을 나선 것은 저녁 6시 무렵이었다. 하지만 메스꺼움이 사라지자마자 갑작스레 그를 찾아든 맹렬한 허기 때문에 아파트로 곧장 돌아갈 수가 없었다. 할 수 없이 그는 두 사람과 함께 근처 설렁탕 집으로 가서 허기부터 때우기로 했다.

그가 정화에게 전화를 건 것은 그 설렁탕 집에서였다. 음식이 나오기를 기다리면서 강 형사의 전화를 빌려 먼저 정화의 휴대전화에 신호를 보냈으나 어찌된 셈인지 전원이 꺼져 있었다. 벌써 퇴근했나 싶어 아파트로 전화를 넣었지만 거기서도 받지 않았고, 야근인가 해서 다시 정화의 사무실로 전화를 걸어보아도 자동응답기만 이미 업무가 끝났음을 되풀이 알려줄 뿐이었다.

그제야 불길한 느낌이 든 그는 아는 대로 정화가 갈 만한 곳에 전화를 넣다가 전날 어디선가 문득 잃어버린 자신의 휴대전화를 떠올렸다. 그동안 전화를 받을 수 없었지만, 그 음성사서함에는 정화의 메시지가 남아 있을지도 모르는 일이었다. 그가 다시 강 형사의 휴대전화를 빌려 허둥지둥 자신의 사서함을 확인해 보니 정말로 정화의 목소리가 들어 있었다.

'왜 전원을 꺼 놓았어요? 오늘 좀 늦을 것 같네요. 먼저 저녁 들고 쉬세요.'

그렇게 짤막한 내용이었지만 그를 안심시키기에는 넉넉했다. 그녀의 목소리에서는 그 어떤 위급이나 곤란의 낌새도 느껴지지 않았고, 그 메시지를 남긴 시간도 그때로부터 겨우 20분 전이었다. 그 바람에 마음 편하게 허기를 달랜 그는 아파트로 돌아와서도 정화가 돌아오기를 기다리지 못하고 먼저 곯아떨어져 버렸다.

'어제 일찍 퇴근했다면 6시를 넘긴 뒤에 남긴 그 메시지는 무언가. 무엇 때문에 조퇴를 했고, 어디로 가서 그 메시지를 남긴 것일까.'

그 모든 기억에 뒤따른 그런 의문으로 갑작스레 불안해진 그의 귀에 김영미의 조심스러운 대답이 들려왔다.

"그럼 모르셨어요? 어제 4시쯤 집에 무슨 일이 있다고 조퇴했는데……."

'전날 오후 4시면 그가 혼수 상태로 병원에 누워 있을 때였다. 정화는 그 시각에 무슨 일로 조퇴를 했고 어디로 간 것일까.'

그렇게 다시 파고들기 시작하자 이상한 일은 더욱 늘어났다. 그제 밤 그가 아무 연락도 없이 집에 들어가지 못했는데도 어제 아침 정화는 평소처럼 출근했고, 오후에는 또 흔치 않은 조퇴까지 한 뒤 밤새도록 집에 돌아오지 않았다. 꼬박 하루를 연락 없이 보낸 그에게 메시지를 남기면서도 그가 있는 곳을 묻지 않았으며, 그 목소리에도 성내거나 걱정하는 기색이 조금도 느껴지지 않았다.

'누군가 나의 안위에 대한 거짓 정보를 주며 그녀를 안심시켰거나, 오히려 나의 안위로 위협하여 그녀로 하여금 내가 빠져 있는 상황을 아는 척하지 못하게 강요했을 수도 있다.'

추리가 차츰 정교해져 거기까지 이르자, 그의 불안은 더욱 커졌다. 그렇다면 아무 일 없는 정화와 마지막으로 접촉한 것은 김영미이고, 따라서 그녀에게서 무언가를 알아내야 한다는 생각으로 절박해진 그가 사정하듯이 물었다.

"어제 함께 일하면서 정화가 무슨 소리 않던가요? 실은 제가 그제 밤 무슨 일이 있어 외박했거든요. 어제도 종일 연락 못하고. 그런데 한번도 내 걱정 없었어요? 또 조퇴할 때는 무엇 때문이랍디까? 그래도 옆자리에서 일하니 무언가 아실 듯도 한데."

"글쎄요. 통……. 사실 정화 언니 조퇴할 때까지 별다른 내색 없었거든요. 조퇴도 그래요. 팀장님과 한동안 무언가 얘기를 나누다 나가시기에 그때는 어디 외근이라도 나가시는 줄 알았죠. 조금 전에 팀장님이 언니에게 전화해 보라고 하시면서 비로소 어제 조퇴했다는 걸 알려주시더군요."

그 말을 듣자 섬뜩하게 짚여오는 것이 있었다.

'그래, 그 재정 팀장이다. 그가 그들의 지시에 따라 정화를 빼돌렸다. 그리고 이제 김영미를 시켜 내 동태를 살피고 있다. 정화는 그들 손에 떨어졌고……'

추측이 그렇게 번져가면서 그는 문득 새롭고도 기이한 두려움에 휘말렸다. 그때까지만 해도 왠지 실재감이 없고 무력해 보이던 '새여모'가 갑자기 거대하고도 위력적인 조직으로 그의 의식을 억누르기 시작했다. '새누리 투자기획'을 빼면 하나같이 애매하고 요령부득인 연대 조직이나 협력 단체도 모두가 효율적이고 일사불란한 '새여모'의 하부조직으로 새롭게 인식되었다. 그들 조직을 얽고 있는 의외성과 혼란, 구성원들의 괴이쩍고 엉뚱한 개성도 그랬다. 그 방향이나 성격에 따른 지성의 편차가 너무 커서 사람을 혼란시키는 달통법사나 느닷없는 폭력성으로 논리를 단절시켜버리는 천덕환까지도 신비한 능력을 지닌 조직의 전위(前衛) 또는 소명감에 찬 이념의 전사(戰士)로만 느껴졌다. 그 바람에 그는 어떻게 끊은지도 모르게 전화를 끊고 한참이나 골똘한 상념에 빠졌다.

'그 거대한 조직이 나를 겨냥해 본격적으로 작동하고 있다. 나는 이제 그들 모두와 싸워야 한다⋯⋯.'

마침내 상념이 거기까지 비약하자 그의 의식은 갑작스러운 막막함으로 마비되었다. 어디서부터 어떻게 그 엄청난 싸움을 시작해야 할지 몰라 망연해 있는데, 저만치 침실 구석에 놓인 컴퓨터의 전원 등이 무슨 암시처럼 깜빡거리며 그의 눈길을 끌었다.

'왔다. 그들이 드디어 내게 신호를 보냈다.'

이번에도 그는 대뜸 그렇게 단정했다. 전날 저녁에는 컴퓨터를 켠 기억이 없을뿐더러, 설령 켰다가 끄지 않았다 치더라도 새 컴퓨터에 전원 관리 프로그램이 되어 있어 그때까지 전원 등이 깜박이고 있을 리가 없었다. 그동안 여러 번 겪은, 그리 대단할 것은 없지만 그의 컴퓨터 지식으로는 경위를 설명하기 어려운 그들의 전달 체계 가운데 하나임에 분명했다.

이메일을 열자 겨우 이틀 만인데 편지와 스팸메일이 뒤섞여 여남은 통이나 되는 글이 올라 있었다. 맨 위에 있는 편지를 보니 「유다야, 너의 은(銀)을 찾아가라」는 제목의 메일 도착 시간은 바로 1분 전이었다. 그는 까닭 모르게 철렁하는 가슴으로 급히 편지를 열었다.

유다의 은 스무 냥은 배반의 대가가 아니라 그의 동족애(同族愛)에 대한 포상이었다. 그는 동족이 모두 죽게 되는 것을 보기보다는 자신이 섬기는 한 사람을 넘기기로 결단하였다. 이 땅과 이 날의 유다야, 너의 은은 우리 손에 있다. 늙은 신의 독선과 허영으로부터 이 대지를 구하고 너의 은을 찾아가라.

……너는 용케 구함을 받아 빠져나갔지만 네 정화는 우리 손에 있다. 감시와 미행을 떨쳐버린 뒤에 공중전화에서 정화의 휴대전화로 연락하면 우리가 너를 찾아 그리로 찾아가겠다. 그때 그를 우리에게 넘기고 정화를 찾아가거라. 네가 우리를 그가 있는 곳으로 데려가 그가 우리 손에 들어올 때 너의 정화도 살아서 네게 돌아갈 수 있을 것이다.

그런 편지 끝에는 '한국 열혈당 단도회(短刀會)'라는 낯선 단체가 발신자로 되어 있었지만 누가 보냈는지는 뻔했다. 천덕환의 패거리, 아니 '새여모' 하수(下手) 조직임에 틀림없었다.

그가 까닭 모르게 축 처진 기분으로 편지를 덮자 이전 화면인 '받은 편지함' 목록이 나왔다. 그런데 그들 가운데 별난 제목 하나가 다시 그의 눈길을 끌었다. 「베드로야, 새벽닭이 울기 전에」라는 제목으로, 왠지 그 편지도 방금 자신이 떨어져 있는 상황과 무관하지 않아 보였다. 그는 서둘러 그 편지를 열어보았다.

그리스도 수난의 밤에 성도(聖徒) 베드로는 세 번 주님을 부인하고 새벽닭이 울 때 뉘우쳤느니라. 이 땅과 이 날의 베드로야, 깊이 헤아리고 또 멀리 살필지어다. 아직 새벽닭은 울지 않았느니라.

그와 같이 짧은 내용에 '아마겟돈 연대'라는 낯익은 이름의 단체가 보낸 것이었지만, 앞의 글과는 상반된 요구가 잠깐 그를 곤혹스런 혼란에 빠져들게 했다.

어느 쪽도 거부할 수 없는 상반된 두 요구 사이에 끼였다는 느낌, 거대한 두 힘이 충돌하는 접점(接點)에 던져진 듯한 낭패감에 망연해 있는 그를 다시 급박한 현실로 불러낸 것은 현관의 인터폰 벨소리였다. 자지러지는 듯한 새 소리에 퍼뜩 정신이 들어 인터폰 모니터 앞으로 가보니 화면 가득 오 수사관의 얼굴이 떠올랐다.

"좀 어떻습니까?"

현관문을 열어주자 오 수사관이 두 눈으로는 주의 깊게 집안을 살피며 건성으로 물었다.

"조금 어질어질한 것말고는 괜찮습니다."

"나가서 아침 식사나 하시지요. 전화 한 통 없는 걸 보니 저것들은 신성민 씨가 아파트로 돌아온 걸 아직 모르는 모양입니다."

자기들이 아파트 전화를 도청하고 있음을 드러내는 그 말에 그가 은근히 딴죽이라도 걸 듯 말했다.

"아닐 걸요. 저쪽도 우리를 빤히 들여다보고 있는 것 같은데요. 조금 전에 벌써 확인 전화 들어 왔습니다."

"그건 정화 씨 직장에서 온 전화 아닌가요? 출근을 안 하니까 옆자리 직원이 걱정 삼아 한."

"반드시 그렇지는 않을 겁니다. 적어도 내가 아파트로 돌아와 있다는 것은 저쪽에서 알고 있는 듯한데요. 그러면서 아무것도 모르는 직원을 시켜 정화가 없어진 것을 슬며시 상기시킨 게 아닐까요?"

그러자 오 수사관의 눈이 번쩍했다. 겉보기보다는 눈치가 빠른 사람 같았다.

"그렇다면 정화 씨를 저들이 납치했다는 뜻인가요? 어제 저녁 휴대전화 메시지 확인할 때까지도 별일 없지 않았습니까?"

그 말에 그는 속으로 잠시 망설였다. 오 수사관에게 조금 전에 받은 이메일을 밝히고 경찰의 힘을 빌려 정화를 찾아볼까 하는 유혹이 불쑥 인 때문이었다. 하지만 저들의 편지에 있던 '감시와 미행을 따돌리고'라는 구절이 떠오르자 망설임은 바로 끝이 났다. 자신에게 감시와 미행이 붙었다는 걸 안다는 것은 저들도 그의 움직임을 훤히 들여다보고 있다는 뜻이었다. 섣불리 경찰에게 일을 맡겼다가는 정화가 무슨 꼴을 당할지 상상만으로도 소름이 끼쳤다.

"실은 그걸 좀 알아봐 달라고 부탁하려던 참이었습니다. 그들의 짓인지는 확실하지 않지만 어쨌든 정화가 밤새 돌아오지 않았으니까요. 아무 연락 없이 이러기는 처음입니다."

그는 그렇게 얼버무리고 아무렇지도 않은 듯 오 수사관을 따라나섰다. 아파트 출입구를 나서니 잠을 설친 듯한 강 형사가 어디선가 차를 몰고 왔다.

평소에도 이따금씩 찾은 적이 있는 해장국집에서 늦은 아침삼아 선지 해장국 한 그릇을 비우고 나자 속이 깨끗이 가라앉고 어질어질하던 것도 많이 나아졌다. 먼저 아침을 먹어 인스턴트 커피만 훌쩍이고 있던 강 형사와 오 수사관이 그의 회복을 알아보고 반가워했다. 특히 강 형사는 그때까지 용케도 참았다 싶을 만큼 그가 수저를 놓기 바쁘게 신문조로 나왔다.

"그런데 말요, 신 형. 어제 천덕환이 그 친구 왜 그런답디까?"

"사람을 내놓으란 겁니다. 사정이 딱한 사람 둘을 친구네 집에 잠시 쉬게 한 적이 있는데, 그게 바로 자기네가 찾는 사람을 제가 빼돌린 거랍니다."

"그래도 뭔가 있겠지. 멀쩡한 사람을 대낮에 납치까지 해가면서 그 사람들을 찾아내려고 그렇게 기를 쓸 때는."

"뭐, 그 사람들이 자기네 나와바리를 침범했다나 어쨌다나. 하지만 헛짚고 있는 것 같았어요. 저쪽은 전혀 그럴 사람들 같지 않았으니까요."

그가 되도록이면 강 형사의 물음에 깊이 말려들지 않기 위해 짐짓 대수롭지 않다는 투로 받았다. 강 형사도 당장은 그리 심각하게 듣는 것 같지 않았다.

"그럼 그대로 알려주면 될 것 아뇨?"

"물론 그랬지요."

"아니, 그런데 코끼리라도 잡을 마취제를 찔러 넣는단 말이오? 그랬다면 그것들 그거, 정말 큰일 낼 것들이네."

"찾는 사람들이 내가 맡겨둔 곳에 있지 않았던 모양입니다. 따라서 내가 자기들을 속였다고 오해하고 더 붙잡아 둔다고……."

그러자 강 형사가 문득 정색을 하며 목소리를 깔았다.

"천덕환이라는 그 친구가 동원부장으로 있는 '도시빈민연대'라는 시민단체는 돈 받고 각종 시위에 사람 모아주는 청부 시위 업체에 가깝고, 따로 관여하는 '경제정의촉구연대'라는 것도 시민단체로 위장한 해결사 조합 같은 거였소. 하지만 나와바리를 따질 조직 폭력배로까지는 보이지 않았는데 그건 또 어떻게 된 거

같소?"

"글쎄요, 그 나와바리는 무슨 사업 구역을 말하는 게 아닐까요? 이를테면 고리채와 카드 할인 같은 불법 사(私)금융 업체의 배타적 영업 지역이거나 싸구려 향정신성 의약품과 만병통치약으로 둔갑한 건강보조식품 따위를 풀어먹일 시장, 또는 시위 전문 인력을 집단적으로 동원할 수 있는 지역 기반 같은 걸로……."

그가 망설이다가 조심스러운 추측처럼 그동안의 관찰을 내비쳐 보았다. 그들의 배후에서 그들을 총괄하는 조직 같은 것은 전혀 의식하지 못하는 것처럼. 그때 가만히 듣고 있던 오 수사관이 불쑥 끼어들었다.

"신성민 씨가 말하는 것이야말로 전형적인 폭력 조직의 나와바리 같은데. 뒤에서 봐주는 조직이 없어서는 안 되는 게 그런 장사들이니까. 혹시 그들 모두를 총괄하는 배후 조직 같은 것은 아는 바가 없소?"

"글쎄요. 이리저리 얽혀 있는 시민단체는 몇 들어봤어도 그 모두를 총괄하는 배후 조직 같은 것은 통……."

가슴이 뜨끔 하며 '새여모'가 떠올랐으나 그는 정색을 하며 시치미를 뗐다. 그래도 오 수사관은 그에게서 눈길을 떼지 않고 물었다.

"좋아요. 그럼 서로 연대하고 있는 시민단체라고 합시다. 그런데 그들에게서 특별히 대공(對共) 용의점은 발견하지 못했습니까?"

"대공 용의점이라고요?"

"뭐 사상적으로 수상한 점이 없더냐 이 말입니다."

"그건 더욱 모르겠는데요."

이번에는 임마누엘 박의 해방신학 논리 일부가 마음에 걸렸으나 그는 역시 단호하게 받았다. 그러자 오 수사관이 왠지 머뭇머뭇하다가 말하기 거북스러운 것을 털어놓듯 말했다.

"실은 말이오. 오늘 아침 우리 검사님께서 임의동행(任意同行) 지시가 있었습니다. 회복되는 대로 한번 만났으면 하시는데요. 공식적인 소환은 아니지만 별일 없으면 오늘 함께 공안부로 가보시는 게 어떻겠습니까?"

그 말에 그는 가슴이 철렁했다. 공안 검사의 부름이 두려워서가 아니라, 그리 되면 정화를 찾으러 가는 게 너무 늦어질 것 같아서였다. 하지만 그는 그런 속마음을 감추고 오히려 오 수사관의 그와 같은 말을 자신이 그들의 감시와 미행에서 빠져나올 계기로 삼았다.

"당연히 가서 검사님을 뵈어야지요. 하지만 당장은 곤란합니다. 먼저 집사람부터 찾아보고…… 또…… 우리 회사도 그렇습니다. 어제 아무 연락 없이 회사를 나가지 않았으니 오늘은 낮이라도 내밀어야 하고……. 이렇게 하면 어떻겠습니까? 급한 일부터 처리하고 오후 3시쯤 제가 검찰청으로 자진 출두하면."

그가 그렇게 말하자 오 수사관은 무엇 때문인지 한동안 당황

해했다. 얼른 대답을 못하고 몇 번이나 강 형사와 눈을 맞추는 듯
하더니 떨떠름하게 대답했다.

"알겠소. 그렇게 합시다. 하지만 이제부터는 우리 보호 아래 움
직이는 게 좋을 겁니다. 이제부터 이동은 반드시 택시로 하고 타
고 내릴 때는 반드시 우리 쪽 사람들이 미행할 여유를 주시오."

27

군이 복잡한 미스터리 스릴러 영화 흉내를 내지 않아도 미행을 따돌리기는 어렵지 않았다.

미리 승차 요금을 치른 택시 운전사에게 사람의 출입이 많은 지하철 정류소 입구에다 갑작스레 차를 세우게 한 것으로 절반은 성공이었다. 차에서 내린 그는 재빨리 층계를 뛰어내려 사람들 사이에 섞인 뒤 지하 보도를 지났다. 대각선으로 맞은편 되는 출구로 빠져나오면서 길 건너를 살피니 그제야 미행하던 차가 지하철역 입구 앞에 서고 강 형사가 허둥지둥 뛰어내리고 있었다.

그는 마침 몰려나오는 인파에 묻혀 되도록 자연스레 지하철역 출입구를 벗어났다. 길모퉁이를 돌아 바로 눈에 띄는 커피숍으로 뛰어들고 보니 그걸로 미행은 완전히 따돌린 것 같았다. 자신은 별로 눈에 뜨이지 않으면서도 바깥 길가를 잘 내다볼 수 있는 곳에 자리 잡은 그는 공중전화를 찾아보았다. 휴대전화기가 흔해져서인지 요즘 들어 업소가 설치한 공중전화는 거의 없어졌지만, 다행히도 그 커피숍에는 있었다.

까닭 없이 떨리는 가슴으로 정화의 휴대전화 번호를 누르자 전화를 받은 것은 뜻밖에도 임마누엘 박이었다. 임마누엘 박은 전과 달리 지극히 사무적인 어조로 그의 의아함을 풀어주었다.

"이번에는 내가 신 형을 맡게 되었습네다. 천 부장은 일솜씨가 너무 거친 데다가 오늘은 따로 급하게 처리해야 할 일도 있고오……"

별다른 확인 절차 없이 그렇게 말하고는 무슨 엄청난 지령이라도 내리듯 덧붙였다.

"지금 곧 택시를 타고 한남동 사거리로 오십시오. 강남에서 건너와 순천향 병원 쪽으로 좌회전하는 곳에 내리면 누가 신 형을 찾아갈 겁네다."

"정화는 어디 있습니까? 곁에 있으면 전화 좀 바꿔주십시오. 정화가 안전한 것부터 확인해야겠습니다."

갑자기 불안해진 그가 그렇게 요구했으나 임마누엘 박은 알던 사람 같지 않게 냉담했다.

"정화 씨는 지금 여기 없습네다. 허나 우리가 잘 보호하고 있으니까 걱정 마시고오……. 어쨌든 그 사람들만 넘겨주면 우리도 아무 일 없이 신 형에게 정화 씨를 돌려드리겠습네다."

그러고는 바로 전화를 끊어버렸다. 그 단호함이 왠지 잔말 말고 지령대로 따르라는 위협처럼 느껴졌다. 별수 없이 그는 바로 커피숍을 나가 택시를 잡았다.

한남동으로 가는 택시 안에서야 비로소 그는 자신도 그 보일러공과 마리가 간 곳을 모른다는 것을 난감함 속에 떠올렸다. 정화가 그들 손에 떨어진 것을 안 뒤로는 줄곧 정화 걱정에, 그리고 그다음에는 다시 미행을 따돌리는 데 마음을 쓰느라 잊고 있던 일이었다. 어쨌든 정화부터 찾고 보자. 그들을 만나면 무슨 수가 나겠지. 최소한 나도 그들이 간 곳을 모른다는 진실이라도 통하겠지…… 그게 그때까지의 막연한 대책이자 낙관적인 기대였다.

그런데 막상 이제 그들 '새여모'와 연계된 폭력 조직 패거리를 다시 만나려고 하니 갑자기 두려움으로 으스스해졌다. 상대가 천덕환에서 임마누엘 박으로 바뀌었다는 게 다소 불안을 덜어주는 듯도 싶었으나, 전날 그들에게 당한 끔찍한 일을 떠올리자 그것도 그리 큰 도움은 되지 못했다. 상황이 그리 돼서인지, 임마누엘 박에게서 풍기는 지적인 분위기보다 얼른 이해할 수 없는 광기 쪽이 더 생생하게 떠올랐다.

'내가 정말로 그 보일러공과 마리가 간 곳을 모른다는 말이 이제 와서 그들에게 통할까. 과연 그들이 그 한마디를 듣고 일껏 납

치해 둔 정화를 순순히 내놓을까.'

그는 되도록 냉정해지려고 애쓰며 속으로 가만히 자문해 보았다. 전날 그들이 보여준 문제 해결 방식으로 미루어서는 아무래도 좋은 결말을 기대하기 어려울 것 같았다. 임마누엘 박이 온건하게 말리고 나온다 해도 다른 누가 언제 다시 맹수용 마취제나 회칼을 들이댈지 몰랐다. 그 때문에 그는 다시 모든 것이 원점으로 돌아간 듯한 막막함으로 고심을 거듭했다. 그러다가 차가 한남대교를 건널 무렵 하여 갑자기 무슨 계시처럼 머릿속에 떠오른 생각이 있었다.

'이제라도 그 보일러공과 마리가 정말로 갔을 만한 곳을 알아보자. 그래, 곰곰이 헤아려보면 알아낼 수도 있을지 모른다. 무엇 때문인지 모르지만 지난 몇 달 그들은 줄곧 내 주변을 서성대고 있었다. 특히 마리는 언제나 멀지 않은 곳에서 나를 빤히 살피다가 필요하면 불러내거나 스스로 내 앞에 나타난 것이 아닌가 싶기까지 했다. 왠지 지금도 그녀는 내게서 그리 멀리 있을 것 같지 않다. 어딘가 내 주변에 있다가 정히 필요하면 바로 나타날 것 같은 느낌이다. 아니, 전에 몇 번인가 마리가 내게 그랬듯, 나도 간절히 부르면 그녀가 나타날지 모른다. 마리, 어디로 간 것이냐. 너 어디 있느냐⋯⋯.'

그가 갑자기 무슨 미신에 홀린 것처럼 그렇게 속으로 마리를 부르는데, 마치 거기 대답이라도 하듯 귓전을 울려오는 목소리가 있었다.

"너희들이 나를 내 양떼에게서 떼어놓으려 하는구나. 내 날이 많지 않다. 어서 저들을 이리로 들여보내라. 저들을 너무 오래 기다리게 해서는 안 된다."

지난번 상곡동에서 들은 그 보일러공의 목소리였다. 한 구절 한 구절이 따로따로 한 말 같은데, 거기서는 한자리에서 한 말처럼 이어져 있었다. 그 말을 알아듣자 캄캄한 어둠 속에 반짝 불이 켜지듯, 그 보일러공과 마리가 간 곳이 퍼뜩 짐작되었다.

'맞아, 알 수도 있을 것 같다. 며칠 쉬어 기력을 회복한 그들은 틀림없이 상곡동으로 돌아갔을 것이다. 지난번 그곳을 떠나기 전에 그 보일러공은 무슨 소명 의식 같은 것까지 드러내 보이며 그곳 사람들에게 완강한 집착을 보였다. 또 그 자신은 정신을 잃고 업혀 나왔지만, 그를 믿고 따르는 사람들은 모두 그곳에 남아 그를 기다리고 있었다. 그렇다. 열의 아홉 그는 그리로 돌아갔을 것이다. '새여모' 패거리들에게 상곡동을 대자. 상곡동과 무너지다 만 그 개척 교회 건물을 일러주자.'

한번 그렇게 생각이 풀리자 그 뒷일에 대한 낙관적인 예측뿐만 아니라, 자신의 추측이 틀렸을 때의 대안까지 술술 풀려왔다.

'더군다나 그곳에는 보일러공과 마리를 보호해 줄 사람들까지 있다. 지난번에 갔을 때 그 몸집 큰 아주머니나 프로레슬러였던 사내말고도 여남은 명 건장한 젊은이들이 그 무너진 교회 입구를 지키고 있지 않던가. 그때 그들은 그 기세 사나운 철거 반대 투쟁 위원회 사람들을 상대로 해서도 크게 밀리지 않았다. 임마누엘 박이 아니라 천덕환이 직접 패거리를 몰고 가도 쉽게 보일러공과 마리를 해칠 수는 없을 것이다.

설령 보일러공과 마리가 거기 없더라도 현재로서는 그리로 '새여모' 패거리를 데려가는 수밖에 없다. 거기라면 워낙 그들의 자취가 많이 남아 있어 내 말의 진정성이 훨씬 쉽게 믿음을 살 수 있을 것이다. 그 믿음으로 정화를 구해 낼 여유라도 얻어 일단 정화부터 구해 내고 보자. 기어이 아니 되면 그때 틈을 보아 강 형사와 오 수사관에게 연락하고 도움을 요청하는 방법도 있다.'

생각이 거기까지 미치자 없던 배짱까지 그에게서 살아났다. 갑자기 임마누엘 박을 만날 일이 급해지면서 은근한 조바심까지 일었다.

그사이 택시는 한남대교를 내려서 한남동 사거리로 접어들고 있었다. 택시가 순천향 병원 쪽으로 좌회전하는데 언뜻 눈에 띄는 게 있었다. 오른편으로 두 번째 소방도로 입구에 세워져 있는 9인승 봉고차였다. 그게 바로 그저께 자신을 납치하는 데 쓴 그 자동차임을 알아보자 그는 갑자기 으스스해졌다. 그때 좌회전을 마친 택시 기사가 차를 인도 가까이 대면서 물었다.

"다 왔습니다. 어디다 세울까요?"

그 바람에 그는 떼밀리듯 가까운 공중전화 부스 곁에 내렸다.

그가 아직도 저만치 보이는 봉고차를 바라보며 멈칫거리고 있는데 누가 등 뒤에서 왁살스레 덜미라도 거머잡듯 말했다.

"저 신성민 씨? 신성민 씨죠? 기다렸시다. 갑시다."

그가 펄쩍 뛰듯 돌아보니 선글라스를 낀 젊은 청년이었는데 어딘가 낯익은 데가 있었다. 눈길을 모아 살펴보니 그저께 봉고 안에서 오른쪽 옆구리에 붙어 회칼을 들이대던 녀석이었다. 그는 녀석을 알아보자 갑작스레 가슴이 덜컥, 하며 어디로든 무턱대고 달아나고 싶은 충동이 일었다. 하지만 정화를 떠올리고 절로 떨려오는 목소리를 애써 가라앉혔다.

"차를 보니 알겠구먼. 저기 저 봉고 아뇨?"

그가 선수라도 치듯 그렇게 대꾸하며 앞서자 선글라스가 조금 움찔하는 기색을 보였다. 그걸 느낀 그가 배짱을 살려 반말까지 써가며 한 번 더 녀석의 기를 죽였다.

"천덕환 씨는 오늘 무슨 일이신가? 다른 데 갔다며? 어딜 갔지?"

녀석이 잠시 난감한 표정을 짓다가 무어라고 대답을 하려는데 누군가가 곁으로 와 붙어서며 쾌활하게 말을 걸었다.

"알령하십네까아…… 박(朴)이올습네다."

임마누엘 박이었다. 길가 건물 현관에 서서 기다리다가 그가 오는 걸 보고 다가선 듯했다. 그는 이번에도 기죽지 않으려고 애쓰며 임마누엘 박의 말을 받았다.

"오랜만입니다. 목사님. 그리고…… 애쓰십니다. 정말 여러 가지 일 하시는군요."

그렇게 빈정거리듯 말하고는 먼저 치고 들었다.

"자, 이렇게 왔으니 이제는 바꿉시다. 그 보일러공하고 마리는 지금 상곡동 재개발지구에 있을 겁니다. 언덕 위 아직 철거하지 않은 지역 개척 교회에……."

그 말의 효과는 뜻밖으로 컸다. 활짝 웃으며 다가들던 임마누엘 박의 얼굴이 갑자기 굳어졌다.

"거기 무슨 개척 교회가……. 원래 있던 것도 벌써 여러 해 전에 언덕 아래로 내려갔는데……."

"무너지다 만 교회 건물 말입니다. 지붕 한 군데가 내려앉아도 아직 건물은 서 있습니다."

임마누엘 박이 그 교회를 알고 있는 것에 공연히 가슴 철렁해 하면서도 그는 빈정거리는 듯한 말투를 바꾸지 않았다. 그러나 임마누엘 박은 제 생각에만 골몰해 혼잣말처럼 중얼거렸다.

"더구나 거기라면 이미 천 부장이 출동해 있는데……. 왜 아직 아무런 연락이 없을까."

그 말에 이번에는 그가 놀라 소리치듯 반문했다.

"천덕환이, 도빈련 천 부장이 이미 거기 가 있다고요?"

"오늘 재개발위원회와 용역업체의 철거 완료 계획을 입수하고…… 회원 100여 명을 모아 철거 반대 투쟁 지원하러 나갔습네다."

그러고 보니 그저께 납치되었다가 동물용 마취 주사에 다시 정신 잃기 전에 그들끼리 그런 말을 하는 것을 들은 적이 있는 것 같았다. 만약 그 보일러공과 마리가 그리로 돌아갔다면 천덕환이 못 알아볼 리가 없었다. 그들이 이미 천덕환의 손에 떨어졌다면…… 그런 상상을 하자 그는 갑자기 다급해졌다. 집을 나올 때와는 달리, 그들을 결코 그대로 천덕환의 손에 맡길 수 없다는 생각과 함께 정화를 찾는 일마저 뒤로 미루었다.

"그럼 상곡동으로 갑시다. 아무래도 내가 직접 가서 그들을 전도사님께 넘겨드려야겠습니다. 천덕환은 안 돼요. 그 사람 무서운 사람이에요. 무슨 짓을 할지 모른단 말입니다."

그렇게 소리치며 스스로 봉고 있는 곳으로 앞서갔다.

작은 실랑이 끝에 임마누엘 박과 함께 봉고에 오른 그는 운전자에게 길까지 일러줘 가며 상곡동으로 그들을 데려갔다. 상곡동 입구는 반대 세력이 만만찮은 기세로 버티고 있는 가운데 최종 철거 작업을 앞둔 재개발 지역 같지 않게 조용했다. 하기는 그날 있을 치열한 공방전을 예상해 철거가 완료된 지역의 기반 공사까지 중단된 바람에 부근이 더욱 조용해진지도 모를 일이었다.

그러나 집만 헐어놓고 그대로 버려둔 언덕으로 접어들자 이내 반응이 왔다. 봉고를 세우고 내려 어디로 길을 잡아야 할지 몰라

기웃거리는데, 무너진 건물 그늘에서 불쑥 솟듯 사람들이 나타나 길을 막았다.

"어디서 오는 사람들이오? 무슨 일로 왔소?"

손에는 각목이며 쇠파이프까지 들고 있는 것으로 보아 그 위쪽으로는 철거 부대에 맞서 싸울 채비가 갖춰진 것 같았다. 임마누엘 박이 나서 끈끈한 목소리로 말했다.

"형제들, 고생이 많으십네다. 저희들은 '도빈련'에서 온 사람들이올습네다. 여기 지원 나온 천 부장과 긴히 만날 일이 있어 달려왔습네다."

"'도빈련'이 뭐요? 천 부장은 또 누구고……."

길을 막은 사람들 가운데 나이든 영감 하나가 나서 그렇게 퉁명스레 받았다. 그때 곁에 있던 젊은이가 큰소리로 귀띔해 주었다.

"아, 거 왜 저 위에…… 일차 저지선 쪽, 우리 도와준다고 나온 시민단체 있잖아요? 도시빈민연대……. 그리고 천 부장은 아마도 그 사람들을 데리고 나온 그 흉터난 사람 같고. 여기 이렇게."

그러면서 왼쪽 뺨을 손가락으로 길게 그어 보였다. 천덕환이 거기 있다는 것은 이미 들어 알고 있었지만, 그 말을 듣자 그는 비로소 그 존재를 실감했다. 나이든 쪽도 알아들은 듯 길을 비켜주며 말했다.

"무슨 일인지 모르지만 여기서 함께 농성할 생각이 아니라면 경찰 바리케이드 쳐지기 전에 빨리 나오슈. 중장비와 해골바가지

부대 투입 시간이 3시라니까 2시쯤 되면 경찰이 먼저 와서 외부 세력이 가세하는 것을 막을 바리케이드부터 칠 거요."

그런 시간 계획은 재개발업체가 철거를 맡긴 용역회사와 경찰만 아는 내부 결정일 듯한데, 그게 어떻게 새어나와 그들이 그렇게 훤히 꿰고 있는지 알 수가 없었다.

그들의 말을 참고해 예상되는 경찰 저지선 밖에다 봉고를 대기하게 한 임마누엘 박은 곧 그를 재촉해 언덕으로 오르는 소방 도로로 접어들었다. 자칫하면 자신도 그 경찰 저지선에 갇혀버릴지 모른다는 불안이 잠깐 주의 밖으로 밀려나 있던 정화를 떠올리게 했다. 어딘가 감금되어 불안해하며 자기의 구원을 기다리고 있을 정화가 이번에는 그 보일러공과 마리의 안위보다 더 다급하게 느껴져 그대로 버려둘 수가 없었다.

"자, 이제 다 왔소. 여기서 조금만 더 올라가면 투쟁위원회의 일차 저지선 격이 되는 연립주택이 나오고, 다시 그 뒤로 3백 미터 정도만 올라가면 옛날 하꼬방 3백 호 정도의 미철거 지역과 무너지다 만 그 천막 교회 건물이 나올 거요. 거기 틀림없이 당신들이 찾는 사람들이 있소. 더군다나 당신네 천 부장도 이미 여기 와 있잖소? 아니, 천 부장이 벌써 그들을 찾아냈는지도 모르지 않소? 그러니 이제 그만 나를 보내주고 약속대로 정화도 돌려보내 주시오. 정화가 있는 곳이라도 일러달란 말이오."

갑자기 마음이 바뀐 그가 사정조로 그렇게 말해 보았다. 하지만 임마누엘 박은 밉살스러울 만큼 흔들리는 기색이 없었다.

"대표님의 엄중한 지시라고 들었습네. 반드시 이번에는 그 사람들을 넘겨받은 뒤에 정화 씨를 돌려주라고 하셨다는 겁네다."

그러면서 앞장서 걷기만 했다. 한남동에서부터 줄곧 함께 해온 험상궂은 젊은이 둘도 말없이 그런 임마누엘 박의 지시를 따를 뿐이었다. 그 바람에 그는 이번에도 하릴없다는 기분이 되어 그들을 따라 연립주택 쪽으로 내키지 않은 발걸음을 옮겼다.

연립주택 쪽은 멀리서 보기부터 이상한 살기 같은 것이 느껴졌다. 그리로 올라가는 도로 자체가 헌 가구와 철거한 주택에서 떼어낸 자재들로 쌓은 바리케이드로 막혀 있었다. 한 군데 두 사람도 어깨를 나란히 하고 지나가기 어려울 만큼 좁은 출입구가 있었지만 그것도 엄중한 폐쇄 장치로 언제든 막을 수 있게 되어 있었다.

그들이 출입구 쪽으로 다가가자 아까보다 더 엄중한 목소리가 그들을 세웠다.

"누구야? 뭐하는 사람들이야?"

임마누엘 박이 나서서 괜히 굽실거리며 언덕 아래에서 한 대답을 되풀이했다. 조금 전과 달리 거기 있는 사람들은 금세 임마누엘 박의 말을 알아들었다. 저희끼리 뭐라고 수군대더니 곧 대학생 같은 젊은이 하나를 연립주택 안으로 들여보냈다. 그리고 그와 임마누엘 박 일행도 바리케이드 안으로 들어가 기다릴 수 있게 해주었다.

지도부가 어디에 있는지 연락은 생각보다 오래 걸렸다. 기다리다 못한 임마누엘 박이 머리를 기웃거리며 연립주택 안을 들여다보려고 애쓰고 있는데, 갑자기 머리 위에서 귀에 익은 목소리가 들려왔다.

"아니, 박 목사님이 여기 웬일이쇼?"

그가 놀라며 소리 나는 곳을 올려다보니 3층 옥상 위로 불쑥불쑥 솟는 사람의 그림자 가운데 하나가 얼굴을 가렸던 두건과 마스크를 벗으며 그들을 내려다보고 있었다. 과장된 억양의 목소리만으로도 이미 천덕환임을 알 수 있었다. 그가 자신도 모르게 움찔하며 고개를 돌리는데, 천덕환도 그를 알아본 듯했다. 잠깐 눈길이 엇갈리는 사이에도 거칠고 세찬 천덕환의 눈빛이 느껴졌다.

"아이구, 천 부장님. 등잔 밑이 어둡다고 글쎄, 바로 여기라고 합네다. 어서 내려 오시라요."

임마누엘 박의 그와 같은 대답을 들은 듯 만 듯하며 천덕환이 여남은 명 사람들을 이끌고 옥상에서 달려 내려왔다. 모두 손에 쇠파이프나 각목 같은 것을 들고 천덕환을 에워싸듯 따르고 있는 것으로 보아 도빈련에서 동원된 사람들 같았다. 그들 뒤에는 낯설만큼 승복을 갖춰 입은 달통법사가 굵은 묵주를 만지작거리며 따라오고 있었다.

"저자가 이번에는 그것들이 여기 있다고 합디까?"

다가온 천덕환은 성난 눈길로 그를 훑어본 뒤 임마누엘 박에게 물었다. 임마누엘 박이 공연히 움츠러든 목소리로 받았다.

"그 엉터리 구세주의 갈릴리가 바로 여기 상곡동이었던 겁네다. 그런데 천 부장님. 그 사람들 아직 만나보지 못했습니까?"

"그럼 또 속았시다. 저자가 또 아무렇게나 주워섬긴 거라 이 말입니다. 우리가 도착한 지는 얼마 되지 않지만, 여긴 도무지 그런 연놈이 없다구요. 이판사판 죽기 살기로 백골단을 막겠다는 철거 반대 주민과 지원 나온 연대 단체들말고는."

"여기가 아니고, 저 언덕 위 미(未)철거 지역 옛날 해방교회 자리에……"

"그쪽은 아직 가볼 틈이 없었소. 거기도 쪽수는 몇백 된다지만, 대개는 굿이나 보고 떡이나 얻어먹자고 밖에서 몰려든 세입자들이라 크게 믿을 것도 없거니와, 우리가 꼭 가야 할 곳도 아닌 것 같고…… 또 오늘도 백골단을 막으려면 결판은 여기서 내야 돼요. 여기는 길목이 좁고 또 연립주택이란 고지가 우리 손에 있어 중장비나 철거 부대가 쉽게 통과하기 어려울 거요. 그러나 여기를 내주면 언덕 위는 방어전면이 넓고 길이 여러 갈래라 우리 백여 명 가지고는 어림없소. 여기를 뚫리면 박 터지게 싸운 게 말짱 도루묵에 헛공사가 된다 이 말이오. 거기다가 뭐 해방교회? 거기 그런 교회가 있단 소리는 못 들었는데……"

"아, 물론 지금은 아닙네다. 벌써 여러 해 전 저 아래 철거된 지

역에 정식으로 건물지어 내려간 옛날 천막 교회 터인데, 내가 좀
압네다. 팔봉 마을에 자리 잡기 전에 거기서 전도사로 일한 적이
있으니까요."

"하지만 거기 그것들이 꼭 있다는 보장은 어디 있소? 저치는 이
미 몇 번이나 거짓말로 우리를 골탕 먹이지 않았습니까?"

"정화 씨가 있지 않습네까? 정화 씨가 우리 손에 있는데 설마
또 속이려 들기야 하겠습네까?"

임마누엘 박이 그러면서 흘긋 그를 돌아보았다. 천덕환에게 한
번 더 확인해 주라는 간곡한 당부의 뜻이 담긴 눈길이었다. 하지
만 그럴 필요는 없었다. 천덕환은 그를 완전히 무시하기로 작정한
사람처럼 잠깐 무언가를 헤아려보는 듯하더니 문득 크게 팔을 휘
둘러 손목시계를 보며 소리쳤다.

"좋아. 속는 셈 잡고 한번 가봅시다. 동지들, 이 중에서 10명만
나를 따르쇼. 저 위에 경찰과 재개발업체 스파이가 숨어들었다 하
니 그것들부터 먼저 잡고 봅시다. 해골바가지들 뜰 때까지는 아직
한 시간은 더 있으니까. 나머지 동지들은 원래 위치로 돌아가 싸
울 채비 갖추고 기다리쇼. 화염병 가스통 점검하고, 짱돌과 각목
도 옥상 위에 넉넉히 재두어야 합니다. 무슨 일 있으면 저 위로 급
히 연락하고……."

그러고는 임마누엘 박을 따라온 두 젊은이에게도 명령조로 말
했다.

"너희들도 날 따라와. 연장들은 다 차고 왔겠지?"

그걸 보고 있던 임마누엘 박이 그의 옆구리를 찌르듯 하며 말했다.

"어서 앞서십시오. 그 사람들만 찾으면 바로 정화 씨가 계신 곳을 일러드리겠습네다. 신 형은 경찰 바리케이드가 쳐지기 전에 이곳을 빠져나가야 되지 않겠습네까?"

그 말에 그는 아득한 절망감까지 느끼며 앞장을 섰다. 언덕 위 사람들도 그날의 철거 계획을 알고 있는지 고요함 속에 잔뜩 긴장해 있었지만, 무너진 교회 앞 공터에 이를 때까지는 별일이 없었다. 그런데 그들이 막 좁은 골목을 빠져나와 그 공터로 접어들 때였다. 적지 않은 사람들이 공터 한쪽을 메우고 웅성거리는 것이 그를 흠칫 떨게 하였다. 미리 와서 침묵 속에 기다리고 있던 그들이 공터로 들어서는 그를 보고 일시에 입을 열어 떠드는 것 같아서였다. 아니, 사람들조차도 홀연히 솟아 그 공터를 메운 듯 느껴졌다.

그는 무엇에 홀린 것처럼 사람들을 헤치고 웅성거림의 진원지로 다가가 보았다. 천덕환과 임마누엘 박, 달통법사를 선두로 한 '도빈련' 사람들이 말없이 그런 그를 뒤따랐다. 다가갈수록 무언가를 따지고 다투는 소리들로 이루어진 듯한 그 웅성거림의 진원지는 바로 무너진 교회 입구 쪽이었다.

마지막으로 앞을 가리고 있던 사람의 장막을 헤치고 무너지다

만 교회 입구에 이르니 낯익은 철거반대 투쟁위원회 사람들이 방금 교회 안에서 나오는 젊은이들을 상대로 무언가를 묻고 있었다. 그가 처음 알아들은 물음은 저번에 교회 안으로 밀고 들었을 때 왠지 먹물 든 사람처럼 느껴지던 중년의 것이었다.

"그래, 미국 놈 얘기는 뭐라고 하던가? 그쪽으로도 학생들 말, 영 먹혀들지 않던가?"

"안 되겠어요. 그 사람, 끔찍한 게 몸뿐만이 아닙디다. 돌아도 고약하게 돈 사람 같아요."

대답을 하는 젊은이는 희고 성말라 뵈는 얼굴만으로도 그 동네 사람 같지는 않았다. 그와 함께 교회 안으로 들어갔다 나온 듯한 젊은이 네댓도 허름한 차림과는 달리 어딘가 학생 같은 느낌을 주었다. 아직 대학에 남아 있는, 그렇고 그런 동아리에서 투쟁 지원을 나온 학생들임에 틀림없었다.

"민족 감정에라도 한번 호소해 보지 그래? 여기 이 사람들도 외세와 매판 자본의 착취에 뿌리 뽑혀 떠도는 동족의 딱한 처지루다……. 그럼 미국놈들 얘기 절로 나올 거 아냐?"

"안 그래도 에둘러 물어보았어요. 요즘은 기(氣) 수련이니 동선(動禪)이니 하는 것들은 말할 것도 없고 어지간한 사이비 종교도 민족적인 정체성 하나는 확실하게 끼고 가니까."

"그런데 뭐라던가?"

"그것도 통 먹히지 않았어요. 먹히지 않는 정도가 아니라, 이건 뭐 아예 딴겨레 방송이라. 그 사람 거룩하게 뭐라고 한지 알아요?
외방(外方) 족속과의 문제라면 예레미야의 가르침을 따르라나요.
이집트는 전통적인 우방이지만 무력하고, 바빌로니아는 하나님의
명을 받아 부패하고 타락한 족속을 징벌하러 왔으니 우리는 바빌
로니아를 따라야 한다나요."

"그게 뭔 장마 도깨비 씻나락 까먹는 소리여?"

그때 먹물 들어 뵈는 사람 옆에 있던 중년이 불쑥 끼어들었다.
그가 듣기에도 황당하기 짝이 없는 소리들이었다. 지금까지 대
답하던 학생 곁의 딴 학생이 대신 나서 입을 비쭉대며 대답했다.

"친중(親中) 기류하고 반미(反美) 정서를 아울러 겨냥해 아리까
리하게 주워섬기는 말이겠지요. 『구약성경』에 나오는 이집트와 신
(新)바빌로니아, 그리고 요즘의 중국과 미국, 이렇게 꿰맞춰…….
참 별놈의 지각한 예레미야도 다 있지."

도무지 그런 자리에서 들을 소리가 아니라 그에게는 황당하다
못해 기괴하게까지 들리는 소리였다. 그 말뜻을 알아들었는지 아
닌지 누군가 갑자기 새된 목소리를 높였다.

"그럼 이것들 확 때려 엎어버릴까? 큰 싸움 앞두고 있는 동네
한군데 그런 것들이 터를 잡고 턱하니 버티고 있으니 원, 속 시끄
러워서."

"그럴 가치도 없어요. 무시하세요. 저 사람들도 하나님의 뜻을
내세우고 있으니, 어차피 하나님의 역사(役事)가 있을 겁니다. 지금

도 그 몸 보니 오래 갈 것 같지 않고……."

하는 말로 미루어 대학생들은 기독교 계통의 진보적인 동아리에서 지원 나온 듯했다. 그들이 얘기를 나눈 상대도 알 것 같았다. 그 보일러공임에 틀림없었다. 하지만 자신의 짐작이 맞아떨어진 것이 거짓말을 들켰을 때보다 더 황당했다. '정말로 그들이 이리로 돌아와 있었구나…….' 그러면서 뒤늦게 섬뜩해하는데, 바짝 붙어 따라오던 임마누엘 박이 그의 귓전에 대고 속삭이듯 말했다.

"말투를 들으니 안에 있는 게 누군지 알 것 같군요. 그 사람 맞지요?"

그가 새삼 대답을 망설이고 있을 때 천덕환이 갑자기 끼어들었다.

"아, 물어볼 게 뭐 있어요? 하마 저 낯짝에 다 쓰여 있는데. 그래도 제 계집은 지켜보겠다고 이번에는 바로 댄 것 같으니 그냥 치고 들어가요."

그렇게 나지막이 말하고는 물어뜯을 듯한 눈길로 그를 노려보다가 갑자기 뒤를 돌아보며 따르는 사람들에게 소리쳤다.

"동지들, 바로 찾아온 것 같소. 가진 것들 앞잡이, 철거 용역업체 스파이는 저 안에 있어요. 나를 따라오쇼."

그러고는 앞장서 교회 건물 안으로 들어섰다. 뒤따르던 여남은 명이 우르르 천덕환을 따르고, 그도 무엇에 홀린 듯 임마누엘 박과 함께 그 뒤를 따랐다. 그런데 기세 좋게 뛰어들던 천덕환의 패거리가 교회 안으로 몇 발자국 들어가지 않아 멈칫했다. 뒤따라가던 그가 어깨너머로 보니 안쪽 어두운 곳에 막아선 사람의 장벽 때문인 듯했다. 전에도 그랬던 것처럼 몸집 큰 아낙과 전직 프로레슬러였다는 우람한 체구의 빡빡머리가 앞장을 서고 있었는데, 따르는 머릿수는 그새 좀 더 불어난 듯했다. 간암을 고쳤다는 중년과 몸집 큰 아낙의 남편, 그리고 얼굴 흰 대학생 외에도 여남은 명의 사람들이 굳은 얼굴로 천덕환 패거리의 난입을 막고 있었다.

그때 그들 뒤쪽에서 조용한 보일러공의 목소리가 들려왔다.

"누가 왔소? 이번에는 누구요?"

"다른 사람들이 왔습니다. 그런데 이 사람들은 몽둥이와 쇠파이프를 들고 있습니다."

누군가가 그렇게 대답하며 슬쩍 옆으로 비껴서 보일러공이 그 사이로 바깥쪽에 있는 천덕환네 패거리를 살펴볼 수 있게 해주었다. 덕분에 그도 이편에서 그 보일러공이 앉아 있는 교회 안쪽을 살펴볼 수 있었다.

그새 어둠이 눈에 익어 보일러공 주변은 잘 보였다. 그리로 돌아온 뒤 며칠 사이에 무슨 일이 있었든지, 아니면 재혁이 내준 평창동 은신처에서조차 계속 상태가 악화된 것인지, 보일러공의 몸은 이제 깍짓동처럼 부풀어 있었다. 입구 쪽을 막아선 몸집 큰 아낙이나 프로레슬링 선수 같은 장년이 오히려 그에 비하면 왜소해 보일 지경이었다. 하지만 더 끔찍한 것은 그렇게 부푼 몸이 빠져 있는 상태였다. 온몸에서 땀인지 진물인지 모를 물기가 번질거리고 곳곳을 누렇게 곪아 오른 종기와 찢기고 갈라터진 살이 흉하게 뒤덮고 있었다. 해맑고 푸른 기운까지 돌던 얼굴은 이제 검붉은 부종(浮腫) 덩어리처럼 되어 무력한 눈길만 쏟아낼 뿐이었다. 곁에 있는 마리가 아니었다면 그가 바로 그 보일러공인지조차 알아볼 수 없을 뻔했다.

마리는 그대로였다. 청바지 위에 혁대 밖으로 늘어뜨린 블라우스는 형광이라도 묻은 듯 흰 빛을 내뿜었고, 약간 수척해진 얼굴과 길게 늘어뜨린 흑갈색 생머리는 신선함을 넘어 어떤 쉽지 않은 정결함까지 느껴지게 했다. 그런 마리 옆에 조그만 사람의 그림자가 조는 듯 앉아 있었는데, 눈길을 모아 보니 그녀도 알 만했다. 보일러공을 아들이라고 우기던 그 할머니였다. 산부인과 의사로서 쉰 몇 살에 무성 생식으로 그 보일러공을 배고 낳았다는.

그때쯤은 천덕환과 임마누엘 박도 교회 안을 다 둘러본 듯했다. 그들도 마리나 그 할머니를 보고 그 보일러공을 짐작은 해도, 워낙 모습이 달라져 있어 얼른 믿어지지 않는 듯했다.

"어디야? 그 작자는 어디 있어?"

천덕환이 마침내 궁금함을 참지 못한 듯 그를 노려보며 신경질적으로 물었다. 그 물음에 그는 전혀 예상 못한 끔찍한 일을 겪는 사람처럼 펄쩍 놀랐다. 갑자기 그들이 그 보일러공과 마리에게 끼칠 위해가 소름끼치는 상상으로 머릿속을 채우며, 이미 뻔해진 대답을 다시 망설이게 했다. 그는 문득 그동안 보일러공에게서 본 여러 가지 신비한 능력을 떠올리고 도움을 바라는 간곡한 눈길로 그쪽을 쳐다보았다.

그때 검붉게 부풀어 오른 그 보일러공의 얼굴에서 번쩍, 하듯 두 줄기 빛이 쏟아졌다. 조금 전과는 달리, 그리고 얼굴의 형색(形色)과는 어울리지 않게 맑고 서늘한 느낌을 주는 눈빛이었다. 이어 귀에 익은 목소리가 그의 귀청을 울렸다.

"어서 네가 하여야 할 바를 행하여라. 실은 나도 빨리 이 가망 없는 일에서 놓여 나고 싶다. 권력에의 의지만큼이나 거대한 자기 연민에 나는 지쳤다. 거기다가 어차피 너희 고통을 다 짐질 수 없는 사람의 몸도 오래 입고 있기에는 너무 괴롭구나. 그들이 원하는 대로 해주어라. 그들이 원하는 일이 곧 네가 하여야 할 바이니라."

그러자 언제나 그 보일러공과 만날 때마다 느끼던 반발이 다시 울컥 살아나 그는 더 망설이지 않고 그쪽을 손가락질하게 했다. 그 곁에 있던 마리가 새파랗게 날선 얼굴로 그를 바라보았으나, 그게 원망이나 미움 때문인지 아니면 놀라움이나 슬픔 때문인지는 짐작할 수가 없었다.

"그럼 저 괴물이……?"

천덕환이 그래도 믿어지지 않는 듯 다시 한번 그 보일러공을 살 피다가, 그 곁에 있는 마리와 그때까지 살핀 주변 정황(情況)으로 이내 심증을 굳힌 듯했다.

"동지들 마침내 찾았소. 저자요. 저자가 용역업체 해골바가지들과 경찰의 끄나풀이오. 저자를 끌어내시오."

천덕환이 그렇게 소리치며 그 보일러공을 턱짓으로 가리켰다. 그러자 뒤따르던 도빈련 사람들이 무턱대고 앞으로 내달았다.

"어딜!"

하는 소리와 함께 앞서 내닫던 '도빈련' 회원 하나가 어린아이처럼 번쩍 들어올려지는가 싶더니 그대로 바닥에 내리꽂혔다. 그를 바닥에 메다꽂은 뒤 거친 숨결을 씨근거리고 있는 것은 언제부터인가 그 보일러공 주위를 철벽처럼 지켜주고 있던 몸집 큰 아낙이었다. 그 곁에는 젊을 때 프로레슬러였다는 중년이 또 다른 '도빈련' 회원의 멱살을 감아쥐고 있었다.

"어쿠, 아구구구……."

교회 시멘트 바닥에 모로 내리꽂혔던 사내가 왼쪽 어깨를 잡고 일어나며 죽는 소리를 냈다. 그 같은 급변에 놀란 천덕환의 졸개들이 겨드랑이와 종아리 쪽에서 시퍼런 회칼을 뽑아 들었다. '도빈련' 회원들도 저마다 각목이며 쇠파이프를 꼬나 쥐었다.

"모두 멈추어라."

갑자기 낮으면서도 무겁기 그지없는 목소리가 그들 모두를 얼어붙은 듯 굳게 하였다. 이어 힘들게 몸을 일으킨 보일러공이 천천히 쓰러진 사내에게 다가가더니 탈구(脫臼)된 듯한 그의 왼쪽 어깨를 오른손으로 지그시 눌러주며 몸집 큰 아낙을 보고 말하였다.

"힘을 쓰는 자 힘으로 망하리라. 이제 더는 누구도 무례하지 말라. 저들도 내 아버지의 뜻에 따라 온 이들이다."

그사이 아픔이 가셨는지, 신음이 멎고 얼굴의 주름이 펴진 사내가 움켜잡고 있던 왼팔을 크게 휘저어 보더니 멋쩍은 듯 저희 편 속으로 슬며시 섞여들었다. 보일러공이 그런 사내의 뒤를 따라 천덕환 곁으로 가며 부드럽게 말했다.

"너희가 나를 어디로 데려가려느냐? 가자! 앞장서거라."

그러자 어지간한 천덕환도 무엇 때문인지 어쩔 바를 몰라 하며 말없이 돌아서 앞장을 섰다. 그의 졸개들도 빼들었던 회칼을 얼른 감추고 마치 호위라도 하듯 보일러공의 뒤를 따랐다. 몸집 큰 아낙과 전직 프로레슬러를 비롯한 보일러공 쪽 사람 여남은 명도 무엇에 억눌린 듯 말을 잃고 그 뒤를 따랐다. 그도 그런 그들을 따라 무너지다 만 교회 밖으로 나갔다.

모두가 그 보일러공을 에워싸고 어둑한 교회 건물을 빠져나갈 때만 해도 그들의 움직임에는 무슨 숙연한 의식(儀式)을 치르는 듯한 정중함이 있었다. 하지만 교회 건물을 빠져나가 햇볕 내리쬐는 공터로 나가면서 갑자기 분위기는 일변했다. 그 보일러공이 자기 편에 제압당해 끌려온다고 믿어서일까, 아니면 햇볕 아래 드러난 그의 부풀고 짓물러 터진 몸이 유발한 혐오감과 공격 유발성 탓일까, 밖에 있던 투쟁위원회 사람들이 먼저 그동안 억눌려 왔던 분

노와 적대감을 거칠게 드러냈다.

"백골단 스파이들이다. 경찰 끄나풀이 끌려나온다!"

"개구멍 막고, 일차 저지선으로 끌고 가. 인질로 옥상에 세우라고."

"기어이 철거부대를 밀어 넣으면, 모두 아래로 내던져버리는 거야."

그때 무엇 때문인지 밖에 남아 있던 달통법사가 그 갑작스러운 불길에 기름을 끼얹었다. 흥분하면 짝눈에다 사팔뜨기 느낌까지 주는 두 눈을 부릅뜨고 보일러공을 노려보며 소리쳤다.

"아미타불! 저 사람은 우리 팔봉 마을에서는 가짜 만병통치약 팔아먹고 야반도주한 돌팔이오. 다른 사람들 장사 다 망쳐놓고, 부처님 욕까지 보인 마구니외다."

무엇이 깨지고 억지로 쥐어짜여 나오는 듯해 더 절실하게 들리는 목소리였다. 그날따라 제대로 차려입은 승복도 그런 달통법사의 말에 무게를 더해 주었다. 그러자 이번에는 그곳 주민인 성싶은 할멈 하나가 악을 쓰며 맞장구를 쳤다.

"저 돌팔이 여기서도 사기 많이 쳤지. 도사네 선생이네 하면서……. 여러 소리 할 것 없어. 네놈 때문에 죽게 된 우리 며느리나 살려 놔. 유방암 치료한다고 남의 유부녀 젖통만 주물럭거리고는 다 나았다고 거짓말해 병만 키워놨잖아?"

"우리 경제정의촉구연대에서도 저자를 주목해 왔소. 저자는 도시 빈민 지역 사(私)금융을 싹쓸이하려고 온갖 더러운 수를 다 썼소. 담보가 없어 사채나 카드깡밖에 할 수 없는 사람들에게 갖은 좋은 말로 그런 돈은 쓰지 못하게 말려놓고, 뒤로는 슬며시 제 돈을 풀어먹인 자요. 그래놓고는 하늘나라에 재물을 쌓으라느니, 새 세상을 준비하라느니 하면서 원금의 열 배도 더 우려낸다는 신고가 있었소. 지금 저기 따라다니는 사람들 중에도 저자의 돈에 코가 꿴 이들이 많다고 들었소."

무슨 상승 효과일까, 그저 흉측한 도구로만 보이던 천덕환의 졸개 하나가 다시 그렇게 그럴 듯한 소리로 할멈을 거들었다. 임마누엘 박도 갑자기 사람이 달라진 것처럼 여럿 앞으로 뛰쳐나와 여러 사람의 말을 뒷받침하듯 소리쳤다.

"여기는 믿음의 형제들이 계시지 않습네까? 저 사람은 스스로 하나님의 아들이라 일컬으며 종말과 구원을 함께 가지고 왔다고 속이는 거짓 구세주입네다. 다미 선교회보다 더한 소리를 하였습네다. 주님, 이런 말을 입에 담는 불경을 용서하소서, 아멘. 저 사람은 스스로 그리스도라 우기면서 다가오는 참그리스도의 재림을 막고 있는 것입네다."

하지만 그들 누구에게서보다 기이함이 느껴지는 것은 천덕환의 표변이었다. 무엇에 마비돼 있다가 햇볕을 쬐자 문득 제정신이 든 사람처럼 천덕환은 공터로 발을 들여놓는 순간 화들짝 놀라 깨나는 표정을 지었다. 그러다가 이내 왼볼의 흉터가 꿈틀하는 것 같더니, 새삼 그때까지 참은 게 분하다는 듯 무섭게 이를 갈며 외쳤다.

"공적인 임무를 받아 사사로운 감정은 드러내지 않으려 했지만, 말이 났으니 나도 폭로할 게 있소. 저놈은 사이비 교주로서 병들고 없는 사람들을 홀려 온갖 못된 짓을 해온 놈이오. 특히 행실이 추잡해 여신도들을 숱하게 농락해 왔는데, 지금 저놈 곁에 붙어선 저기 저년은 바로 예전 내 마누라요. 저놈에게 홀려 몸까지 팔아 바쳐가며 벌써 이태째 저놈을 따라다니는 중이오."

그러면서 뒤따라오는 마리를 불길이 철철 흐르는 두 눈으로 노려보는 게 영락없이 제 여자를 빼앗겨 눈이 뒤집힌 남자 같았다. 그러자 그때껏 무슨 최면에라도 걸린 듯 가만히 뒤따르고 있던 '도빈련' 회원 중의 하나가 새삼스러운 공분(公憤)을 쏟아냈다.

"예라 이 나쁜 새끼야! 암도 주물럭거려 고칠 수 있다면 이깟 각목쯤은 아무것도 아니겠네. 어디 그놈의 기똥찬 재주 한번 보자."

하는 욕설과 함께 들고 있던 각목으로 보일러공을 후려쳤다. 사람들의 돌변에 잠시 아연해 넋을 놓고 있던 그는 그 각목이 보일러공의 검붉게 부풀어 오른 머리통에 물컹, 하며 박히는 듯 하는 것을 보고 소스라쳐 깨어났다.

"그만둬요. 이게 무슨 짓이오? 그에게 죄가 있으면 경찰과 법에 넘길 일이지, 어째서 함부로 린치를 가하는 거요?"

그렇게 소리치면서 사람들을 헤치고 그 사내에게로 달려가려

했다. 그때 임마누엘 박이 가만히 그의 옷깃을 잡았다.

"정화 씨는 어쩔 겁네까? 신 형은 여기서 끝까지 우리나 따라 다닐 겁네까?"

낮지만 은근한 위협이 실린 그 목소리에 그는 퍼뜩 정화를 떠 올렸다. 잠시 그곳 일에 정신이 팔려 잊어버리고 있었지만, 임마누 엘 박이 깨우쳐 주기 무섭게 정화는 이내 그 원래의 무게를 되찾 아 그의 의식을 짓눌렀다. 그걸 그의 얼굴에서 읽었던지 임마누엘 박이 제법 느긋하기까지 한 목소리로 돌아가 덧붙였다.

"얼른 아파트로 돌아가 보시오. 아마 지금쯤은 정화 씨가 돌아 와 있을 겁네다. 그러나 어제 낮 신 형처럼 입원 가료가 필요할지 도 모르니 어서 가서 돌보셔야 할 겁네다."

거역할 수 없는 무슨 강렬한 암시 같은 그 말에 이끌려 돌아서 기 전에 그는 한 번 더 보일러공 쪽을 살펴보았다. 군중의 위력에 질린 것일까, 교회 안에서는 그토록 완강하게 보일러공을 지키던 이들은 그때까지도 모두가 무력하게 굳어 그 모든 진행을 멍하니 바라보고만 있었다. 오직 한 사람 마리만이 울음 섞인 외마디 소 리와 함께 달려나가 비틀거리는 보일러공을 부축했다. 그리고 각 목에 맞아 피 흘리는 보일러공의 이마를 길게 흘러내린 블라우스 자락으로 싸안았다. 짓무르고 부풀어 오른 보일러공의 이마에서 는 검붉던 피가 마리의 흰 블라우스에서는 섬뜩하고 강렬한 선홍 색으로 번졌다.

그때 언덕 밑에서 나는 요란한 사이렌 소리와 함께 임마누엘 박의 느긋한 목소리가 다시 재촉했다.

"벌써 경찰 기동대가 오고 있는 모양입네다. 탈 없이 빠져나가 정화 씨를 돌보시려면 이만 서두르는 게 좋을 겝네다."

28

저만치 희붐하게 날이 밝아오는 새벽 으스름 속이지만 눈에 익은 데가 많은 곳이었다. 폐허가 된 성처럼 낡고 그을린 건물을 뒤로 하고 군데군데 집채 같은 건축 폐기물 무더기들이 늘어서 있었다. 원래는 높고 든든한 방어벽으로 이어져 있던 것을 철거를 맡은 용역업체의 중장비가 토막 내고 여기저기로 진입로를 만드는 바람에 만들어진 것들 같았다. 크게 뜯어낸 철근 콘크리트 덩어리나 시멘트로 엉겨 붙은 견치석(犬齒石) 축대 일부 같은 것들 위로 뒤틀린 알루미늄 새시와 녹슨 철근 뭉치, 부서진 나무 창틀 따위 재활용을 포기한 철거 자재와 버려진 조립 가구 따위가 마구잡이로 퍼부어져 골조 노릇을 했다. 그리고 그 사이사이를 벽돌과 기왓장, 시멘트 블록 조각, 슬레이트 부스러기, 나무토막 같은 것들이 채워져 바라보기에도 심란한 건조물을 이루고 있었다. 평지에서 한참 올라온 언덕에 다시 두어 길 높이로 쌓아올린 데다, 각목이나 철근 파이프 같은 것들이 삐죽삐죽 솟아 있는 건축 폐기물 무더기는 이제 막 밝아오는 새벽 하늘에 불길하고도 위협적인 스카이라인을 그려 보였다.

'여기가 어디더라……' 알 듯 말 듯한 기분으로 그는 다시 그 뒤의 건물을 살펴보았다. 한참을 차분히 뜯어보니 드디어 알 만했다. 상곡동 언덕 위로 올라가는 길목의 연립주택이었다. 철거 반대 주민들이 쳤던 바리케이드가 철거용역업체의 중장비에 토막 나는 바람에 얼른 알아보지 못했듯이, 그 연립주택도 철거 때의 격렬한 공방전 탓에 창문이 모두 부서지고 농성 주민들의 방화로 벽이 그을어 얼른 알아보지 못했을 뿐이었다. '그런데 내가 여기를 왜 왔지……' 그곳을 겨우 알아보자 갑자기 그는 새로운 의문에 빠졌다. 이미 다 끝난 일, 그런데 이 새벽에 여기까지 무슨 일로…….

그때 다시 그의 눈앞에 알 수 없는 일이 벌어졌다. 거대한 무덤이 열리듯 바로 곁에 있는 건축 폐기물 무더기 하나가 천천히 열리기 시작한 것이었다. 서로 얽혀 있던 헌 문짝과 인조 슬레이트 판이 소리 없이 갈라서고, 허술한 서까래 위에 얹힌 시멘트 기와지붕 일부와 아직도 블록 여남은 장이 엉겨 붙은 담벼락 모퉁이가 양쪽으로 나누어졌다. 그 사이를 메우고 있던 기와 조각이나 벽돌,

각목 토막 따위도 비로 쓸어내는 듯 이쪽저쪽으로 흩어지는가 싶더니, 마침내 맨 안쪽에 관처럼 놓여 있던 커다란 콘크리트 덩어리만 남았다. 어디 옹벽이라도 뜯어낸 것인지 손가락만한 철근이 비죽비죽 솟은 콘크리트 덩어리 위에는 찌그러진 합판 한 장이 몇 군데 위로 솟은 철근들에 꿰인 채 덮여 있었다.

그가 까닭 모르게 섬뜩한 가슴으로 바라보고 있는 사이에 그 합판이 천천히 위로 떠오르기 시작했다. 합판 밑을 두 개의 각기둥이 직각으로 교차되게 받치고 있어 그 무거운 건축 폐기물들에 깔려서도 부서지지 않은 듯했는데…… 그렇게 들춰진 합판 아래로 드러나는 것을 무심코 바라보던 그는 자신도 모르게 비명을 지르고 말았다. 그 합판과 콘크리트 덩어리 사이에 한 사람이 웅크리고 있었기 때문이었다. 드럼통만큼이나 부푼 몸집, 피와 고름과 진물로 번질거리는 검붉은 살갗 — 며칠 전 그곳에서 없어진 바로 그 보일러공이었다.

그가 처음 알아보았을 때만 해도 보일러공은 이미 숨져 있었다. 높은 곳에서 철근 덩어리 위로 떨어진 듯 비어져 나온 철근이 여기저기 몸을 뚫고 솟아나와 있었는데, 특히 치명적으로 보이는 것은 옆구리에서 가슴 쪽으로 깊이 파고든 철근 같았다. 원래 곪고 붓고 헐어 있던 몸이라서 더욱 그랬는지 모르지만 그 처참한 모습이 차마 눈뜨고 바라보기 어려울 정도였다. 거기다가 초여름 더운 날씨 탓인지 벌써 썩는 냄새까지 풍겨 한층 더 끔찍한 느낌을 주었다.

그런데 그가 넋을 잃고 바라보는 사이에 또다시 놀라운 일이 벌어졌다. 살아 있는 기색은커녕 쉬파리 떼까지 꾀어들이며 썩어가던 보일러공의 몸이 슬며시 일어나 앉았다. 몸에 박혀 있던 철근들이 빠질 때마다 살갗이 흉하게 벌어지며 검붉은 피가 솟는 것이 바라보는 그를 몸서리치게 하였다. 이윽고 비어져 나온 철근이 없는 콘크리트 덩이 구석에 자리 잡고 앉은 뒤에도 옆구리에서는 피가 줄줄 흘러내렸다. 하지만 보일러공은 아무렇지 않은 듯 콘크리트 덩어리 위에서 무릎을 꿇고 이제 막 해가 뜨려는 동녘 하늘을 향해 머리를 수그렸다. 두 손을 모으고 눈을 감는 것이 기도를 드리려 하는 것 같았다.

'내가 은(銀) 삼십 대신에 정화를 돌려받고 저들에게 넘긴 사람. 내가 그의 적들에게 그가 숨은 동굴을 일러주어 죽음의 구렁텅이로 몰아넣은 사람. 하지만 그이는 죽음을 이기고 다시 일어났구나. 찬미하라. 이 땅에서 부활을 이루었구나. 주님께서 재림하셨구나……'

그는 후회만큼이나 갑작스러운 감격과 환희로 그때까지의 삶에서는 별로 해본 적이 없는 말을 아주 익숙한 느낌으로 중얼거렸다. 그리고 또한 평생 처음 경험하는 믿음과 경건함으로 자신도 가만히 두 손을 모아 쥐며 그런 보일러공을 살폈다. 들리지는 않았지만 무언가 간곡하고도 애절한 기도가 보일러공의 머리 위에서 한 줄기 빛으로 어려 하늘로 솟아오르는 듯했다.

때마침 솟아오른 해가 쏘아 보낸 것이었을까, 갑자기 한 줄기 붉고 힘찬 기운이 보일러공의 온몸을 에워쌌다. 이어 하얀 비둘기 떼가 내려앉듯 흰 빛다발이 머리 위로 쏟아졌다. 저만치 떨어진 곳에서 바라보고 있는 그에게는 보일러공의 간절한 기구(祈求)에 하늘이 축복과 영광으로 화답하고 있는 듯 느껴졌다. 그러자 어떤 마다할 수 없는 신성(神聖)이 그곳에 이른 듯하면서 그는 다시 섬뜩한 기대로 다음 변화를 기다리게 되었다.

기대는 어긋나지 않았다. 눈여겨보니 환한 햇무리를 닮은 빛다발 속에 앉아 있는 보일러공에게 벌써 놀라운 변용(變容)이 일어나고 있었다. 먼저 그 몸을 덮고 있던 피와 고름과 진물이 잦아지며, 찢기거나 터지고 갈라진 살갗이 흉터 없이 기워지고 메워졌다. 드럼통같이 부풀어 있던 몸이 가라앉기 시작했고, 검붉은 색깔도 안으로 스며들듯 지워져 갔다. 그가 바라보고 있는 그 짧은 동안에 보일러공은 처음 팔봉 마을 하꼬방을 찾아왔을 때의 그 파리하고 호리호리한 청년의 모습으로 되돌아갔다.

하지만 보일러공의 변용은 거기서 그치지 않았다. 그가 품었던 섬뜩한 기대를 채워주기로 작정한 듯 성화(聖化)가 일어나 이내 어떤 거룩한 존재가 거기 있음을 확연히 드러내었다. 주변을 감싸고 있는 빛다발보다 더 환한 빛이 보일러공의 얼굴에서 우러나와 눈부신 광배(光背)를 이루었고, 걷어붙인 소매나 찢어진 바지 밖으로 드러난 손발에서도 이 세상의 것 같지 않게 맑고 밝은 광채가 빛났다. 입고 있던 값싼 면바지와 허름한 재킷조차도 거기서 뿜어져 나오는 눈부신 형광 같은 것으로 추상화되어 영화 속 고대(古代) 의례에서 본 기품 있는 내리닫이 제의(祭衣)처럼 보였다.

그사이 기도가 끝났는지 보일러공이 꿇어앉아 있던 콘크리트 덩어리에서 몸을 일으켰다. 그리고 땅바닥으로 내려섰는데, 반길 높이 아래로 뛰어내리는 것이 아니라 스르르 흘러내리는 것 같았다. 보일러공이 천천히 돌아서서 어디론가 떠나려는 것을 보고서야 다급해진 그가 보일러공을 불러 세웠다.

"이봐요, 기술자 아저씨. 아니, 보일러 기사님. 잠깐만요."

그러나 목소리가 나오지 않았다. 그 바람에 그는 더욱 다급해져서 목소리를 높였다.

'예수님이라고 해야 하나, 아니 마리처럼 선생님이나 주님이라고 불러줄 수도 있소. 어쨌거나 거기 잠깐만 서시오. 진심으로 물어볼 게 있소. 정말로 당신 누구요? 누가 보냈으며 왜 왔소? 그리고 이젠 이걸로 끝인 거요? 앞으로는 무슨 일이 남았소? 나는 당신의 많은 것을 보았고, 당신 때문에 여러 가지 일을 겪었소. 그런 다음 당신이 시키는 대로 저들에게 당신을 넘겼으며, 그래 놓고도 당신이 받게 될지 모르는 수난에 마음이 뒤숭숭해 어찌할 바를 몰라 하였소. 저들에게서 피밭[血田]을 살 은(銀)을 받은 것은 아니지만, 정화를 돌려받고자 당신을 넘겼으니, 복음서에서처럼 이제 나도 목을 매달아야 하는거요? 아니면 그 낡은 책과는 달리 다른 전개가 기다리고 있는가요? 다른 전개가 기다리고 있다면 그건 어떤 건가요……'

하지만 목소리는 끝내 나오지 않고 몸도 움직일 수 없었다. 진땀을 흘리며 기를 쓰고 있는데 누가 가볍게 볼을 비비며 귓전에 대고 말했다.

"선배, 그만요. 저예요. 그만 일어나요."

눈을 떠 보니 언제 와 있었는지 정화가 침대 곁에서 그를 내려다보고 있었다. 입원실이 갑자기 낯설게 느껴져 잠깐 어리둥절했지만, 이내 자신이 무엇 때문에 어디에 와 있는지를 알아차렸다. 그때 정화가 조금 전보다는 가시가 돋친 말투로 물었다.

"또 가위눌린 거예요? 그 꿈 — 부활한 보일러공?"

"음."

그가 정화와 부딪히지 않으려고 짐짓 덤덤하게 대답했다. 정화도 그런 그의 마음속을 짐작했는지, 가시 돋친 말투를 푸념조로 바꾸었다.

"이제 그만 꿀 때도 됐는데, 그 고약한 꿈. 벌써 일주일째야. 그놈의 지독한 잠하고."

"의사가 다른 소리 한 건 없어?"

"뭐, 늘 그 소리지. 강한 약물중독에 이은 과도한 스트레스. 지붕 높이에서 떨어진 것보다 더 큰 육체적 충격……"

"그것 말고……. 그런데, 퇴원은 언제쯤 하래?"

"아, 그거. 오래 입원하기 거북하면 사날쯤 뒤에 퇴원하고 나머지는 한 보름은 통원 치료로 해도 된대요."

"이 깁스는 어떻게 하고?"

"다리의 것은 퇴원할 때 반(半)깁스로 바꿔 주겠대요. 두 주일만 더 그걸로 싸매뒀다가 재활 치료 하래요. 쓸데없이 무리하다가 뼈 금간 데 살이라도 끼어들면 정말 고생할 거라나. 그리고 목은 그대로 한 달쯤 더 힘주고 다니래. 다리만 풀면 목 깁스는 그대로 둬도 앉아서 사무 보는 데 큰 지장은 없을 거라나요."

"그럼 퇴원해도 열흘은 더 집안에 박혀 있어야 된다는 거 아냐? 그런데 오늘은 웬일이야? 이 시간에."

"이 부근에 나왔다가 들렀어요. 저녁때는 못 올 것 같아서."

"왜 저녁에 무슨 일 있어?"

"촛불 시위 지원이야. 전교조와 참교육참사랑 학부모회 주최라지, 아마."

"무슨 다른 소식은 없었어? 상곡동 쪽 말이야."

"없었어. 벌써 일주일이나 지났는데 도대체 뭘 기다리는 거야? 거기서 죽은 사람은 다른 사람이라잖아? 세입자 행세하던 노숙자 청년 얘기는 잘못된 거고."

정화가 그러면서 다시 목소리에 날을 세웠다. 그가 애써 대수롭지 않은 듯이 말머리를 돌렸지만 입원실을 나갈 때까지 정화의 얼굴은 밝아질 줄 몰랐다.

그날 임마누엘 박으로부터 정화가 아파트로 돌아와 있을 거라는 말을 들었을 때부터 그는 이미 천덕환 패거리의 손에 넘어간 보일러공을 따라다니며 살피고 있을 마음의 여유가 없었다. 거기다가 어쩌면 정화도 전날의 자신처럼 가료가 필요한 상태일지도 모른다는 덧붙임은 그를 내몰 듯 언덕 아래로 달려가게 만들었다. 그가 상곡동 미재개발 지역 진입로 근처에 내려왔을 때는 벌써 경찰 닭장차들이 줄줄이 몰려들어 그 일대를 에워싸고 외부 세력의 개입을 차단하기 시작했다. 그러나 다행스럽게도 철거 지역에서 빠져나가는 사람에 대해서는 단속이 없었다.

아무 어려움 없이 경찰 저지선을 빠져나온 그는 잡히는 대로 택시를 타고 아파트로 돌아갔다. 정화는 정말로 돌아와 있었다. 그러나 그녀의 상태는 임마누엘 박의 위협적인 귀띔과는 전혀 달랐다. 가료가 필요하기는커녕 서툰 휘파람까지 불며 주방에서 뭔가를 딸그락거리고 있었다. 아파트 가득 풍기는 여러 가지 음식 냄새도 아파 눕거나 다친 사람이 만들어낼 수 있는 것은 아니었다.

어리둥절한 그가 오히려 무슨 잘못을 저지른 사람처럼 주뼛거리며 주방으로 가 인기척을 했다. 앞치마까지 걸치고 허연 김을 뿜어내는 양은 찜통 가에 붙어 있던 그녀가 들고 있던 국자를 싱크대 위에 놓고 달려와 안겼다.

"이제 왔어? 고생했지?"

그리고 아직도 멍해 그녀를 바라보는 그를 가만히 밀치더니 장난기 섞인 목소리로 말했다.

"많이 지쳤구나. 소파에서 쉬며 조금만 기다려요. 우리 서방님. 마침 곰국이 잘 우러났어요. 며칠 고생하셨다니 몸보신부터 하셔야지."

그제야 겨우 정신을 차린 그가 더듬거리며 물었다.

"정화, 너, 정말 괜찮은 거야? 아무 일 없었어?"

"뭘 말이야? 무슨 일?"

정화가 여전히 장난기 섞인 목소리로 생글거리며 받았다.

"너 납치된 거 아냐? 천덕환네 패거리한테."

"무슨 소릴 하는 거야? 천 부장이 왜 나를……?"

그 말에 다시 혼란된 그가 한참이나 머릿속을 가다듬은 뒤에야 물었다.

"그럼 어젯밤 어디서 지낸 거야? 전화는 왜 안 받았어?"

"어젯밤 본부로 들어가 야근했어요. 전국적인 여론 조사와 신당(新黨) 창당 관계 설문 조사가 있었거든. 외부에 맡길 조사가 아니라 각 지구에서 인원을 차출한 것 같아. 그래서 밤샘 전화 설문 조사에 들어가는데, 어떻게 내 사적인 전화를 받을 수 있겠어요? 하지만 6시 30분인가, 야근 들어가기 전에 자기 핸드폰에다 메시지 남겼잖아요?"

"그럼 내가 어제그제 이틀 밤이나 외박한 건? 그거 아무렇지도 않았어? 걱정도 안 돼?"

"우리 대외 협력팀하고 무슨 큰일 한 건 벌였다며? 굉장히 힘들고 중요한 일……."

"뭐? 누가 그래?"

"우리 팀장님이 대표님께 직접 들었다던데. 서방님께서 몹시 지쳐 돌아올 거라면서 일찍 돌아가 기쁨조(組) 하라고 농담까지 했어요. 나도 거의 밤샘을 했고……. 그래서 돌아오자마자 잠깐 눈 붙이고는 한나절 서방님 맞을 채비만 했다고요. 전복죽 맛있게 끓여놓고, 사골 곰탕까지 안쳤는데……."

정화는 전혀 그늘 없는 얼굴로 그렇게 대답을 받았다. 혼란을 넘어 알 수 없는 불안으로 점점 목소리가 뒤틀리는 것은 그였다.

"그럼 오늘 네 핸드폰은 어떻게 된 거야? 그게 왜 임마누엘 박과 천덕환이 졸개들 손에 있어? 뭐 대단한 직장이라고 핸드폰까지 그렇게 마구 내다바쳐?"

"아, 그거? 누가 가지고 있었는지는 모르겠고오…… 어쨌든 아침에 우리 사무실로 돌아가니 팀장님이 휴대전화 오전만 좀 빌려달라고 그러대. 우리 본부 대외 협력팀하고 선배가 수행하는 특별 업무 연락 취할 때 쓸데가 있다고. 그리고 선배 돌아오는 편에 돌려보내 주겠다고 했는데 받아 왔어요?"

거기까지 듣자 그는 아직도 아무런 눈치를 채지 못하고 상글거리는 정화를 더 참을 수가 없었다.

"주긴 뭘 줘?"

그렇게 버럭 소리를 지르고는 위협하듯 덧붙였다.

"너 정말 알고 이러는 거야? 모르고 이러는 거야? 남은 죽을 뻔하다 살아왔는데. 금방이라도 네가 무슨 일을 당할까봐 할 짓 못할 짓 다하고 왔는데⋯⋯."

그제야 놀란 정화가 동그래진 눈으로 그를 쳐다보다가 걱정스러운 얼굴이 되어 물었다.

"그게 무슨 소리야? 죽을 뻔하다니, 누구한테? 뭣 땜에? 그리고 내가 무슨 일을 당하다니, 그건 또 무슨 소리예요?"

그에게는 왠지 그러는 정화가 뻔뻔스러운 시치미를 떼는 것처럼 느껴지며 배신감까지 느껴졌다.

"죽는지 사는지도 모르고 깨춤을 춰놓고선 이제 와서 내게 물으면 어떡해? 어쨌든 네가 무사한 걸 봤으니 사람부터 살려놓고 봐야겠어. 내 얼른 갔다 올게."

그렇게 쏘아붙이고는 돌아섰다. 정화가 놀란 듯 따라오며 물었다.

"이게 무슨 사오정 같은 소리야? 사람을 살리다니? 선배가 누굴 어떻게 살린다는 거예요? 어딜 가려는 거예요?"

"어서 가서 살피다가 여차하면 경찰에 신고라도 해야 해. 그냥 두면 사람 잡아도 여럿 잡을 또라이들이야. 내가 돌아올 때까지

문단속이나 잘하고 기다려. 얘기는 나중에 하자고."

그는 정화가 밉살스러워 뒤도 돌아보지 않고 그렇게 내뱉은 뒤 아파트를 나왔다. 12층에 가 있는 엘리베이터가 6층까지 내려오기를 기다리는 동안에도 정화가 뒤따라 나오지 못하는 것은 한참 조리하고 있던 음식들 때문인 듯했다. 그는 차라리 그걸 다행으로 여기며 마침 도착한 엘리베이터로 뛰어들었다. 왠지 정화가 무사한 게 그 보일러공에게는 훨씬 더 치명적일 것 같아 마음이 한층 다급해졌다.

아파트를 나오니 밖은 아직 볕 밝은 초여름 오후였다. 그는 몇 분이라도 더 빨리 상곡동으로 돌아가기 위해 택시 승강장 쪽으로 걸음을 재촉했다. 그런데 자신의 아파트 동(棟)을 벗어나 이웃 동 주차장 앞을 뛰듯이 가고 있는데 갑자기 눈앞에 허연 것이 불쑥 솟았다. 학교 시절의 뜀틀 같은 것이었는데, 도저히 뛰어 넘을 수 없을 만큼 단을 높여 놓은 것이라 그 짧은 순간에도 아뜩했다. 뛰어넘는 대신 모양 사납게 올라탔다가 그대로 건너편 바닥에 패대 기쳐진 기분으로 떨어지면서 그만 정신을 잃고 말았다.

그가 다시 정신을 차린 것은 다음 날 아침이었다. 뒤따라 나왔다가 사고를 보고 가해자와 함께 그를 병원에 입원시킨 정화의 말을 들으면 뛰듯이 걷고 있는 그 앞으로 돌진한 것은 이웃 동 주차장에서 급하게 후진하던 승용차였다. 그는 정신을 잃기 전의 느낌처럼 지나치게 높인 뜀틀에 올라타듯 그 차 트렁크 위에 엎어졌다가, 차가 급정거하자 트렁크 위로 미끄러져 올라탄 쪽에서 반대편 아스팔트 바닥에 꼴사납게 처박혀버리고 말았다고 했다.

외상(外傷)은 어깨와 허리 부근에 약간의 타박상과 양 팔꿈치에 찰과상을 입었고, 뼈는 왼편 발가락 세 개에 가늘게 금이 가고 목뼈가 좀 심하게 삔 정도였다. 그러나 그는 응급실에서의 첫날밤뿐만 아니라 입원실로 옮긴 뒤에도 이틀이나 더 혼수와 비슷한 상태를 경험해야 했다. 그러고도 조금 전 정화가 넌더리를 쳤듯 시도 때도 없는 잠이었다. 담당의는 외과 쪽보다도 내과와 신경정신과 쪽에서 더 큰 원인을 찾으면서도, 뭔가 석연찮은 게 있는지 그를 유심히 관찰하는 눈치였다.

그가 뜻 아니 한 입원으로 병원에 묶여 있게 된 것말고는 모든 것이 너무도 자연스럽게 돌아갔다. '새누리 기획'에서는 그의 부상을 업무 중의 공상(公傷)으로 쳐서 마음 편하게 누워 있도록 병가(病暇)를 주었을 뿐만 아니라 병실까지 혼자 쓰는 특실로 옮겨주었다. 기획실장을 비롯해 평소에는 얼굴도 잘 보지 못하는 동료들까지 모두 문병을 다녀가 희미하던 소속감을 새삼 일깨웠다. 상곡동 철거가 있던 날 그를 미행하다 따돌림을 당한 강 형사와 오 수사관도 어찌된 셈인지 별로 성내는 기색 없이 문병을 다녀갔다. 낯모르는 공안부 한(韓) 검사는 화분까지 보내 쾌유를 빌어주어 출두 약속을 지키지 못한 부담을 덜어주었다. 마치 그가 그렇게 입원하기를 모두가 짐작하고 기다린 듯한 느낌까지 들었다.

29

"깨어 있었구나."

전날 들른 정화의 말이 무슨 효험을 보인 것인지, 그날은 낮잠 없이 병실을 어슬렁거리며 오후를 보내고 있는데 재혁이 불쑥 병실로 들어서며 말했다. 다녀간 지 사흘밖에 안 되지만 은근히 기다려 온 터라 그가 반갑게 맞아들였다.

"기말(期末)인데 어떻게 이리 빨리 시간이 났어요?"

"채점은 남았지만 성적 제출 때까지는 아직 보름 넘게 남아 있으니까. 네 일에 뭐 좀 이상한 것도 있고……."

"나의 일이라고? 그리고 뭐가 이상한데?"

"지난번에 왔을 때 상곡동 철거 관련 사건 일지 검색 부탁했잖아? 특히 세입자 행세하다 농성하던 연립주택 3층에서 투신해 죽었다는 젊은 노숙자 관련……."

재혁이 가지고 온 종이봉투에서 복사지 한줌을 꺼내면서 문병
에 따르는 인사치레 같은 것 없이 대뜸 본론으로 들어갔다.

"이것 말이야. 이것 좀 봐."

그러면서 재혁이 내민 것은 인터넷 카피 몇 장이었다. 다른 데
서 퍼왔다는 이유로 책임지지 않고 헛소문을 퍼뜨리는 고약한 전
파 방식을 복사한 것인데, 기사를 퍼온 데는 질 나쁘기로 소문난
어느 인터넷 신문이었다.

"그게 뭔데요?"

"네가 들은 대로 상곡동 철거 때 죽은 것은 용역업체 인부 하
나뿐이었어. LPG가스통이 터지고 사제(私製) 총기까지 발사됐지
만, 그 인부가 죽은 것은 서둘러 철거하던 건물에 깔린 때문이었
다고. 신원 확실한 2남 1녀의 아버지였고 나이도 마흔이 훨씬 넘
었지. 그런데 투신했다는 노숙자 말이야. 투신한 것으로 위장된 그
보일러공일 거라고 네가 추측한 그 남자는 그런 사람뿐만 아니라
투신 자체가 없던 일로 밝혀졌다고. 적어도 제도권 신문에서는 말
이야. 그랬는데…… 여기, 이거 한번 읽어봐."

그 바람에 그는 내키지 않는 대로 재혁이 내민 카피를 받아 찬
찬히 읽어보았다.

작년 겨울 달리는 지하철 전동차 앞 유리창에 여인의 얼굴이 떠오른

다고 하던 것과 비슷한 「여고괴담(女高怪談)」 수준의 기이한 소문이 상곡동 재개발 지역 철거민 사이를 떠돌고 있어 화제다. 지난 6월 29일 최종 철거 때 미철거 지역에 남아 있던 연립주택 옥상에서 신원 미상의 세입자가 투신했다는 일부 보도가 있었으나 다음 날 제도 언론에 의해 부인된 바 있다. 곧 농성 철거민의 사소한 실족 사건이 과장되어 퍼진 것이며, 스스로 옥상에서 뛰어내려 죽거나 다친 사람은 아무도 없다는 것이다.

그런데 최근 일부 주민에 따르면, 그날 틀림없이 한 세입자가 철거 반대 주민들이 농성하던 건물 옥상에서 떨어져 죽었다고 한다. 건물은 낡은 연립이라 3층밖에 안 되었지만, 건물 앞에 철거 건물 잔해로 쳐두었던 바리케이드의 철근 콘크리트 덩어리 위에 떨어져 즉사했다는 것이다. 삐죽삐죽 솟은 굵은 철근에 온몸이 꿰인 탓이었다. 제도 언론이 깔아뭉갠 것과 달리 그 사람의 신원도 제법 상세하게 알려져 있다. 곧 그는 다른 달동네에서 보일러 수리와 배관 일을 하던 청년인데, 몇 달 전부터 상곡동 미철거 지역으로 옮겨와 병자들을 돌보며 지냈다고 한다.

하지만 그 청년이 병자들을 돌보았다는 부분에 관해서는 그들 일부 철거민 사이에도 의견이 엇갈린다. 한쪽은 그가 대단한 신통력이 있고, 그래서 의료 기관에서도 포기한 난치 병자들을 고치는 바람에 소문을 듣고 몰려든 사람들에게서 신흥 종교의 교주처럼 떠받들렸다고 한다. 그에 비해 나머지 사람들은 그의 신통력을 인정하지 않았고, 그저 유사 의료 행위로 오갈 데 없는 불치병 환자들을 홀려 뭔가를 뜯어내던 사이

비 도사로만 보았다.

그 청년이 연립주택 옥상에서 뛰어내린 경위에 대해서도 그들 철거민의 견해가 나뉜다. 그의 신통력을 인정하는 쪽은 그가 과격한 철거반대 투쟁위원회 사람들의 핍박을 받아 옥상에서 내던져진 것이라 주장한다. 그러나 그를 사이비 도사로 보는 쪽은 그가 투쟁위원회 사람들에 의해 정체가 드러난 데다 용역업체나 경찰 끄나풀로 의심받자 자신의 결백을 증명하기 위해 스스로 뛰어내린 것이라고 우긴다. 다만 그가 치명적인 높이에서 위험스러운 철거물 잔해가 깔린 바닥으로 떨어진 것만은 양쪽이 모두 동의하는 셈이다.

옥상에서 떨어진 그가 뜯겨진 옹벽에서 뜯어낸 콘크리트 덩어리의 철근에 찔려 죽었다는 것에도 양쪽은 일치한다. 그 콘크리트 덩어리는 건물에서 농성하던 철거민들이 바리케이드 삼아 건물 앞으로 끌어다 두었던 것인데 하필 그가 뛰어내린 옥상 밑으로 바짝 밀려나 있었다고 한다. 투쟁위원회 쪽의 중장비 기사가 성의 없이 밀어붙여 그리 됐다는 말도 있다.

그런 그의 죽음이 묻혀버린 까닭이 그의 시체가 사라져버린 데 있다는 것에도 양쪽의 주장이 같다. 그가 떨어져 죽은 것은 용역업체의 철거부대와 철거 반대 주민들 사이의 공방이 한창 불을 뿜을 때라 부근에서 그걸 본 사람들도 시신을 수습할 겨를이 없었다. 하룻밤이 지나고서야 철거민들 사이에 떠도는 소문을 듣고 경찰이 찾아보았을 때는 부근 어디에도 없었다고 한다.

그 시체가 왜 찾을 수 없게 되었는가를 두고는 다시 양쪽의 견해가 팽팽하게 엇갈린다. 한쪽은 가스통이 터지고 사제 총까지 동원되어 밀고 밀리는 와중에 그 청년을 하늘같이 믿던 사람들이 목숨을 걸고 시체를 수습해 갔기 때문이라고 한다. 따라서 나중에 떠도는 말만 듣고 나선 경찰은 그의 시체를 찾을 길이 없었다. 뿐만 아니라 그 청년의 신원이 워낙 알려진 게 없는 데다, 피해자 가족의 고소나 목격자의 고발도 없어 그 일 자체가 허위 제보로 단정되어버렸다는 주장이었다.

그러나 다른 한쪽의 주장은 전혀 다르다. 철거 공방전에서 건축 폐기물 더미에 묻혔던 그 청년의 시체가 되살아나 어디론가 사라졌다는 것인데, 그 때문에 소문이 「여고괴담」에 못지않은 흥미와 관심을 불러일으키며 항간을 떠돌게 된 것이라 한다. 특히 남 앞에 나서기를 꺼리는 한 목격자의 말을 그대로 믿는다면, 그 새벽 건축 폐기물 더미를 헤치고 스스로 일어나는 그의 모습은 마치 십자가에 못 박혔다 되살아난 예수를 떠올리게 하였다. 진실이 어느 쪽에 있는지 모르지만, 한 사람의 생사가 걸린 사건인 만큼 경찰의 재조사가 불가피할 것 같다.

마지막으로 빠져 있던 심상치 않은 상황에 견주어, 그 보일러공의 자취가 너무도 깨끗이 지워진 것에 혼란되어 있던 그에게는 눈이 확 뜨이는 기사였다. 거기다가 그동안 여러 번 되풀이된 꿈을 상기시키는 데가 있어 가슴이 섬뜩하기까지 했다. 그러나 재혁이 흥분한 까닭이 궁금해 짐짓 내심을 감추고 물었다.

"하지만 뭐, 퍼온 곳이 유명한 노랑 신문에 기사 작성자가 시민 기자 아뇨? 무책임한 독자투고나 다를 바 없는……."

"그러니 더 이상하지 않냐? 나는 네가 꾸었다는 꿈이 그냥 네 상상력이 만들어낸 가위눌림 같은 것으로만 생각했다. 그런데 이 글을 보니 왠지 으스스하구나."

"무엇이 그래요?"

"부활의 소문 말이야. 네가 말한 꿈속의 일을 꼭 본 사람 같잖아?"

"그냥 떠도는 소문이라 하잖아요? 여고괴담 수준의……. 어떻게 지어내다 보니 그렇게 비슷하게 된 거지."

"아니야, 정말로 우리에게 지금 무슨 일이 일어나고 있는 것 같아. 전에도 말했지만, 그 전의 진행도 겉보기에는 엉뚱하고 터무니없는 재현극(再現劇) 같지만 아주 정교한 밑그림이 따로 있는 것 같았어. 그리고 이번 보일러공의 일은 아퀴가 딱 맞아떨어지는 그 마무리야."

재혁이 그렇게 말하면서 다시 카피 몇 장을 건넸다.

"그리고 읽을 정신이 되면 이것도 한번 읽어봐. 네가 시킨 대로 네 메일 편지함에 와 있는 편지들을 복사해 온 것인데, 뭔가를 계기로 논의의 방향이 전환되고 있어. 앞의 것은 라인홀드 니버의 글에서 발췌한 것들 같은데, 지금까지 네 편지함에 들어왔던 해방신학적 논의에 반박의 의미를 가지지. 그리고 나머지 둘은 아마도 유대 역사 같은데 뭔가 새로운 논의의 밑자리를 깔기 위한 것 같아. 말하자면 지금 진행되고 있는 것은 네가 생각하는 것처럼 그리스도 탄생극의 치졸한 재현으로 끝나는 것이 아니라, 좀 더 길고 거창한 구조로 현대적 초월성을 연출하고 있는 대서사극(敍事劇)의 일부인 것 같단 말이야."

그런 재혁의 말에 다시 한번 가슴이 서늘해 왔지만 그 자리에서 그 카피들까지 읽을 수는 없었다. 일주일 만에 처음으로 깨어 보낸 오후가 새삼스러운 부담으로 머리를 무겁게 한 탓이었다.

모든 인간 지식은 이데올로기적인 오점으로 얼룩져 있다. 그것은 그것이 실제 진리인 것 이상으로 진리인 것처럼 가장한다. 그것은 부분적 관점에서 획득한 유한한 지식이면서도 최종의 궁극적 지식인 것처럼 목소리를 높인다. 힘의 거친 오만과 꼭 흡사하게 지식의 오만은 한편으로는 인간 정신의 유한성에 대한 무지에서부터 오고, 다른 한편으로는 잘 알려진 인간 지식의 제약된 성격과 인간적 진리에 있어서의 이기주의적 오점을 감추려는 데서 온다.

……모든 집단에서 본능을 지도하고 견제하는 이성의 힘과 다른 사람들의 필요를 이해하는 능력은 집단을 형성하는 개인들이 그들의 개인적 관계에서 보여주는 것보다 미약하다. 따라서 이기심의 억제는 더욱 어려워진다. 개인의 도덕보다 집단의 도덕이 더 열등한 것은 부분적

으로는 사회를 응집시키려는 자연적 충동에 대처할 만큼 합리적인 사회 권력을 수립하는 것이 어렵다는 데도 기인한다. 하지만 다른 한편으로는 그것이 개인들의 이기적인 충동이 복합된 집단적인 이기주의의 표현에 불과하다는 데 있다. 그런데 개인들의 이기적 충동들은 그것들이 제각기 갈라져서 의식되어 표현될 때보다는 그것들의 공통적 충동에 있어서 결합될 때는 더욱 뚜렷이 표현되고 보다 누적적인 효과를 나타낸다. 집단 이기주의의 무서움이다.

……역사에서 재산(소유)의 결과에 대한 마르크스주의적 해석은 옳다. 그러나 재산의 문제에 대한 마르크스적 해결은 낡은 자유주의적 환상의 재판(再版)에 떨어지고 만 것에 지나지 않는다. 재산의 사회화가 공동체에서 경제적 힘의 모든 불균형을 제거할 것이라고 마르크스주의는 믿는다. 마르크스주의는 혁명이 완전한 균형을 가져올 것이라고 전망한다. 그런데 자유주의적 이론 역시 오늘날 사회의 경제적 과정이 (이른바 보이지 않는 손 같은 것으로) 그러한 균형을 가져오는 특성을 가지고 있다고 상상한다. 마르크스주의는 보편화한 재산조차도 특정된 이익의 도구가 될 수 있다는 것을 이해하지 못한다.

……마르크스주의적 환상은 부분적으로는 인간의 본성에 대한 낭만적 개념에서 온다. 마르크스주의는 인간들이 서로 이용하려는 경향은 재산제도에 의해서 역사 속에 도입된 부패라고 생각한다. 그렇기 때

문에 마르크스주의는 재산의 사회화가 인간의 이기주의를 제거할 것이라고 상정한다. 마르크스주의는 어떤 가능한 사회 속에도 있는 인간의 이기주의의 영속적이고 끈질긴 속성을 이해하지 못했기 때문에 혁명의 저편에 있는 인간의 행동에 대해서 완전히 잘못된 평가를 하게 된다.

……마르크스주의적 환상의 또 다른 원인은 재산의 소유권이 경제적 힘의 유일한 근거라고 믿는 데서 비롯된다. 산업화과정에서 경영과 관리는 사회적 힘을 대표한다. 그러한 힘은 자본주의 사회에서는 소유권의 힘에 예속되어 있다. 그러나 그것은 사유 재산권의 권리가 파괴된 어떠한 사회에서도 절로 자라나게 마련이다. 러시아에서 관리계급의 발달은 경제력의 정치력과의 결합과 더불어 마르크스주의적 이론이 성립하지 않음을 보여주는 역사적 증거이다…….

그날 밤이 되어서야 겨우 다시 맑아진 머리로 그가 읽어본 첫 번째 이메일 카피는 그랬다. 라인홀드 니버의 저서를 읽어본 적은 없으나, 재혁의 말대로 그동안에 읽어온 해방신학적 논의에 대한 반박의 뜻은 그도 알아들을 수 있었다. 하지만 그 카피의 거친 인구어(印歐語) 번역 문체를 해석하느라 피로해진 때문이었는지, 이어지는 다른 쪽지들까지 마저 읽어내지는 못했다. 남은 두 이메일은 첫머리로 미루어 무슨 서양 역사책 축약 같은데, 앞으로 무슨 얘기를 하려고 그렇게 거창한 밑자리를 까는지 모르지만, 우선은 쉽게 익숙해지지 않는 외국어 이름부터가 부담이 되었다. 그는 다시 참을성과 이해력이 회복될 때를 기다리기로 하고 남은 카피들은 한쪽으로 밀어두었다.

30

경외서(經外書)
– 플라비우스 요세푸스의 〈유대 전쟁사〉에서

게시우스 플로루스는 헬라화(헬레니즘化. 그리스문명的이 된. 등의 뜻–
편집자 주)한 소아시아 사람인데 로마 관리로 출세하여 유대 총독이 되었
다. 그는 무엇보다도 범법자를 처벌할 임무를 띠고 유대로 파견되었음에
도 오히려 보란 듯이 온갖 비행과 악행을 저질렀다. 그는 잔인하다 못해
가련할 정도로 포악했으며 간악하다 못해 비열할 정도로 뻔뻔스러웠다.

플로루스는 힘없는 백성들을 상대로 돈을 수탈하는 것은 아무것도
아닌 것으로 여겼다. 그는 한 도시 전체와 모든 주민을 한꺼번에 약탈
하는 짓을 천연덕스럽게 해치웠다. 그는 약탈한 것을 자신과 나눠 갖기
만 한다면 누구든 강도질을 해도 상관없다는 것을 거의 공공연하게 전
국적으로 공포하다시피 하였다. 이에 그의 끝없는 탐욕이 결국은 전 유
대국을 폐허로 몰고 갔다. 수많은 백성들이 고향을 등지고 낯선 이국땅

으로 떠났다.

무교절이 되자 300만 명이나 되는 인파가 모여 마침 예루살렘을 방문한 수리아 총독 게스티우스에게 플로루스의 비행을 고발하였다. 그때 플로루스는 상관인 게스티우스 곁에서 유대인들의 고발을 들으면서도 코웃음만 치다가 교묘한 거짓말과 속임수로 게스티우스를 속였다. 말로만 유대인들에게 인자하게 대하겠다고 약속하고 안디옥으로 돌아가는 게스티우스를 가이사랴까지 전송했다.

게스티우스가 돌아간 뒤 플로루스는 자신의 비행을 감추기 위해서는 유대인들로 하여금 반역을 일으키게 하는 수밖에 없다고 생각하였다. 유대국이 반역을 일으키지 않을 경우 자칫하다가는 유대인의 고발을 당해 자신이 케사르 앞에 끌려갈지도 모르는 일이기 때문이었다. 이에 플로루스는 유대인들이 반역을 일으키지 않을 수 없도록 만들기 위해 매일같이 온갖 고통을 안겨주었다.

그러던 중에 가이사랴의 유대인들과 헬라화한 수리아인들 사이에 분쟁이 생겼다. 유대인들의 회당 근처에 있는 헬라계 가이사랴인의 토지 때문인데, 점점 감정 싸움으로 번져 나중에는 종족 간의 전면적인 충돌로 치닫게 되었다. 유대의 유력 인사들은 때마침 가이사랴에 머물던 플로루스를 찾아가 8달란트나 바치고 중재를 부탁했다. 그러나 플로루스는 그들에게 최선을 다하겠다고 말해놓고도 뇌물만 챙기고 세바스테로 훌쩍 떠나버렸다.

그렇게 되자 유대인들과 헬라화한 가이사랴인들 사이에 충돌이 일어나고, 세력에 밀린 유대인들이 적지 아니 죽음을 당하였다. 유대인들은 그들의 율법서를 보호하기 위해 나르바타라는 도시로 옮기는 한편, 12명의 유력 인사들을 세바스테로 보내 플로루스에게 사정을 알리고 도움을 청하게 하였다. 그러나 플로루스는 오히려 유대인 대표들을 잡아 가두고 율법서를 가이사랴 밖으로 옮긴 잘못을 꾸짖었다. 그동안에도 가이사랴에서는 수많은 유대인들이 헬라화한 이방인들에 의해 학살당하고 있었다.

예루살렘 주민들이 그 소식을 듣고 매우 불쾌하게 여기면서도 꾹 참고 있는데, 플로루스는 한술 더 떴다. 이번에는 케사르의 뜻이라는 핑계를 대고 예루살렘 성전의 거룩한 돈을 17달란트나 빼앗아 간 일이 그랬다. 이에 성난 예루살렘 주민들은 성전으로 몰려들어 케사르의 이름을 부르면서 플로루스의 독재와 학정에서 구해주기를 빌었다. 일부 과격한 사람들은 플로루스에게 온갖 욕설을 퍼붓는 한편, 파산하여 거지가 된 사람을 위해 구걸하듯이 바구니를 들고 플로루스를 위해 구걸함으로써 그의 탐욕을 야유하였다.

플로루스는 예루살렘 사람들의 그 모든 비난과 야유를 알고도 부끄러워할 줄 몰랐다. 마땅히 가이사랴로 내려가 한창 타오르는 전쟁의 불길을 꺼야 했건만 그렇게 하지 않았다. 오히려 로마 병사의 힘을 빌려 예루살렘을 손안에 넣고 공갈과 위협으로 더욱 많은 재물을 쥐어짜낼 궁리만 했다. 기병과 보병을 있는 대로 긁어모은 다음 엉뚱하게도 예루살렘으로 서둘러 진격했다.

예루살렘 주민들은 그런 플로루스를 부끄럽게 만들기 위해 오히려 속마음과는 반대로 나갔다. 예루살렘으로 진격해 온 로마 병사들에게 환호성을 보내면서 플로루스를 짐짓 공손하게 환영하였다. 그러자 플로루스는 병사들을 시켜 외치게 하였다.

"공연히 공손하게 환영하는 척하지 말고 그냥 돌아가시오. 그대들이 내 앞에서 내게 욕을 할 수 있을 만큼 용기 있는 자들이며, 진정으로 자유를 사랑하는 자들이라면, 이제 말로만이 아니라 행동으로 보여줄 때가 되었소. 가서 무기를 가지고 와 대항하도록 하시오!"

그 말을 들은 예루살렘 주민들은 크게 놀랐다. 문안이나 영접은커녕 뿔뿔이 흩어져 달아나고 말았다. 예루살렘 성안으로 들어간 플로루스는 왕궁을 점거하고 그곳에 지휘 본부를 차렸다. 그리고 대제사장들과 성안의 유력 인사들을 불러 모은 뒤에 자신을 비방한 자들을 모두 끌고 오지 않으면 그들을 벌주겠다고 으름장을 놓았다. 대제사장과 유력 인사들이 용서해 달라고 빌었으나 플로루스는 더욱 화를 내며 예루살렘 사람들의 분노에 불을 지폈다. 오히려 병사들을 상부(上部) 시장이라고 불리는 곳으로 보내 유대인들을 닥치는 대로 살해하라고 지시하였다.

그러지 않아도 손에 넣을 게 없을까 혈안이 되어 사방을 두리번거리던 로마 병사들은 그와 같은 총독의 말을 듣자 신이 나서 뛰쳐나갔다. 그리고 상부 시장에서만 약탈을 자행한 것이 아니라 성안 집집마다 쳐들어가 주민들을 닥치는 대로 학살하고 약탈하였다. 병사들은 가만히 있는 수많은 백성들까지도 묶어다 플로루스 앞으로 끌고 갔다. 플로루스는 이들을 채찍질한 뒤에 십자가에 달아 처형하게 하였다. 이에 그날 하루 희생당한 자들은 유부녀와 어린아이까지 포함하여 무려 3천600명에 이르렀다.

그 뒤로도 플로루스는 집요하면서도 악랄하게 유대인들의 반란을 유도했다. 그리하여 참다못한 성안 유대인 일부가 들고 일어나자 플로루스는 오히려 그 진압을 핑계로 예루살렘 성전의 보물들까지 탈취하려 하였다. 그러자 그걸 본 더 많은 유대인들이 반란에 가담해 안토니아 망대라는 전략적 요충을 차지하고 거기서 성전으로 이어지는 회랑을 부숴버렸다.

이에 위협을 느낀 플로루스는 성전의 보물을 단념하고 예루살렘에서 물러나 가이샤라로 돌아갔으나, 이미 예루살렘은 반란의 불길에 휩싸이고 있었다.

헬레니즘과 헤브라이즘은 그리스적으로 개혁된 유대교를 그레코로만 세계가 수용함으로써 이후 화려하게 직조되는 서구 문명의 씨[經]와 날[緯]이 되었다는 해석이 있다. 하지만 그 둘의 조우가 처음부터 그렇게 순탄했던 것만은 아니었다. 페르시아를 격파한 알렉산더 대왕의 부장(部將)이 그 정예한 기병과 무시무시한 보병 밀집방진(密集方陣)을 이끌고 유대 땅으로 들어왔을 때, 주로 그들의 발달한 전투 기술과 전쟁 장비로 나타난 그리스 문명은 유대인들에게는 실로 압도적이었다. 예언자 다니엘이 묵시(默示) 가운데 본 무시무시한 짐승들은 그와 같은 그리스 문명에서 받은 충격이 형상화된 것이라고 한다.

그러나 팔레스타인 지역에 그리스인들의 폴리스를 닮은 정착지가 세워지고, 원주민들까지 급격하게 헬라화해 가자 유대인들의 대응도 다양해졌다. 그리스인들의 정착지와 그들의 문화가 유대 땅을 뒤덮게 되면서, 그때는 이미 다른 데서 유례를 찾아보기 힘들 만큼 낡아버린 성전(聖殿) 국가의 백성들이 먼저 느껴야 했던 것은 불안과 위협이었다. 하지만 정체된 경제와 열악한 삶의 조건에 시달리는 유대인들에게 헬라화는 다른 한편으로는 갈망과 매혹이기도 했다.

유대 민족이 헬라화로부터 느낀 위협과 불안은 적지 않은 그들 근본주의자들로 하여금 스스로 고립을 선택하게 했다. 출발이 기원전 3세기 이상으로 거슬러올라가는 쿰란 공동체는 그와 같은 고립주의의 대표적인 예가 된다. 헬라화한 도시들을 돌이킬 수 없이 타락했다고 탄식하면서 일단 광야로 물러난 그들은 그곳에서 모세의 열심을 되찾은 뒤에 다시 도시로 진군하자는 생각이었다.

반대로 고립주의가 가져온 광신을 혐오하며 그리스 문화의 매혹을 거부하지 않는 이들도 많았다. 그들은 이방인에게도 관용과 우정을 베풀어야 한다는 요나의 전통을 이은 이들로서, 무엇보다도 디아스포라 상태에서도 종교적 엄격함을 고수했던 많은 유대인들이 그랬다. 그들은 일상적인 삶의 과정으로 그리스어를 배웠고, 그리스의 문화와 제도를 이용했으며, 『성경』을 그리스어로 번역하였다. 유대 본토에서도 상류 계급, 부유층, 원로 제사장들은 새로운 통치자들을 모방하려는 유혹을 많이 받았다. 모두 합쳐 그리스주의자로 묶을 수 있는 이들이었다.

고립주의자와 그리스주의자들 사이에 다시 그 둘을 합친 것만큼이나 많은 경건한 유대인 집단이 하나 있었다. 그들은 그리스 문화의 습득을 갈망하거나 스스로 함몰되기를 원하지는 않지만, 그렇다고 그리스 정복자가 통치하는 것을 굳이 반대하지는 않았다. 그들은 정치와 종교를 나누어 생각하는 이들로, 신앙의 자유만 보장해 준다면 정복자에게 기꺼이 세금을 낼 용의가 있었다. 그들 가운데 헬라적인 합리주의에 보다 우호적인 쪽이 바리새인들이고, 기록된 율법을 엄격하게 고수하는 쪽이 사두개인들이었다.

그런데 언제나 그렇듯 여기서도 극단주의가 그리스주의자들의 앞날을 크게 그르쳤다. 유대인의 헬라화를 급속하게 강제하려 했던 유대 개혁파가 그럭저럭 이어져 오던 그리스인들과 유대인들의 평화와 공존을 가망 없이 만들어버린 일이 그랬다.

발단은 서기전 175년 유대를 통치하던 셀레우코스 왕가의 군주인 안티오쿠스 에피파네스가 그리스주의 개혁파를 대제사장으로 세운 데서 비롯되었다. 거듭되는 전쟁으로 만성적인 적자에 허덕이던 안티오쿠스는 유대의 헬라화 속도를 높임으로써 세수(稅收)를 증대시키고자 했다. 그런데 흥미 있는 것은 이때 대제사장으로 발탁된 사람이 야손이었다는 점이다. 야손은 여호수아의 그리스식 이름으로 또 여호수아의 다른 그리스식 이름은 예수가 된다.

야손은 자신의 당파를 만들어 예루살렘을 안티오키아로 개명하고 하나의 폴리스로 만들려 했다. 또 성전산 기슭에 커다란 체육관(김나지움)을 세우고 성전 기금을 연극 대회 같은 폴리스의 활동 자금으로 전용할 수 있게 했다. 그런데 안티오쿠스는 그 성전 기금에서 자신의 전비(戰費)까지 얻어내려 했으므로, 개혁파들이 주무르는 성전 기금은 가혹한 세금의 구실과 다름이 없었다.

4년 뒤 안티오쿠스는 야손보다 더 친(親)헬라적인 메넬라우스를 대제사장으로 세웠다. 메넬라우스가 이끄는 개혁파는 아크로폴리스 성채를 쌓아 예루살렘의 폴리스화(化)를 한층 더 진척시켰다. 그러나 무엇보다 그들에게 치명적이었던 개혁은 기원전 167년 모세의 율법을 폐지하고 대신 그리스적인 법령을 반포했는데, 거기서 예루살렘 성전을 야훼만을 섬기는 곳이 아니라 모든 신들에게 제사를 드릴 수 있는 곳으로 만들어버린 것이었다.

그때 메넬라우스의 내심에는 야훼가 유대인들만의 신이 아니라 전 세계 만민의 전능한 유일신으로 확장되는 길을 연다는 자부심도 있었을지 모른다. 그러나 예루살렘 성전을 보편적인 제의 장소로 격하시킨 일은 유대 내부에 엄청난 소동을 일으켰다. 서기관들은 모두 정통파 편에 서고, 거의가 친(親)헬라적이던 제사장들조차 그 개혁에 대한 찬반으로 양분되었다. 경건한 사람들과 엄격주의자들도 당연히 개혁파에게 등을 돌렸다.

그런데 다시 한번 눈여겨보아 둘 일은 암 하아레츠, 곧 빈천한 백성들만이 메넬라우스의 개혁을 지지했다는 점이다. 바빌론 포수(捕囚) 때 끌려가지 않고 남은 힘없고 가난한 사람들의 자손인 그들은 오랫동안 유대의 지배 계층으로부터 부당한 대우를 받아왔는데, 그때에 이르러 유일하게 소수 개혁파의 편에 섰다. 200년 뒤 그리스도라는 예수와 사도 바울이 시작한 개혁운동도 그들 하층민을 지지 기반으로 삼고 있는 것과 함께 눈여겨봐 둘 일이다.

이미 대부분의 유대인이 그에게 등을 돌렸는데도 메넬라우스는 국가 권력을 등에 업고 개혁을 밀고 나갔다. 예루살렘 성전에서 치르는 제의(祭儀)의 보편성을 드러내기 위해 유대교의 희생제의까지 금지하게 되자 정통파의 저항이 거세지고, 거기서 순교자가 생겨났다. 그리고 그 순교는 종교적인 근본주의와 유대 민족주의를 급속하게 키워 마침내는 하스몬 왕조라는 유대인 독립 왕국을 만들어낸다.

옛 제사장 출신인 마티아스 하스몬과 그의 세 아들(유다, 요나단, 시몬-편집자 주)은 순교자의 복수를 위해 민족 내부의 적을 암살하는 것으로 저항을 시작하였다. 그 뒤 마티아스의 셋째 아들 유다 마카베우스는 2년 동안이나 셀레우코스 왕가의 주둔군을 유격전으로 괴롭힌 끝에 예루살렘 부근의 헬라화된 세력을 물리치고 성전을 정화하여 다시 야훼께 바칠 수 있었다. 그리고 3년 뒤인 기원전 161년 한창 동방으로 기세를 뻗쳐오던 로마와 동맹을 체결함으로써 하스몬 왕가는 독립 국가의 지배 가문이 되었다.

그리스계 셀레우코스 왕가도 기원전 152년에는 마침내 유대를 군사적으로 복속시키기를 포기하였다. 당시 하스몬가의 지도자였던 요나단

마카베우스를 대제사장에 임명함으로써 유대의 종교적 수장으로 삼았다. 그리고 다시 10년 뒤에는 세금을 면제해 주는 형식으로 형 요나단에 이어 대제사장이 된 시몬 마카베우스를 완전한 유대의 통치자로 만들어주었다.

결국 급진 그리스주의자들의 과격한 개혁은 대다수의 백성들을 유대 근본주의의 편에 서게 하였고, 마카베우스 일가는 그 반사 이익으로 하스몬 왕가를 열었다. 그러나 그것으로 헤브라이즘과 헬레니즘의 조우가 결말이 난 것은 아니었다. 하스몬 왕가 초기 헬라 말을 쓰는 사람은 모조리 잡아 죽인 적도 있을 만큼 헬레니즘은 탄압받았으나, 그것에 품었던 유대 사람들의 매혹과 갈망을 아주 뿌리 뽑지는 못했다. 군사적인 정복에 이어 그 문화까지 계승한 로마가 헬레니즘의 주역이 되면서 상류층을 중심으로 새로운 그리스주의자들이 생겨났다. 그리고 하스몬 왕가의 급속한 쇠퇴와 함께 예전에 품었던 매혹과 갈망은 점점 넓게 유대 민중 사이로 번져나갔다.

급진 그리스주의자들의 실패가 준 반사 이익에다 그리스와 로마의 패권이 교체되는 시기의 군사적 공백을 틈타 출현한 하스몬 왕가는 다윗 왕가의 전성기를 이상으로 삼았으나, 더 자주 다윗 왕가의 폐단과 약점을 답습하였다. 시몬 마카베우스가 왕관을 쓰고 3대가 지나가기도 전에 유대는 내전에 빠지고, 여러 해에 걸친 그 내전으로 수많은 사람들이 죽고 난 뒤 왕국은 시들기 시작했다. 그리고 다시 몇십 년 왕위 쟁탈전으로 상잔의 피를 뿌리다가 하스몬 왕가가 열린 지 100년도 되지 않아 유대의 실권은 이두매 사람 안티파테르에게로 넘어가고 말았다. 흔히 헤롯 대왕이라고 불리는 헤롯은 그 안티파테르의 둘째 아들이다.

기원전 37년부터 4년까지 유대를 통치한 헤롯은 복잡하면서도 특이한 개성의 사람이었는데, 그가 열렬한 헬라주의자이면서 또한 솔로몬 숭배자였다는 것도 그 한 예가 된다. 그는 극장과 원형경기장을 짓고 쇠퇴해 가는 올림픽 경기를 살려냈으며, 아폴로 신전을 재건하는 데 돈을 대기도 했다. 세바스테와 가이사랴라는 로마식 신도시를 건설하였고, 올림푸스의 제우스 상에 못지않게 거대한 케사르의 동상을 세웠다. 그러면서 한편으로는 예루살렘이 전 세계 유대인들의 수도로 부끄럽지 않을 웅장한 성채를 건설하였으며, 아울러 솔로몬이 지은 것보다 더 장엄한 성전을 지었다. 헤롯은 헬레니즘과 헤브라이즘의 조화와 모순을 그 한 몸에 갖춰 당시 유대 정신의 한 단면을 상징적으로 드러내었다.

헤롯이 죽기 한두 해 전에 태어난 것으로 추정되는 예수의 유대교 개혁도 되살아난 그리스주의와 무관하지 않아 보인다. 예수가 헬레니즘적 소양을 갖추었다는 근거는 찾아보기 힘들지만, 그와 주변 인물들의 이름이나 그가 얻은 호칭으로 미루어 보면 얕지 않은 헬라화의 흔적을 느낄 수 있다. 예수는 야손처럼 히브리 이름 여호수아를 그리스적으로 바꾼 것이고, 마리아는 히브리 이름 마리얌네의 그리스적인 이름이다. 또 예수의 형제 야고보는 히브리 이름 야곱의 그리스적인 변형이며 요세 또한 히브리 이름 요셉의 그리스적 변형이라고 한다. 그를 지칭하는 '기름부음 받은 자'라는 뜻의 메시아는 히브리어의 그리스 음역(音譯)이며,

또 다른 호칭 그리스도는 바로 그리스어에서 나왔다.

예수의 개혁이 특히 가난하고 힘없는 사람들 속으로 파고든 것도 200년 전 야손이 암 하아레츠들의 지지를 받았던 것을 연상시키는 데가 있다. 장사꾼들을 매로 쳐서 내쫓으며 성전이 다만 기도하는 집임을 강조하거나, 예루살렘 성전이 돌 위에 돌 하나 남지 않고 모두 무너져 내리리라고 예언한 것은 옛날의 과격 개혁파들이 희생의 제의를 금지하고 성전을 해체하려 했던 것을 떠오르게 한다. 거기다가 사도 바울에 이르면 기독교로의 개혁이 헬레니즘적이라는 혐의는 더욱 커진다. 바울은 곳곳에서 영육(靈肉) 이원론이나 로고스같이 디아스포라에서 연마된 그리스적인 개념을 원용하여 기독교를 유대교의 기반에서 멀어지게 한 것으로 의심받고 있다.

하지만 기독교가 유대교의 헬라화한 개혁이며, 예수 처형은 되살아난 헬레니즘적 유혹에 대한 유대 민중의 거부와 단절이라는 해석은 아무래도 지나친 데가 있어 보인다. 당시 헬레니즘을 대표하는 세력은 따로 있었고, 유대 민중이 예수를 거부한 이유도 그 개혁의 헬라적 성격과는 거의 무관하였다. 권력의 기반을 케사르의 총애에 두고 있는 헤롯과 그 일파, 상류 계급과 부유층의 지식인들, 정치적으로 보수화된 사두개인들의 헬레니즘 지향은 그때 이미 적지 않은 열심당과 시카리를 길러냈을 만큼 유대 민중들의 근본주의 성향을 자극하고 있었다.

그리하여 헬라적으로 개혁된 야훼가 만민의 신으로 그레코로만 세계로 번져 가는 동안에 유대 내부의 정신적 판도는 다시 200년 전을 닮아

가고 있었다. 로마의 제국주의와 결합된 헬레니즘의 억압에 유대 민중의 정서는 엄격주의자들과 근본주의 세력 쪽으로 기울면서 그 극단주의자와 과격파에게 기회를 주었다. 불행히도 로마는 시드는 셀레우코스 왕가와 달라, 그들이 꿈꾸던 메시아의 왕국은 '통곡의 벽'으로만 남게 됐지만, 기원후 60년대에 있었던 대폭발은 헬레니즘과 헤브라이즘의 대외적 충돌인 동시에 유대 민족의 정체성과 오랜 세월 침윤된 외방 문화의 이질적 요소가 벌인 내전(內戰)의 의미도 가지게 된다.

31

퇴원은 일상으로의 복귀였다. 입원해 있을 때도 혼수에서 깨어
난 뒤부터는 병원 밖에서의 일상과 연결이 이루어졌지만, 그것은
어디까지나 제한적일 수밖에 없었다. 공간이 병원이라는 울타리
로 분리돼 있고 일상으로 돌아갈 수 있는 시간도 성하게 깨어 있
을 때뿐인 데다, 자신이 환자라는 의식 자체가 일상으로의 온전한
복귀를 가로막았다. 그런데 퇴원해서 아파트로 돌아오자 모든 것
이 달라졌다. 몸은 다 풀지 못한 깁스붕대와 보호대 때문에 여전
히 불편하고, '새누리 투자기획'은 넉넉한 병가(病暇)를 주어 아파
트에 틀어박혀 있는 외형은 입원 때와 크게 다르지 않았으나, 의
식은 자신의 아파트로 들어서는 순간 환자복을 깨끗이 벗어던졌
다. 그는 퇴원한 그날로 일상에 복귀한 것이며, 다음 날부터는 아

침마다 새롭게 세상에 참여해야 했다.

그가 먼저 해야 할 일은 비록 열흘밖에 되지 않지만 입원으로 단절되거나 손상된 현실과의 연결을 되살리는 일이었다. 그 가운데서도 그가 의식을 잃고 현실에서 격리되어 입원실로 들어가기 직전의 일들은 가장 우선하여 그가 되돌아온 지금의 현실과 이어져야 했다. 따라서 퇴원 첫날 하루 그는 텔레비전과 인터넷과 신문을 차례차례 들추며 그 보일러공과 마리의 행적을 뒤쫓는 일로 보냈다. 특히 상곡동 철거 작업에 관한 것이라면 보도 기사이건 해설 논평이건 가리지 않고 차근차근 살펴 보일러공과 마리의 희미한 그림자라도 찾아보려 했다. 그의 기억 속에 남아 있는 어떤 절박함과 핍진감이 반드시 그 보일러공에게 이 사회가 흥미와 관심을 가지고 추적해야 할 사건이 일어났을 거라는 강한 예감을 준 까닭이었다.

그러나 아무리 지난 열흘의 묵은 뉴스를 뒤적이고 인터넷 광장 구석구석을 헤집고 다녀 봐도, 보일러공과 마리에 관해서는 그동안 정화가 토막토막 들려준 이야기나 며칠 전 재혁이 전해 준 것 이상으로 더 나오는 게 없었다. 그날 그가 멀쩡한 정화를 구한답시고 황급히 떠나오느라 그 경과를 보지 못한 상곡동 재개발지역 철거 작업은 틀림없이 엄청난 사건이었다. 가스통이 터지고 사제 총기까지 발사되었으며 방화와 투석전에 이어 유혈 충돌까지 있었다. 한 사람이 죽고 여러 사람이 중상을 입은 데다 수십 명이 구속되었지만…… 없었다. 그 보일러공과 마리의 행적은 커녕 천덕환네 패거리의 활동을 짐작할 수 있는 단서 한 가닥도 잡혀오지 않았다.

그러자 그는 다음 날부터 다시 그날 이후 나타난 세상의 변화나 그 조짐에 대해 꼼꼼히 살펴보았다. 그리 믿는 편은 아니었지만, 그가 보일러공에게 받은 느낌 중의 하나는 어떤 심상치 않은 수난의 예감이었다. 거칠고 애매하게 표현되기는 해도, 천덕환이나 임마누엘 박과 달통법사가 끊임없이 암시한 것 또한 보일러공이 반드시 겪어야 할 고통과 죽음이었다. 거기다가 그들 양편이 풍기는 유사(類似) 종교적 분위기는 그것이 이 땅이나 이 시대뿐만 아니라 전 우주적 공간과 영원한 시간의 어떤 단초(端初)와 관련되어 있고, 그래서 진보나 개혁을 넘어 개벽이나 재림과도 같은 엄청난 창조와 변화의 계기를 이룰 거라는 믿음까지 드러냈다. 따라서 보일러공의 수난이나 희생은 아직 밝혀지지 않고 있지만, 그날 무슨 일이 있었다면 세상도 그날을 시작으로 무언가 엄청난 변화가 있지 않으면 안 되었다.

하지만 이번에도 없었다. 위로 종교적 신비나 기적의 환상을 자극하는 그 어떤 변화도 찾아볼 수 없듯이, 아래로도 폭력조직의 세력 다툼이나 지배 구역의 재편 같은 수사 속보조차 그 무렵의 매스컴에서는 별로 찾아볼 수 없었다. 다만 서로 약 올리기, 막말하기 시합같이 저질해진 정치판의 잡사(雜事) 몇 가지가 눈에 띌

따름이었다.

그런데 이틀 전이었다. 이제는 좀 심드렁해져 일간지 인터넷 판을 훑어보고 있는데, 그 한 구석에 자극적인 기사 제목 하나가 눈에 띄었다. 「전사한 장병은 악마」라는 것으로, 국내 명문 여자대학교의 홈페이지에 뜬 서해교전(西海交戰) 1주년 논평 일부를 인용하며 보도한 것이었다.

국제법상 존재하지도 않는 북방 한계선을 주장하며 힘없는 동포들을 무참히 살해하고도 그대들이 이 나라를 지킨 영웅 대접을 받기를 원하는가? 우리는 그러한 군대의 존재를 거부한다. (그런 군대는) 무작정 총질을 해대는 악마라고밖에는 생각되지 않는다.

지난해 6월 말 서해에서 있었던 해상 충돌에서 전사한 참수리 276호 해군 장병들을 추모하는 분위기를 겨냥한 말인 듯한데, 짧은 인용이지만 섬뜩한 데가 있었다. 참으로 많이 변했다. '어느새 전몰(戰歿) 장병이 악마가 되는 시대에 우리가 살게 되었는가……' 그는 자신도 모르게 한탄했다. 그러자 한때 주체사상에 은근히 동조해 온 그조차 한탄하게 만드는 그런 논평이 명문 여대의 홈페이지에 버젓이 올라 제도 언론이 인용하게 된 것이 바로 사회의 틀 전체를 바꾸어 놓을 변화 또는 그 조짐일지도 모른다는 생각이 들었다. 보일러공이 이른바 공생애(公生涯)를 시작하던

날, 그를 뒤밟아 온 임마누엘 박이 보일러공에게 한 엉뚱한 제의
와 오 수사관을 통해 공안부 한 검사가 묻고 있는 대공(對共) 용의
점이라는 말이 퍼뜩 떠오른 까닭이었다.

하지만 그런 변화 또는 그 조짐도 다음 날로 없던 일로 뒤집혔
다. 전날 아침 다시 인터넷으로 들어가 그날 신문을 검색해 보니,
해당 여자 대학교 총학생회가 강력하게 그 기사를 부인하며, 무단
으로 자기들의 홈페이지에 그런 글을 게재한 해커를 잡아달라고
당국에 수사를 의뢰했다는 속보가 나와 있었다. 결국 그 일은 큰
틀에서의 변화나 그 조짐이 아니라, 늘 있어 온 소수 불순 세력의
책동에 지나지 않는 것으로 돌아가고 만 셈이었다.

그런데 다시 그를 자극하는 기사 하나가 눈에 띄었다. 「거짓으
로 드러난 희망돼지」라는 제목으로, 결국 지난 대선 때 '희망돼지
저금통'으로 모금된 돈은 4억 5000만 원으로 밝혀졌다는 내용
이었다. '희망돼지 저금통' 100만 개의 제작비를 빼면 실제 대선
에 쓸 수 있었던 액수는 2억 남짓이었으리라는 추산과 함께였다.

그도 80억이니 60억이니 하는 '희망돼지 저금통' 모금액이 과
장되어 있으리라는 짐작은 진작부터 하고 있었지만 막상 그들 자
신에 의해 그 터무니없이 초라한 내역이 밝혀지자 까닭 모르게 허
탈한 느낌까지 들었다. 그리고 그는 오히려 그런 여당 회계 책임자
의 발표에서 어떤 중대한 변화의 단초를 느꼈다. 그런 발표는 바로
그 '희망돼지 저금통'으로 모금된 돈으로 역사상 가장 깨끗한 선

거를 치렀다고 공언한 대통령의 도덕성과 공신력에 치명적인 흠집을 낼 수도 있었다.

그날 그가 다시 불붙은 대선 자금 시비에 남다른 관심을 가지고 그 전개를 면밀하게 살피게 된 것도 전날의 희망돼지 저금통 기사에서 받은 자극 때문이었을 것이다. 정화가 서둘러 출근하자마자 펴든 일간지의 톱기사는 대선 자금을 둔 여야 공방의 새로운 국면을 다루고 있었다. 대통령이 느닷없이 지난 대선 자금에 대해 여야 모두 스스로 밝히자고 나서고, 야당은 그걸 '물귀신 작전'이라며 펄쩍 뛰는 내용이었다.

방금 여당 대표가 불법 대선 자금 수수 문제로 검찰의 소환을 받고 있는 중이고, 전날 여당 회계 책임자의 발표는 대통령의 지난 거짓말을 증명하는 셈이었다. 그런데도 사과나 해명은커녕 야당에게도 대선 자금 내역을 스스로 밝히라고 요구하고 나선 대통령의 요구는 어리둥절할 만큼 엉뚱했다. 야당이 그렇게만 해주면 자신의 부정이나 거짓말쯤은 아무것도 아니게 된다는 확신이 없으면 할 수 없는 제의였다.

그런데 더욱 엉뚱한 것은 그 제의에 대한 야당의 반발이었다. 하고 많은 반박의 구실을 젖혀두고 '물귀신 작전'이라는 말로 대통령의 엉뚱함에 맞서고 있었다. 대선 자금 내역을 발표하게 되면 자신들에게도 대통령과 함께 끌려들어가 망할 수밖에 없는 약점이 있음을 자인하는 듯한 반박이었는데, 그 목소리가 이상하리만치 절박하게 들렸다.

'뻔뻔해 보일 만큼 엉뚱한 대통령의 자신감과 까닭 모를 야당의 절박함은 모두 어디서 온 것일까…….' 그는 그런 의문에 신문 구석구석을 들추며 대선 자금 관련 기사를 찾아보았다. 그러다가 사회면 한 모퉁이에서 다시 이틀 전과 비슷한 자극을 주는 기사 하나를 찾아냈다. 「민노총 홈페이지에 김일성 동영상」이라는 제목이었는데, 동영상의 내용은 항일 투쟁을 포함한 김일성 일대기, 김일성을 칭송하는 합창 등이 들어 있다는 짤막한 사실 보도였다.

그런데 그가 그 보도 내용보다 더 섬뜩한 느낌을 받은 것은 그것을 보도하는 태도였다. 그 신문의 성격으로 보아서는 충격적인 내용이었을 터인데도, 격앙되기보다는 조심스러워 하는 목소리로 짤막하게 사실만을 보도하고 있었다. 국립극장에서 「피바다」를 공연한다 해도 어쩔 수 없는 세상이 되기는 했지만……. 그런 탄식이 묻어 있는 듯한 행간(行間)이 새삼 세상의 변화를 절감하게 했다.

"일어나라. 참된 사람의 아들이여. 지혜의 군병(軍兵)이여."

깜깜한 어둠 속에 거친 귀이개가 귓속을 휘저어 대는 것처럼 그를 깨우는 목소리가 있었다. 불길하고 듣기 거북할 정도로 자극적이었지만 또한 어딘가 귀에 익은 데가 있는 목소리였다. 무겁게 내리누르는 눈꺼풀을 온 힘으로 쳐들 듯 눈을 떠 보니 검고 우중충한 유채(油彩) 인물화 같은 것이 그가 누워 있는 소파 앞을 가로막고 있었다.

갑작스럽고 기괴한 상황에 놀란 그가 일어나 앉으며 다시 한번 눈길을 모아 살펴보았다. 눈앞에 솟은 듯 서서 그를 내려보고 있는 것은 그림이 아니라 사람이었다. 한 사람이 등신대(等身大)로 오려낸 그림같이 서 있었는데, 그 차림과 생김이 또한 눈에 익은 데가 있었다. 검은 정장과 나이를 짐작할 수 없는 얼굴이 특히 그랬다.

아직 잠이 덜 깨 투미한 머릿속으로도 그는 대낮털이 강도나 다른 어떤 공격적인 침입자가 든 것은 아니라는 데 우선 안도했다. 그때 다시 그 목소리가 물었다.

"새 누리의 일꾼아. 눈 밝은 길잡이야. 나를 알아보겠느냐?"

애써 머릿속을 가다듬고 시선을 모은 그가 한 번 더 목소리의 임자를 쳐다보니 비로소 알 듯했다. 뜻밖에도 '새 누리 운동' 국제 본부 총재였다. 그가 자신도 모르게 몸을 일으키며 떨리는 목소리로 물었다.

"총재님께서 여길 어떻게? 무, 무슨 일로……."

"자리에 앉아라. 그대로 앉아 편히 들어라."

총재가 묘하게 평면적으로 느껴지는 얼굴에 엷은 입술을 움직여 그렇게 말했다. 이번에는 전과 달리 삭막하게 들리는 목소리였지만 알 수 없는 힘이 그의 어깨를 내리누르는 듯해 그는 엉거주

춤 소파에 도로 앉았다. 그걸 보고서야 그의 물음을 기억한 듯 총재가 다시 입을 열었다.

"나는 네가 맡은 바 임무를 충실히 수행한 것에 대해 치하하러 왔다. 이제 우리는 네 덕분에 아무런 훼방꾼 없이 이 땅에서 우리 사업을 추진할 수 있게 되었다. 너는 그 공로로 새로 열리는 세상에서 누구보다 높임 받는 귀한 존재가 될 것이다."

거기까지 듣자 비로소 그도 총재가 왜 왔는지 짐작이 갔다. 하지만 정화가 출근할 때 현관문을 잠갔을 텐데 총재가 어떻게 아파트 안으로 들어와 잠든 그 앞에 서게 되었으며, 잠들 때 켜져 있던 텔레비전은 누가 껐는지 따위 사소한 의문들이 한꺼번에 일며 아직 남아 있던 졸음기를 깨끗이 씻어냈다.

"그렇다면 보일러공은 어떻게 되었습니까? 떠도는 소문처럼 그는 죽은 것입니까?"

그는 가슴 한구석이 으스스한 대로 궁금한 것부터 먼저 물었다. 총재가 아무런 망설임 없이 일러주었다.

"그는 저를 보낸 이에게로 돌아갔다. 가서 우리의 갈망과 결의를 제 아버지에게 전할 것이다. 그 낡은 신성으로 하여금 이 땅과 사람들에게 더는 헛된 기대를 걸지 못하게 할 것이다. 그의 몸은 죽고 썩어 이제 다시 이 땅으로 돌아오지 못한다."

그 말에 그는 다시 대담하게 물었다.

"참으로 궁금한 일이 있습니다. 제가 보기에 총재님의 지도력이

나 조직력은 못할 일이 없다고 할 만큼 엄청나 보입니다. 아드님 되시는 우리 대표님도 지난 8년 동안 이 나라에서 그 규모를 짐작할수 없을 만큼 사업을 확장 발전시켰을 뿐만 아니라, 최고 권력 창출에도 깊숙이 관여할 만큼 뛰어난 능력과 수완을 보여주었습니다. 거기다가 지금 이 나라에서 대표님의 의지에 따라 직간접으로 가동할 수 있는 조직과 사람도 상당한 것으로 알고 있습니다. 그 보일러공이 어디에 숨어 있건 마음만 먹으면 얼마든지 찾아내 소리 소문 없이 제거할 수도 있을 것입니다. 그런데 왜 나를 굳이 그일에 끼워 넣은 것입니까? 마지막에는 나도 정말 모르는 그의 행방을 왜 나에게 억지로 지어내게 만들었습니까? 어째서 그는 굳이 나를 통해서 찾아내야만 하는 것입니까?"

"모든 제의(祭儀)는 상징이다. 희생의 제의는 특히 그러하며, 그상징의 완성으로 제의도 완성된다. 너는 이 제의에서 희생의 제물을 고르는 자의 상징이며, 인간적으로는 처형의 길잡이 역을 맡았다. 우리에게는 상징의 완성으로서 네 참여가 반드시 있어야 했다."

"상징은 그 기능을 다하면 지워져야 합니다. 유다는 목을 매고그가 되돌려준 은 삼십은 피밭으로 바뀌어 나그네의 묘지가 되었습니다."

그가 근래 한번 다시 읽어 기억하는 복음서의 내용대로 대답했다.

"낡고 거짓된 이야기다. 유다는 결코 죽지 않았다. 유다에게는 유다의 복음서가 있나니."

"그럼 나는 이제 무엇을 해야 합니까?"

"네 있는 곳에 그냥 있으며 된다. 아무도 네가 거기 있음을 방해하지 못할 것이다."

그 말을 듣자 병원에서 깨어날 때부터 마음 한구석을 묵직하게 누르고 있던 것이 스르르 녹아 없어진 듯했다. 그런 그의 마음속을 들여다보듯 총재가 말했다.

"이만하면 위자(慰藉)가 되겠느냐? 실은 무엇보다 그것을 네게 주기 위해 내가 왔다."

그런데 그때 갑자기 현관 인터폰의 벨 소리가 요란하게 울렸다. 그가 묻기를 대신한 눈길로 총재를 올려보았다.

"열어주어라."

총재가 그렇게 대답했다. 그는 자리에서 일어나 먼저 인터폰 모니터 쪽으로 가보았다. 모니터에 든 얼굴은 뜻밖에도 '새누리 투자기획' 실장이었다.

"신성민 씨 나요. 대표님 모시고 잠깐 들렀소."

기획실장이 모니터 안에서 활달한 목소리로 소리쳤다. 나타난 사람들이 뜻밖이라 그는 다시 묻는 눈길로 총재를 돌아보았다. 그러나 총재는 그 자리에 없었다. 그때 다시 벨 소리와 함께 아파트 현관문을 함부로 두드리는 소리가 들렸다.

"이 집이 맞긴 맞는 모양이네. 자, 대표님 들어오시죠."

그가 현관문을 열자 먼저 집안으로 들어선 기획실장이 집주인처럼 '새여모' 대표를 맞아들이고는 다시 얼떨떨해 있는 그에게 물었다.

"이거 자는 사람 깨운 건 아뇨? 11시가 다 돼가기는 하지만."

"아, 예? 아뇨. 실은 방금 총재님이 다녀가셔서……."

그가 특별한 고려 없이 사실대로 말했다. 그러자 실장이 웃으며 받았다.

"확실히 자고 있던 게 맞구먼. 혹시 이 아파트는 출입문이 두 개요?"

"아뇨. 여기뿐인데요."

"그러니까 자고 있었던 게 아니냐 이 말이오. 총재님을 꿈꾼 게 아니냐고."

"어쨌든 들어오십시오. 총재님은 안에 어디 계실 겁니다. 화장실에라도……."

그는 그렇게 그들을 맞아들여 거실 소파에 앉혀 놓고 먼저 화장실로 가보았다. 화장실 문은 열려 있었고 안에는 아무도 없었다. 이어 그는 주방 칸막이 뒤로 가보았다. 거기에도 총재는 없었다. 그는 섬뜩한 기분으로 안방 건넌방을 둘러보고 다용도실과 뒤베란다까지 가보았다. 그러나 총재를 찾기는커녕 조금 전까지 누가 있었다는 느낌조차 받지 못했다.

"거 봐요. 꿈꾼 거 맞지. 아침 먹고 여기 이 소파에서 텔레비전 보다가 한숨 깜박한 거지 뭐. 척 보니 어찌 된 건지 훤하구먼."

그날따라 평소 같지 않게 수다스러워진 실장이 멍해 돌아온 그를 보고 그렇게 말했다. 꺼진 줄 알았던 텔레비전도 나지막한 대로 켜진 채로였다. 그제야 그도 갑자기 자신이 없어졌다. 다시 돌이켜보니 꿈같기도 했다. 그때 넥타이까지 단정히 맨 정장 차림으로 깎은 듯이 앉아 있던 대표가 실장을 거들어 말했다.

"아직 상태가 좋지 않은 듯하군요. 오전 11시 무렵은 꿈까지 꾸며 좋을 시간대가 아닌데……. 너무 서둘러 퇴원하신 거 아닙니까?"

그런데 그런 말과 함께 그를 올려다보는 눈길이 이상했다. 입과는 달리 무언가 마다할 수 없게 명령하는 듯한 빛을 띠고 있었다. '우리가 꿈꾼 것이라면 꿈꾼 것인 줄 알라…….' 그 눈빛 속에서 그런 소리가 울려 퍼지는 것 같았다. 그러다가 그 빛이 거둬지며 일순 깊고 어두운 눈으로 돌아갔는데, 그게 다시 그에게 묘한 섬뜩함을 느끼게 했다.

"두 분께서 무슨 일로 여기까지……."

대표의 눈빛이 시키는 대로 그가 그런 인사로 화제를 바꾸었다.

"대표님께서 꼭 신성민 씨를 봐야겠다고 하시기에 제가 모시고 왔습니다."

무엇 때문인지 새삼 겸연쩍어하며 그렇게 대답하는 실장에 이어 말솜씨 좋은 젊은 사업가의 말투로 돌아간 대표가 받았다.

"병원에 계신 동안에 문병도 못 갔고, 또 특별히 치하드릴 일도 있고 해서 시간을 내보았습니다. 그래, 병원에서는 퇴원해도 된다고 했습니까?"

"예, 가벼운 실내 근무라면 내일이라도 가능하다고 했습니다."

"그래도 깁스는 풀어야지요. 신성민 씨 없어도 모두들 잘하고 있으니까 푹 쉬고 오세요."

다시 실장이 그렇게 끼어들었다. 그러나 그는 웬지 그 말이 곧이들리지 않았다.

"개인적인 부주의를 공상(公傷)으로 처리해 주신 것만도 감사한데 무슨 말씀을……. 다음 주에 다리 깁스만 풀면 바로 출근하겠습니다."

그가 그렇게 실장의 말을 받자 대표가 다시 정색을 하며 말했다.

"신성민 씨가 마지막으로 처리한 일은 우리 '새여모'를 위한 것이었습니다. 거기서 다시 우리 '새여모'의 지시로 귀가한 직후에 벌어진 일이니 그것도 업무 중이었다고 할 수 있습니다. 다친 시간도 아직 업무 시간인 4시 40분경이었습니다. 겸양이 지나치십니다."

그 말에 문득 그때 상황이 머릿속에 생생히 펼쳐지며 그때껏 궁금히 여겨온 것들이 한꺼번에 떠올랐다. 먼저 그는 대표를 떠보듯 말했다.

"하지만 기실 나는 그들을, 아니 그 보일러공을 구하러 가는 중이었습니다."

"그래도 신성민 씨는 우리에게 그를 넘겼고, 그 뒤 현장으로는 다시 돌아오지 않았습니다. 우리는 결국 신성민 씨의 인도로 그를 찾아냈으며, 그 덕분에 우리의 전진에 방해가 되는 근원적 요소를 제거할 수 있게 된 셈입니다."

대표가 그건 별로 문제될 게 없다는 표정으로 받았다. 그게 더욱 그의 심사를 뒤틀리게 해 그가 이죽거림처럼 말을 이었다.

"거기다가 이번 일은 내가 보기에는 무슨 큰 오해가 있거나 지나치게 감정적으로 처리된 것 같습니다. 틀림없이 보일러공에게는 좀 특이한 병력(病歷)이 있었고, 그런 그를 눈면 믿음으로 따르는 딱한 사람들이 몇 있기는 했습니다. 하지만 아무리 생각해도 총재님이나 대표님께서 그에게 걸고 있는 그 거창한 혐의와는 맞지 않는 것 같습니다. 그와 그를 둘러싼 사람들이 연출한 것은 우리 시대의 고통과 비참이 그들을 돌게 해 빚어낸 한 편의 희비극에 지나지 않습니다. 다시 말해, 그는 달동네를 떠도는 가난하고 무력한 보일러공에 지나지 않았으며, 턱없이 긴장되어 있는 어느 집단의 과잉 방어 심리에 걸려 엉뚱하게 희생되고 말았는지도 모릅니다."

"유목민들의 대속(代贖) 신앙에서는 어린 양 한 마리로도 한 족속이 한 세대에 지은 죄를 씻어줄 수 있습니다. 저들의 『성경』 앞머리에도 아브라함이 하찮은 새끼 양으로 나이 100살에 아흔이 넘은 아내로부터 얻은 외아들의 희생을 대신하고 있는 얘기가 나

옵니다. 무력한 보일러공이었건 말건, 그는 우리가 인간의 대지를 지키기 위한 싸움에서 대속의 제물로 우리에게 왔고, 우리는 그를 거두어 그 피로 우리의 군기(軍旗)를 적시고 새롭고 힘찬 전진을 시작할 수 있었던 것입니다.”

미국 명문대의 박사 학위에다 또 다른 명문에서 현대 첨단의 경영 기법을 배워 MBA까지 따고 돌아온 사람 같지 않은 그 말에 그는 잠시 어리둥절했다. 하지만 이내 그 말투에서 조금 전에 다녀간 '세계 새 누리 운동본부' 총재를 떠올리게 되자 섬뜩한 긴장을 느꼈다.

“지금은 유목 시대가 아닙니다. 그리고…… 전진……이라고 했습니까? 어디로, 무엇을 위한 전진입니까?”

그가 긴장 속에서도 용기를 내어 진작부터 궁금하던 것을 물었다. 대표가 무엇 때문인가 곤혹스러운 눈길이 되어 실장을 바라보았다. 실장이 대표를 가로막으며 변명처럼 말했다.

“현대를 신유목민 사회로 규정하는 이들도 있습니다. 특히 통신기기의 발달과 인터넷 정보의 네트워크화, 그리고 개인적 가치관을 바탕으로 형성된 현대 문화를 바로 노매딕 컬처(유목문화-편집자 주)라고 부르기도 하지요. 하지만 지금 난감한 일은 현대 문화의 유목민적 특성을 증명하는 일이 아닌 듯하군요. 그보다는 우리 조직 내부에서 신성민 씨의 정체성을 확보하는 일이 훨씬 시급해 보입니다.

우리는 신성민 씨와 안정화 씨의 재결합이 이념과 전망을 같이 하는 동지적 결속의 의미를 함께 가진 것으로 알았습니다. 왜냐 하면 그 이전의 결합도 동지적 유대라는 의미가 있었고, 그 결별 의 원인도 바로 그런 동지적 유대감의 상실에 있었다고 들어왔으 니까요. 하지만 최근에야 우리는 뜻밖에도 신성민 씨에게는 낡은 세계를 부수어버릴 우리 이념에 대한 믿음도 없고, 우리가 열려는 새로운 세계에 대한 전망도 결여되어 있다는 것을 알게 되었습니 다. 이는 안정화 동지의 무책임함에 기인된 것이지만, 한편으로는 우리 조직 관리의 불철저함을 드러내는 것이기도 합니다. 따라서 조직의 치열한 자기 반성과 아울러 곧 신성민 동지에 대한 교육과 학습 프로그램이 작동할 것입니다. 그때는 우리가 어디로 무엇을 위해 진군하고 있는지도 명확해지겠지요."

"동지, 학습……."

그가 긴장을 넘어 아뜩한 느낌으로 그렇게 되뇌었다. 실장이 벌 써 교육을 시작한 것처럼 말했다.

"그렇소. 신성민 씨는 우리 기획실에 들어올 때부터 동지적 결 사(結社)에 가입한 것이오. 이념 교육이나 조직 적응 학습 같은 예 비 단계나 입사 의식(入社儀式)과 서약(誓約)이 면제된 것은 중앙위 원회 후보 그룹에 든 안정화 동지의 보증 때문이었소. 그런데 이 제 그 보증이 정실(情實)에 따른 무책임한 것이었음이 밝혀졌으니 동지화(同志化) 학습이 시급해졌소."

"더 있소."

갑자기 대표가 실장과 비슷한 말투로 끼어들었다.

"쉬운 말로 공범 의식(共犯意識)을 신성민 씨에게 환기시키는 것도 필요한 듯싶소. 어쨌든 우리는 신성민 씨의 방조(傍助)로 우리 적대 세력의 핵심을 제거할 수 있었소. 당신 손에는 이미 그 독선과 아집의 육화(肉化)가 흘린 피가 흥건히 묻어 있고, 당신의 영혼도 그의 죽음에 대한 가책으로 얼룩졌을 것이오."

"그럼 그가 정말로 죽은 것입니까? 당신들이 기어이 그를 죽였단 말입니까?"

"그렇소. 우리의 대지를 지키기 위해, 우리 인간의 이름으로. 하지만 그를 받들고 독선과 아집의 낡은 세계를 지켜나가려는 세력은 아직 강력하게 살아 있소. 이제 곧 그들이 움직일 터인데, 아마도 그들은 누구보다 먼저 신성민 씨를 찾아올 것이오. 그때 명심하시오. 당신도 그들이 핏발 선 눈으로 찾는 범인 가운데 하나라는 것을. 사소한 것이라도 그들이 우리를 지목해 캐고들 단서를 주는 것은 바로 당신의 두 손목을 그들의 수갑 아래 내미는 것임을."

"그가 죽지 않고 되살아났다는 말이 있던데요."

"나도 인터넷에 그런 말이 떠돌고 있다는 소리는 들었소. 하지만 그 추종자들이 시체를 감추고 퍼뜨린 헛소문이오. 거기다가 오늘 새벽으로 우리는 그 헛소문까지 모두 지워버렸소."

대표가 그렇게 말하더니 다시 냉정한 사업가의 목소리로 돌아갔다.

"다시 한번 이번에 애써주신 일 '새여모'의 대표로서 진심으로 치하드립니다. 아울러 사법 당국의 추적이 있더라도 신념으로 꿋꿋이 버텨내시기를 당부드립니다."

그러고는 그가 무어라 대꾸할 말을 얽을 틈도 없이 실장을 재촉해 아파트를 나가버렸다.

그날 '새여모' 대표와 '새누리 투자기획' 실장이 돌아가고 나서 그는 퇴원 뒤 처음으로 입원해 있을 때의 기이한 증세를 다시 경험하였다. 시도 때도 없이 퍼붓듯 오는 잠인데, 겨우 침대로 돌아와 쓰러지듯 잠든 그가 다시 눈을 떴을 때는 벌써 밤이 깊어 있었다. 언제 퇴근했는지 침대 곁에서 걱정스럽게 바라보고 있던 정화가 일어나 늦은 저녁을 차려주었다.

32

"생각보다 빨리 아물어 붙었군요. 엑스레이로 보아서는 거의 깨 끗합니다. 특별한 무리만 하지 않는다면 깁스를 풀어도 되겠습니 다. 목 보호대는 불편하시더라도 한 열흘 더 착용하도록 하십시 오. 그때 가서 다시 살펴보고 풀든지 말든지 결정하도록 하지요."

퇴원할 때와는 달리 정형외과 담당 의사는 예상한 날짜보다 며 칠 일찍 다리의 깁스 붕대 푸는 것을 허락했다. '새여모' 대표가 아 파트로 찾아온 날 다시 시작된, 시도 때도 없이 퍼붓듯 잠이 쏟아 지는 증상이 닷새 만에 사라진 다음 날이었다. 이미 퇴원할 때 반 쪽만 해서 부목(副木)처럼 떼었다 붙였다 해온 깁스 붕대였지만, 그걸 푸는 것만으로도 몸이 날 듯 가벼워지며 치료가 모두 끝난 것 같았다. 병원을 나서자 오래 갇혀 있기라도 했던 것처럼 궁금한 일도 많고 가보고 싶은 곳도 많았다.

그중에서도 가장 궁금한 것은 아무래도 그 보일러공의 뒷일이었고, 가장 먼저 가고 싶은 곳은 사건의 현장 격인 상곡동이었다. 그동안에도 인터넷을 구석구석 훑고 날짜 지난 신문을 뒤적여 왔지만, 자신이 직접 그곳으로 가보면 무언가 새롭고 중요한 일이 드러날 것 같았다. 아니, 어떤 놀랍고 심각한 진상이 자신의 추적을 기다리고 있는 것 같기도 했다.

찾아보기로 작정하자 갑자기 마음이 급해진 그는 눈에 띄는 대로 모범 택시를 잡아타고 상곡동으로 달려갔다. 그러나 저만치 상곡동 언덕이 보이는 곳에 이르면서 그는 벌써 그리 많은 것을 기대할 수 없으리라는 느낌에 맥이 빠졌다. 병원에서 열흘, 그리고 퇴원 뒤에 다시 열흘, 해서 말썽 많은 철거가 완료된 날로부터 3주나 지난 때였다. 설령 그날 철거 현장에 무슨 일이 있었다 해도, 언덕의 형체까지 바뀌어버린 그때까지 그 흔적이 남아 있을 것 같지 않았다. 거기서 밀고 밀리며 싸웠던 사람들도 그랬다. 헐린 옛집의 잔해까지 쓸려가 버린 그곳을 그때까지 서성이고 있을 까닭이 없었다.

언덕 초입에서 그는 잠시 낭패한 기분으로 상곡동 철거 지역을 돌아보았다. 다시 옛 주민들이나 세입자들이 몰려와 무슨 사단을 일으킬까 두려운 재개발업체들이 서둘러 착수한 공사가 한창이었다. 멀리서도 알아들을 만큼 요란한 소음 속에 터파기와 아파트

기초 골조 작업으로 바쁜 중장비들이 오락가락하고 있었다. 저만치서 바라보며 이미 짐작했던 것처럼 3주일 전의 흔적을 살피려 해야 살필 만한 곳이 남아 있지도 않았고, 그때 일을 캐려 해도 말을 붙여 볼 만한 사람조차 없었다.

그래도 철거하지 못한 집들이 밀집되어 있던 지역과 무너지다 만 교회 부근은 돌아보아야 할 것 같아 그는 발길을 옮겼다. 그런데 전에 길이 있던 경사면으로 몇 발자국 옮겨 놓기도 전에 맞은편 위쪽에서 내려오는 사람 하나가 눈에 띄었다. 왠지 건설 공사의 기술자나 인부 같지는 않은 느낌이었는데, 다가오는 모습이 어딘가 눈에 익은 데가 있었다. 언뜻 전에 그 보일러공을 에워싸고 있던 사람들 가운데 하나인가 싶어 긴장했으나 아니었다. 처음 마리를 찾아 상곡동에 갔을 때 만난 적이 있는 동사무소 직원이었다.

"지난번 최종 철거 때 철거가 완료된 언덕 위쪽 지역을 둘러보고 오시는 길입니까?"

서로 엇갈리기 직전에 그가 불쑥 물었다. 그러나 그 동사무소 직원은 그를 알아보지 못하는 것 같았다.

"예. 지번(地番) 통합 실사(實査)차 다녀오는 길입니다."

사무적인 목소리로 그렇게 대답했다. 그가 조금 머쓱해하면서도 다시 물었다.

"저 위에 이제는 더 남아 있는 주민들이 없습니까?"

"부빌 언덕이 있어야지요. 조금 남은 임야마저 싹 밀어버렸는데 어디다 발을 붙입니까? 더군다나 업체들은 경비까지 세워 무단 점거를 막고 있는데요."

동사무소 직원이 시원하다는 듯 그렇게 받았다. 그런 동직원이 너무 야박해 보여 그가 깨우쳐 주듯 말했다.

"아무리 여름철이지만, 갈 곳 없이 딱한 사람들이 많은 것 같았는데……. 게다가 한때는 그 사람들도 이 동네 동민 아니었습니까? 그들 수백 호가 하루아침에 길바닥으로 내몰렸는데, 그들이 어찌 됐는지 동사무소에서 알고 있는 게 아무것도 없단 말입니까?"

그러자 그 직원이 힐끗 그를 살피더니 조금 전보다 조심스러워진 말투로 받았다.

"아무것도 모르는 것은 아니고…… 어쨌든 저 위에는 주민들이 더 남아 있지 않다는 겁니다."

"그럼 그들은 어디로 이주했다고 합디까?"

"받은 보상금이나 이주비에 맞게 일부는 부근 마을의 월세 지하실이나 옥탑방으로 옮기고 또 나머지 일부는 다른 변두리 달동네로 이사 갔습니다. 이미 받은 돈을 다 써버려 올 데 갈 데 없거나 받은 것만으로는 아무래도 성이 차지 않은 사람들은 다른 농성 지역에 합세해 갔다는 말도 있고. 하지만 그들이 주민등록을 옮겨가지 않아 어디로 얼마나 갔는지 정확한 수치는 알 수가 없어요."

"다른 농성 지역이라고요? 또 그런 데가 있나요?"

"글쎄, 문제 지구라고 해야 하나? 서울만 해도 아직 몇 군데 있죠. 왜 비닐하우스 촌 같은 집단 무허가 주택 지역……."

그가 문득 팔봉 마을로 가볼 마음이 생긴 것은 그때였다. 동사무소 직원의 암시가 팔봉 마을을 떠올리게 했을 뿐만 아니라, 그곳은 또한 보일러공과 반대 세력 사이의 갈등과 충돌이 시작된 곳이기도 했기 때문이었다.

여섯 달 만에 돌아와 보는데도 팔봉 마을은 크게 달라진 것이 없었다. 새로운 비닐하우스의 난립을 엄격히 규제한 때문인 듯 동네의 외형은 그대로였고, 동(棟)과 동 사이 골목에서 느끼는 활기나 드나드는 사람의 수는 오히려 줄어 있었다. 큰길가에서 택시를 내려 천천히 걸어 들어가며 마을을 둘러보던 그는 어이없게도 돌아올 때마다 시들고 허물어지는 고향을 찾는 사람처럼 쓸쓸한 감회에 젖었다.

3지구(地區)로 접어들어 저만치 재혁의 하꼬방이 있는 동을 바라보게 되면서 그는 비로소 뚜렷한 변화 하나를 알아차렸다. 달통법사의 '대박사'가 사라진 일이었다. 한자와 한글을 섞어 쓴 이상한 현판뿐만 아니라, 그것 때문에 그곳을 지날 때마다 웃음을 참느라 조심해야 했던 두 줄의 주련(柱聯)도 보이지 않았다. 주먹만한 자물쇠가 걸려 있는 하꼬방 문도 그 안에 주인이 없음을 멀리

서부터 외고 있는 듯했다.

그는 자신도 모르게 고개를 들어 몇 동(棟) 저쪽 4지구 초입 비닐하우스 아치형 지붕 위로 비쭉 솟아 있던 흰색 나무 십자가를 찾아보았다. 임마누엘 박이 하꼬방 둘을 터 교회로 쓰던 곳이었다. 그곳도 십자가가 보이지 않았다. 그러자 갑자기 묘한 불안감에 빠진 그는 저만치 보이는 재혁의 방을 두고 바로 옆 지구에 있는 임마누엘 박의 교회로 갔다.

짐작대로 그 하꼬방 교회도 문을 닫은 듯했다. '임마누엘 교회'라는 간판은 말할 것도 없고, '빈곤과 억압, 죄와 무지로부터의 해방을' '진리가 너희를 자유케 하리라' 따위가 붉고 검은 글씨로 씌어 있던 현수막도 걷혀지고 없었다. 넓적한 놋쇠 자물통이 무언가를 단호하게 통고하는 깃발처럼 매달려 있는 것도 대박사와 비슷했다.

대박사와 임마누엘 교회가 나란히 문을 닫은 것을 보자 그는 달통법사와 임마누엘 박도 함께 사라진 것으로 단정했다. 그제야 그는 그동안의 심증 외에 처음으로 그들이 그 보일러공에 어떤 심상찮은 위해를 가했다는 확증을 잡은 느낌이었다. 새삼 섬뜩해 오는 가슴으로 지난 연말 자신이 머물렀던 재혁의 하꼬방으로 가보았다.

그런데 하꼬방에 가보니 뜻밖의 일이 기다리고 있었다. 언제 돌아왔는지 재혁이 그곳에 기거하고 있는 게 그랬다. 당연히 비어 있

을 줄 알고 갔다가 자물쇠가 채워져 있지 않은 것이 이상해 기웃
거리는데 재혁이 기다렸다는 듯이 활짝 문을 열며 맞았다.

"누군가 했는데 웬일이야? 왔으면 들어오지 않고 왜 그리 머뭇
거렸어?"

재혁이 거기 와 있을 줄 짐작조차 해보지 못한 그는 대답 대신
애매한 웃음으로 놀라움을 얼버무리며 서 있었다. 그런 그를 아래
위로 살피던 재혁이 반가워하는 얼굴로 말했다.

"어, 벌써 다리에 깁스 뗐네. 병원에서 허락했어? 이제 다 털고
일어난 거야?"

"예, 오늘. 하지만 목은 아직……."

그가 그렇게 더듬거려 놓고 이번에는 자신이 궁금한 것을 물
었다.

"그런데 형은 여기 웬일이유? 평창동 그 집 아직 주인이 돌아
오려면 멀었잖아요? 아직도 대여섯 달은 남은 걸로 아는데……."

"미국 대학에서 가르친다는 그 집 둘째 아들이 식구대로 돌아
와 여름 방학 두 달 안채를 쓰겠대. 잘됐다 싶어 집 맡기고 이리로
왔지. 벌써 이레나 지났어."

"그 집 별채도 깨끗하고 살기 편해 뵈던데, 궁상맞게 여긴 왜 왔
어요? 장난 아니게 덥고 습기 찰 텐데……."

그러자 갑자기 재혁이 심각해진 표정으로 받았다.

"아니, 진작부터 돌아와 있어야 할 곳이었어. 오히려 너무 늦었

지."

"그건 무슨 소리예요? 여기가 왜 형이 있을 곳이야?"

"지난번에 문병 갔을 때 내가 말했지? 지금 우리에게는 무언가 심각한 의미와 거창한 구도로 전개되는 대서사극이 진행되고 있다고. 그런데 이곳은 바로 그 중요한 무대 가운데 하나야. 이미 진행된 부분이 애매한 대로, 남은 부분이라도 제대로 보아두기 위해서는 여기 남아 있어야 해. 너를 통해서이기는 하지만 내게도 이 극이 끝날 때까지 지속적으로 개입해야 할 무슨 역할이 있는 것 같아."

그런 재혁의 말투에는 믿음과 결의가 아울러 배어 있었다. 그가 더 따지지 않고 말머리를 돌렸다.

"돌아온 지 그렇게 됐으면 대박사일은 잘 알겠네. 달통법사는 어디로 간 거야?"

"글쎄. 내가 왔을 때는 벌써 저렇게 문이 잠겨 있더라. 아침저녁 들러보며 달통법사가 돌아오기만을 기다리고 있다."

"임마누엘 박은?"

"마찬가지야. 둘이 함께 어울려 다녔으니까 함께 돌아오겠지."

재혁이 여전히 태평스레 말했다. 그가 의심쩍은 데를 상기시켜 보았다.

"둘 다 돌아올 사람들 같지 않던데. 어디 멀리 뜬 거 아닐까요?"

"그게 무슨 소리야? 그날 아무 일도 없었다며? 그리고 그 강아지만한 자물쇠들은 뭐야?"

"하지만 간판들을 내렸잖아? 아무래도 잠시 비운 것 같지는 않다고요. 가봤다면서 그 분위기도 못 느꼈어요?"

"죽은 사람은 그 보일러공이 아니고, 매스컴에도 달리 그들의 범죄 행위를 짐작할 만한 보도가 없었잖아? 아무것도 한 짓이 없는데 그들이 뜨긴 어디로 떠?"

"아닐 거야. 특히 대박사에는 달통법사 말고도 보살인가 뭔가 함께 살던 할멈이 있었잖아요? 안팎으로 자질구레한 살림살이도 놓여 있었고. 그런데 모두 싹 쓸어간 것 같던데."

그제야 재혁도 무언가 짚이는 것이 있는 듯했다. 문득 얼굴빛이 굳어지며 몸을 일으켰다.

"그랬어? 내가 너무 지나쳐 봤나? 나는 그저 자물쇠만 보고 잠시 비운 걸로 생각했는데. 어디 같이 한번 가보자고."

그리고 앞장서 대박사 자리로 가보았다. 한참을 돌아본 재혁이 무안해하는 낯빛으로 말했다.

"하기는 이렇게 사는 사람들, 부부 한꺼번에 가서 열흘 넘게 따로 머물 수 있는 곳도 흔치 않겠지. 임마누엘 교회 쪽도 다시 한번 가봐."

재혁이 그러면서 다시 앞장서는 바람에 그도 한 번 더 임마누엘 교회 자리로 가보았다. 그곳도 그가 짐작한 대로였다. 마음먹고 큰 출입구에 붙어 그곳에 난 유리창으로 들여다보니 비닐하우스

안 어디에도 전에 교회로 썼던 흔적은 남아 있지 않았다.

"그렇다면 정말로 그들이 무슨 일을 저질렀다는 얘기 아냐? 둘 다 자취 없이 사라져 몸을 감추어야 할 만큼."

심각해진 재혁이 그렇게 말했다. 진작부터 그런 확증을 잡은 느낌이어서인지 이번에는 그가 오히려 느긋해졌다. 꼭 그렇게 단정할 수는 없을 거라고 재혁에게 말하려는데, 누가 멀리서 다가오며 큰 소리로 물었다.

"거기, 저……. 누구를 찾시미까?"

두 사람이 한꺼번에 돌아보니 낯익은 얼굴이었다. 재혁의 하꼬방 통장이었다. 그러고 보니 재혁의 하꼬방이 있는 동(棟)을 빠져나올 때부터 누군가 뒤를 밟는 듯한 기척이 있었다.

"아, 통장님이시군요. 실은 이 해방교회 목사님하고 저기 우리 동 대박사 주지님을 뵈올 일이 있어……."

재혁이 알은체를 하며 그렇게 대답했다. 팔봉 마을은 반장 대신에 동장(棟長)을 두고 다섯 동을 묶어 통장 하나를 두었는데, 그 사람은 바로 재혁이 속한 통(統)의 통장이었다. 그러고 보니 그도 무슨 일로인가 몇 번 본 듯했다. 통장이 무엇 때문인지 실쭉해진 눈길로 받았다.

"뒷모양이 마이 눈에 익다 했디, 우리 동에 살던 무슨 학교 선생님이구마는. 저쪽도 그 하꼬방에 몇 달 지내다 간 냥반이고오……. 그런데 무얼 그렇게 깍듯이 목사님에 주지님은……. 그거는 말캉 헛소리고…… 가짜 예수쟁이하고 똘중놈 찾는 거라면 둘 모두 사고치고 버얼써 날랐구마."

"예?"

말투가 너무 거칠고 야박해서 그랬는지 재혁이 멈칫하며 반문 아닌 반문을 했다. 평소 사투리라도 얌전한 말투에 아무 데나 나서지 않던 통장이어서 그랬는지도 모를 일이었다. 하지만 통장은 그날따라 만만찮은 뒷골목 이력을 과시하는 것처럼이나 험한 말로 받았다.

"뭔지는 모르지만 크게 한탕하고 잠수 탄 거 같다꼬. 아매 틀림없을 끼라. 아무리 하꼬방 절이고 하꼬방 교회라 캐도 명색 절 주지하고 교회 목산데, 둘이 삐딱하게 취해 어깨동무하고 형, 동생이, 카미 돌아댕길 때 내 하마 알아봤다 카이."

"그게 무슨 말씀이신지요?"

이번에는 그가 끼어들어 물었다.

"남우(남의) 통(統)에 와서 이래 떠들지 말고 우리 쪽으로 가면서 얘기하자꼬요. 우리끼리이께는 하는 소리지마는 뭐, 내가 그 사람들 일 쪼매 아는 게 있다라도 온 동네가 시끄럽구로 외고 댕길 일은 아일 끼라."

통장이 그러면서 재혁의 하꼬방이 있는 쪽으로 둘을 이끌었다. 그리고 달통법사와 임마누엘 박 때문에 입은 큰 피해라도 일러바치는 사람처럼 목소리를 죽여 털어놓았다.

"한 달 전에 그 똘중 헐값으로 하꼬방 넘굴 때 벌씨로 알아봤다꼬요. 뿌뜰고 있으믄 뭐가 될지도 모리는 물건을 반동가리도 안 되는 천만 원에 넘기고 갔다 카이. 여기도 마찬가지라. 그때 이쪽 통장한테 물어봤디, 그 가짜 예수꾼도 여기 가뜩 찼던 물건 하룻밤새 다 빼돌리고 하꼬방은 그 똘중하고 같이 반값에 내놓은 게라. 그래서 휘딱 팔아치우고 며칠 코빼기도 안 빈다 싶디 아이나 다를까, 경찰하고 검찰에서 번갈아 찾아와 여기저기 구석구석 쑤셔 대더라꼬."

"여긴 교회 아니었습니까? 가득 찼던 물건이라니요?"

"교회는 무신……. 순 도둑놈들 소굴이었제. 신도라 카미 여기 모옛는다는 게 말캉 뭔지 아요? 신체 포기 각서 쓰고 다 죽어가미 끌래오는 카드깡 고리채 빚쟁이 아이믄, 인상 더러븐 조폭하고 똘마니 해결사들이라. 예배라 카미 시도때도 없이 모예 무신 짓을 하는둥. 물건이라는 거는 — 내 모릴까봐 — 만병통치약이라꼬 쎄우는(우기는) 싸구려 건강 식품 아니면 성분을 알 수 없는 외제약 범벅이고……."

"그걸 어떻게 아셨습니까?"

"척, 하면 삼척이지, 그걸 몰라? 내가 눈(누군)데? 난또(나도) 한때 놀았다믄 놀았던 놈이라꼬. 근데 말이라, 하기는 내가 통 모를 일이 없는 거는 아이라. 그 검찰 수사관인가 뭔가가 실찌기 묻는데, 그기 택도 없이 대공 용의점이라 카는 거드라꼬. 그것들이 뺄

갱이 같지는 않드냐꼬 실찌기 캐묻더라 이 말이라. 난데없기는 내,
참……."

거기까지 듣자 그는 누가 와서 무얼 묻고 갔는지 알 것 같았다.
강 형사와 오 수사관이 와서 자기에게 물은 것과 비슷한 수준으
로 물었을 것이다. 통장이 하는 말로 미루어 자신보다 더 많은 것
을 알고 있지도 않을 것 같을 뿐만 아니라, 뭘 더 알고 있다 해도
그들에게 말하지 않은 것을 자신에게 말해 줄 것 같지 않았다. 그
래서 대강 이야기를 끝내려고 그 틈을 찾고 있는데, 재혁이 불쑥
나서 물었다.

"그 밖의 다른 일은 없었습니까? 그 사람들 없어진 뒤에."

"글쎄. 우리 지구에서는 그 밖의 별 일은 없는 것 같고오…….
노상 하던 대로 없는 사람들 혹시나, 하미 가진 것 탈탈 털어 들
어왔다가 역시나, 하미 빈손 탈탈 털고 나가는 거 말고는 말이라.
거다가 이 골테기가 좁다 캐도 다 합치면 2천500호(戶)라. 그 많
은 가구 일일이 다 딜따 볼 수 없으이께는 알라꼬 한다 캐도 어예
다 알겠노마는……."

통장이 그러다가 문득 생각난 듯 덧붙였다.

"하기사 이 하꼬방 동네말고 저쪽 구(舊)마을 쪽으로 쪼매 이
상한 소문이 돌드구마는. 옛날에 소 키운다꼬 축사(畜舍) 허락받
아 지은 집 말이라. 용도 변경 허락도 안 받고 창고하고 주거로 쓰
던 데라 카든강……."

그 말을 들은 그가 가슴까지 두근거리며 물었다.

"거기 무슨 일이 있다고 그럽디까?"

"한 보름 전부터 웬 난데없는 거지떼서리 같은 것들이 거다 몰리 와 가주고 울미불미 왁삭거린다 카더라꼬."

그가 다시 짐작이 가는 데가 있었지만 모르는 척 물었다.

"그 사람들도 아파트 입주권 같은 거 보고 몰려든 건가요?"

"거기사 축사라도 엄연히 허가 난 건물에 땅 임자까지 빤한 물건이라 그런 떼짱을 쓸 수는 없고오…… 그 창고 임자한테 돈 낼 만큼 내고 세낸 사람이 있는데, 그 사람한테 허락받은 연고자들이라 카지, 아매. 무슨 목수랬다 카든강 보일러공이랬다 카든강……."

틀림없었다. 그들이 그가 짐작한 사람들이라면 거기에는 반드시 마리가 있을 것이고, 또 그녀는 그가 궁금해하는 것을 다 알고 있을 것 같았다. 최근 몇 달 마리는 언제나 그 보일러공 곁에 붙어 있었을뿐더러 그날도 천덕환네 패거리에게 끌려가는 보일러공을 가장 가까운 거리에서 따라가고 있었기 때문이었다.

그러자 갑자기 마음이 급해진 그는 되는 대로 얘기를 마무리 짓고 통장과 헤어진 뒤 재혁을 재촉해 구마을로 갔다.

구마을 끄트머리 축사 건물 마당으로 들어서자 느껴지는 기운부터가 전과는 아주 달랐다. 이전의 음산하리만치 괴괴하게 가라

앉은 분위기 대신 무언가 사람들이 어우러져 뿜어내는 활기 같은 것이 축사 안을 채우고 마당까지 흘러넘치는 듯했다. 길게 마당을 가로지른 빨랫줄에 펄럭거리는 빨래들이 그랬고, 그 한구석에 걸어둔 커다란 양은솥에서 방금도 허옇게 솟아오르는 김이 그랬다. 양은솥 곁의 플라스틱 함지박 그득 잠겨 있는 급식용 식기류나 자주 써서 반들거리는 꽤 넓은 살평상 같은 것들도 그 안에 살고 있는 사람의 머릿수가 적지 않음을 짐작게 했다.

그는 가벼운 헛기침으로 인기척을 대신하고 재혁과 함께 축사 건물 출입문께로 다가갔다. 때마침 무엇 때문인지 바쁘게 마당으로 나오던 아주머니가 흠칫하며 안으로 사라지더니 누군가를 데리고 나왔다. 거기 있을 것으로 짐작했던 사람들 가운데 하나인 젊었을 때 프로레슬러였다는 빡빡머리 사내였다.

"누구요? 뭣 땜에 왔소?"

사내가 어눌하지만 뚜렷한 말투로 그렇게 물으며 그들을 바라보았다. 그러다가 이내 그를 알아본 듯 처음에도 별로 곱지 않던 목소리가 갑자기 거칠어졌다.

"아니, 다, 당신이 여길 어떻게 왔소? 여기가 어디라고 또……."

그렇게 말을 잇지 못하는 게 몹시 격앙된 듯 보였다. 그는 퍼뜩 자신이 마지막으로 그 보일러공을 넘겨주던 순간을 떠올리고 절로 움츠러들며 받았다.

"아, 예. 꼭 알아볼 일이 있어서. 모두들 여기 와 계신다는 말을 듣고……."

그때 집안에서도 그 중년 사내의 격한 목소리를 들었는지 몇 사람이 축사 안에서 우르르 몰려나왔다. 역시 그가 거기 있으리라고 짐작한 바 있는 몸집 큰 아낙과 그녀의 남편, 그리고 무너지다만 천막 교회에서 본 몇 사람이었다.

"무슨 일이래요? 임씨 아줌마."

"누가 왔수? 권 형."

저마다 그렇게 소리쳐 물으며 나오던 그들이 그를 보고 굳게 입을 다물며 눈살을 찌푸렸다. 그가 나타난 것이 너무 갑작스러워 멈칫하고 있을 뿐, 금세 떼 지어 덤벼들기라도 할 것처럼 험한 표정들이었다.

"우리 선생님 일러바친 그 냥반이로구먼. 당신이 여길 또 왜 왔소?"

몸집 큰 아낙이 위협적으로 노려보며 으르렁거리듯 물었다. 키가 그녀의 겨드랑이에도 못 미치는 그녀의 남편도 커다란 머리를 의심쩍다는 듯 기웃거리며 물음을 보탰다.

"이번에는 누굴 넘겨주려 왔소? 저 사람은 어디서 온 사람이오?"

그 곁에 선 재혁을 가리키며 하는 소리였다. 그런 의심이 당연할 수도 있다는 자각에 앞뒤 없이 급해진 그가 대답을 그르치고 말았다.

"아니…… 저, 그건……. 마리 여기 있습니까? 우선 마리 좀……."

그 말이 마치 그들의 의심을 그대로 인정하고 이번에는 마리를 내놓으라고 한 것으로 들렸는지 축사 안에서 나온 사람들의 얼굴이 저마다 험악하게 굳어졌다.

"뭐야. 이번에는 딴 사람도 아닌 마리 자매야? 어림없는 소릴……."

전직 프로레슬러 사내가 그러면서 옷소매를 걷어붙이고, 몸집 큰 아낙도 두 팔로 사람들을 뒤로 밀어 넣으며 앞으로 나섰다.

"저번에는 얼결에 선생님을 내주고 말았지만 이번에는 안 돼지. 마리 자매까지 내주면 우리가 어떻게 다시 선생님을 만나?"

그러면서 머리를 빡빡 민 중년 사내와 어깨를 나란히 해 다가드는 게 그와 재혁을 하나씩 집어 들고 바람개비 돌리듯 하다가 그대로 마당에 패대기라도 칠 듯한 기세였다. 그가 뒤돌아서서 달아나고 싶은 마음을 억지로 누르며 다급하게 소리쳤다.

"그게 아닙니다. 그게 아니고…… 마리를 꼭 만나야……. 그 보일러, 아니, 당신네 선생님이 어떻게 됐는지……."

놀라고 질려 마음이 어지러워진 탓인지 혀가 꼬이고 말뜻이 뒤엉켰다. 자신도 무슨 말을 하고 있는지 헷갈려 하고 있는 사이에도 두 사람은 땅이 쿵쿵 울리도록 힘이 실린 발걸음으로 다가왔다. 더욱 다급해진 그가 이제는 비명처럼 소리쳤다.

"거기 서요. 그게 아니라구요. 나는, 나는……. 아니, 안에 마리

없어? 마리, 마리야……."

그때 축사 입구에 작은 수런거림이 있더니 착 가라앉은 마리
의 목소리가 들렸다.

"권씨 아저씨, 그리고 임씨 아줌마. 거기 서세요. 그러심 안 돼
요."

그러자 다가오던 두 사람이 무슨 마법에라도 걸린 듯 그 자리
에 멈춰 섰다.

"다른 분도 들으세요. 전에 그 일 결코 저분 잘못이 아니에요.
모두가 선생님 뜻이라구요. 선생님께서도 그리 되시는 걸 원하셨
다구요."

네가 그걸 알고 있었구나……. 그 와중에서도 그는 이상한 안
도를 느끼며 마리 쪽을 쳐다보았다. 마리가 늙고 젊은 여자 네댓
명을 데리고 그새 축사 입구에 나와 서 있었다. 얼굴은 헤어질 때
보다 조금 수척해 있었지만, 서 있는 자세는 너무 낯설어 서먹할
만큼 의젓했다. 마리가 뜻 모를 눈길로 그를 가만히 건너다보다가
누구에게랄 것도 없이 말했다.

"모두 들어오세요. 일이 있어도 우리 형제자매 사이의 일을 집
밖에서 이렇게 떠들고 있을 게 아닌 듯하네요."

축사 안으로 들어가니 전에 보일러공이 작업장으로 쓰던 곳은
깨끗이 치워져 그들의 공동 주거지로 변해 있었다. 크고 작은 작
업대와 공구 선반은 잘 정리돼 한쪽으로 치워지고, 그 곁으로는

간단한 주방 시설과 함께 취사 도구들이 놓여 있었다. 중고 가구인 듯한 8인용 식탁과 앉은뱅이 상이 여럿 펴져 있는 살평상이나 전기밥솥의 크기와 선반에 얹힌 식기의 개수로 미루어 그들 모두가 거기서 함께 취사를 하고 있는 것 같았다.

정돈된 공구와 취사 도구들이 벌여져 있는 벽면 맞은편으로는 군대 내무반처럼 두터운 스티로폼을 두 장씩 포개 짜 맞춘 침상이 들어차 있었다. 그들이 그곳을 공동 침상으로 쓰고 있다는 것은 스티로폼 한 장 너비마다 한 벌씩 잘 정돈된 침구가 놓여 있는 것으로 알 수 있었다. 침구가 놓이지 않은 부분은 공동의 거실로 쓰이는 듯했다.

전에 그가 왔을 때 보일러공이 거처하던 방은 도배까지 새로 해 깨끗하게 꾸며 놓고 있었다. 방문 맞은편 쪽으로 두툼한 보료를 깔아 그곳이 상석임을 나타내고 그 아래로 방석 다섯 개씩을 두 줄로 늘어놓아 작은 접견실 같은 느낌을 주었다. 사치할 것까지는 없지만 정성들여 꾸민 방이었다.

재혁과 그를 그 방으로 안내한 마리가 그가 자리 잡고 앉기 바쁘게 맞은편에 앉으면서 물었다.

"걱정했어요. 그동안 어디 계셨어요?"

"병원에 있었다. 그날 좀 다쳐서……. 열흘 병원에서 지냈고, 퇴원해서도 다시 열흘 넘게 집안에서 누워 지냈지."

그가 짧게 대답하고 자신이 궁금한 것부터 물었다.

"그래, 그 사람은 그날 어떻게 됐어?"

"저희들도 얼마 더 따라가지 못했어요. 그 사람들이 하도 패악스럽게 나오는 바람에. 선생님도 진작부터 따라오지 말라 하셨고……. 그들에게 끌려 언덕을 내려가시는 모습을 먼빛으로 바라본 게 끝이었어요."

"그 뒤는 어떻게 되었는지 모르고?"

"오래잖아 철거반이 투입되고 끔찍한 충돌이 있었어요. 그리고 선생님이 끌려가신 쪽에서 이상한 소문이 나돌았어요. 하지만 그곳은 그때 양쪽이 한창 엉겨 붙어 싸우는 곳이라 가보고 싶어도 가볼 수가 없었어요. 우리는 모두 언덕 아래로 밀려 내려가 마음만 졸이다가 이튿날 새벽에야 소문에서 들은 곳으로 가보았지요. 그러나 아무것도 없더군요. 그 뒤로도 며칠 그 부근 철거 폐기물 다 쓸어낼 때까지 맴돌았지만, 괴이쩍은 풍문뿐 선생님의 자취는 어디서도 찾을 길이 없었어요. 그러다가 문득 선생님께서 하신 말씀이 떠올랐어요. 고통스럽게 떠나게 되겠지만 다시 오겠다고 하신 말씀 — 고난의 날이 끝나면 다시 우리를 찾으리라고 그날 제게 말씀하셨거든요. 그래서 선생님께서 오시기를 기다리기로 하고 이곳으로 옮겨 왔어요."

"이 동네는 천덕환과 그 졸개들이 뿌리를 내리고 있던 곳이다. 그건 걱정되지 않니?"

"그들의 날은 다했어요. 그들은 이제 우리의 터럭 하나 다치지 못 해요."

또 한 번의 변검(變瞼) 재주라도 부린 듯 이번에는 마리의 얼굴
이 믿음에 찬 성녀(聖女)와 같은 느낌을 주었다.

"그럼 저 사람들이 모두 그를 기다리는 사람들이란 말이냐?"

"그래요. 다시 우리에게 돌아오겠다는 선생님의 약속을 믿는
사람들은 모두."

"하지만 벌써 스무 날이 지났다. 그는 너희에게 돌아올 수 없게
되었거나 돌아올 생각이 없는 게 아니냐?"

"그럴 리 없어요. 선생님은 꼭 돌아오실 거예요. 결국은 오래 우
리를 떠나 있게 되시더라도 반드시 우리를 보고 떠나실 거예요.
우리는 선생님께서 찾으실 때까지 기다려야 해요."

"그렇다고 저 많은 사람들이 기약도 없이 어떻게……. 무얼 먹
고 무얼 하며?"

"저이들은 이미 내 것 네 것이 없어졌어요. 가진 것을 모두 내
놓고 함께 나누어 써요."

거기까지 듣자 다시 무언가가 불쑥 떠오르며 그의 속을 긁어
대기 시작했다.

"그럼 이제 여기서 너희들의 「사도행전(使徒行傳)」이 시작된다
는 것이냐?"

그가 자신도 모르게 뒤틀린 목소리로 그렇게 되묻고 있는데 그
때까지 곁에서 두 사람의 말을 듣고만 있던 재혁이 가만히 그의

소매를 끌며 말했다.

"그만해라. 함부로 말해서는 안 되는 것도 있는 법이다."

그러고는 마리를 바라보며 그 어떤 숙녀에게보다 더 정중하게 요청했다.

"무어라고 불러야 할지 모르겠습니다만, 저도 그 만남에 동참하고 싶습니다. 그래도 되겠습니까? 저를 받아주시겠습니까? 저는 저 위 비닐하우스 하꼬방촌 3지구에 살고 있습니다. 허락하신다면 당장 짐을 싸 이리 옮겨도 좋고, 아니면 그곳에 머물면서 틈나는 대로 이곳에 와서 여러분과 함께하겠습니다."

(3권에서 계속)

호모 엑세쿠탄스 2

신판 1쇄 인쇄 2022년 4월 5일
신판 1쇄 발행 2022년 4월 12일

지은이 이문열

발행인 양원석
디자인 정세화 **영업마케팅** 양정길, 윤송, 김지현, 김보미
펴낸 곳 ㈜알에이치코리아
주소 서울시 금천구 가산디지털2로 53, 20층 (가산동, 한라시그마밸리)
편집문의 02-6443-8842   **도서문의** 02-6443-8800
홈페이지 http://rhk.co.kr
등록 2004년 1월 15일 제2-3726호

ISBN   978-89-255-7845-3 04810
       978-89-255-7843-9 (세트)